色彩・符號・圖象的詩重奏

李桂媚——著

【臺灣詩學論叢】第三輯
總序

李瑞騰

　　《臺灣詩學論叢》是臺灣詩學季刊社在學刊和論壇之外，一個新的嘗試，所謂論說臺灣詩學，不是口號，而是實踐的宣言，過去從季刊到學刊，我們匯聚學術力量，以刊物為據點，經之營之臺灣現代詩學，現在加上叢書，我們相信，臺灣詩學可以挖得更深織得更廣。

　　2016年，《臺灣詩學論叢》出版四本（白靈、渡也、李瑞騰、李癸雲），2017年則有五本（向明、蕭蕭、蕓朵、陳政彥以及方群和楊宗翰合編的《與歷史競走》），今年續推出四本，包括白靈《世界粗礪時我柔韌》、夏婉雲《時間的擾動》、李桂媚《色彩・符號・圖象的詩重奏》、朱天《橋與極光——紀弦、覃子豪、林亨泰詩學理論中的象徵與現代》。

　　白靈勤於筆耕，詩之論評有深刻的詩體會作基礎，講究方法，而出之以嚴謹的論述；夏婉雲曾論兒童詩的時空觀、對於現代詩人在詩中反映出來的「囚」與「逃」曾有深刻的分析，且出版有專書，本書為其詩評論集，可見其詩之趣味和視野。他們二位皆文壇資深名家，而李桂媚和朱天都很年輕，屬臺灣新生代詩人，但在詩學領域都已具有專業形象。

李桂媚（1982-　）出版過詩集《自然有詩》、詩評論集《詩人本事》，多年來熱心於推廣詩運。《詩人本事》夾敘夾議岩上、林武憲、吳晟、蕭蕭、康原、向陽6位詩人的人與詩，已可見其詩觀詩藝。本書略分三卷：「臺灣新詩色彩美學」、「臺灣新詩標點符號運用」、「圖象與音樂的詩意交響」，極具創意的命題，探觸詩藝核心。

　　朱天（1983-　）著有詩集《野獸花》、詩學專著《真全與新幻：葉維廉和杜國清之美感詩學》修改自碩士論文，深獲前輩如柯慶明、林盛彬、白靈、須文蔚、孟樊的肯定。本書為其博士論文，討論並比較戰後臺灣現代詩三位理論大將：紀弦、覃子豪和林亨泰，條分縷析象徵主義與現代主義之於戰後臺灣現代詩的影響，屬於臺灣現代詩史的探源。

　　有充滿活力且思想深刻的新生代，文學才有可能永續發展，在詩歌理論和批評領域，當亦如此，「臺灣詩學論叢」為年輕朋友預留空間，有志者盍興乎來！

逗點女孩，逗點詩評

蕭 蕭

　　我喜歡彰化鄉親卓伯源說的一句話：「讓彰化走出去，讓世界走進來」。

　　2004年，我結束臺北的教職，帶著剛出版的《臺灣新詩美學》（爾雅，2004）回彰化教書，並且以這本論集升等助理教授，成為明道大學（那時還叫明道管理學院）第一位申請升等成功的老師。第二年，擔任明道通識中心主任，2006年出版《放一座山在心中》（九歌，2006），那一座山就是彰化的脊梁——八卦山。2007年藉著擔任明道通識中心主任的職場方便，同時是「臺灣詩學」同仁的雙重身分，與白靈策畫「儒家美學的躬行者——向明詩作學術研討會」在國立臺北教育大學盛大登場，是明道大學向高齡詩人致敬的第一場學術研討會，其後，明道大學陸續以深研詩人詩作，向七十、八十、九十高齡詩人致敬的方式，展開詩學研討，舉辦了向明、管管、張默、周夢蝶、隱地、鄭愁予、席慕蓉、笠詩社50周年、創世紀60周年等大型學術研究活動。2008年2月-7月，我轉任中國文學系主任，辦理「錦連的時代——錦連詩作學術研討會」，展開明道大學向彰化前輩詩人致敬的先聲，從此彰化詩人錦連、翁鬧、賴和、林亨泰（在彰化師大舉辦）、王白淵，都在學術殿堂成

為矚目的對象。同時，我與我的平行線──長久擔任中文系主任、國學所所長的羅文玲，從2008年開始策畫「濁水溪詩歌節」，直至退休，一直以詩為媒介，秉持著「讓明道走出去，讓世界走進來」的原則，一直環繞著彰化（觸鬚偶爾伸延到南投、臺中）在思考、在推展人文涵養。

這十年，逗點女孩李桂媚，一直都在我們策畫的詩學活動現場，不曾缺席。最近，她將這十年的詩學努力成績，集結為《色彩‧符號‧圖象的詩重奏》，收入論瘂弦、錦連、林亨泰、翁鬧、王白淵、詹冰的十篇論文，加上2016年出版的《詩人本事》（彰化縣文化局，2016）六篇六人的本事敘論，都在證明我奔回彰化、她留駐彰化，所思所為，所行所懷，不離「讓彰化走出去，讓世界走進來」。

李桂媚，逗點女孩。印刷、色彩、插畫、美工設計才是她的專業，但她一頭鑽進詩學、彰化學、符號學（色彩、標點符號、圖象，都是符碼），形之於文字，形之於學術規格的論文，不就像可愛的「，」闖入了文字的大花園，還能優游自在？

逗點女孩，李桂媚。她的詩學研究始於臺灣新詩的「標點符號」運用，就像一個小小的螺絲釘在一件大工程裡那麼不起眼，卻也那麼重要，她，就是那個「，」不使詩學工程有絲毫鬆脫的可能。

李桂媚，逗點女孩。小小的個子卻有一股撮合、組織的力量，我的朋友二王、二陳：王宗仁、王少琪、陳政彥、陳靜容，幾次相見卻成為知己、莫逆，她與朋友的情誼就像「逗點」，第一句雖短，後面卻有不斷的佳句連續。

逗點女孩，李桂媚。《色彩‧符號‧圖象的詩重奏》，她的「逗點詩評」（持續中）才十篇，十個「逗點」（標記中），我們

極有耐心等待她繼之而起的詩重奏（期待中），我們知道她的休止符不會那麼快出現（期待中）！

　　因為，她即將走出彰化，走向更寬廣的詩的世界。

　　　　　　　　立秋已過，處暑未臨 寫於離彰化150公里的臺北

詩人，與他們的產地：
桂媚與她的《色彩・符號・圖象的詩重奏》

王文仁

（國立虎尾科技大學通識教育中心副教授）

懷抱著詩人夢前進的好友桂媚，其出發毋寧是屬於繪畫的。
然而，也一如我們所喜愛的詩人王白淵一般，在詩的路途上她始終
是蓄勢待發、熱情堅持。因之，在累積多年後，她先是在2016年以
描繪岩上、林武憲、吳晟、蕭蕭、康原、向陽等六位詩人的人物誌
《詩人本事》入選彰化縣作家作品集。2017年，又出版個人首部詩
集《自然有詩》，真情吐露她的詩心、詩意。接著，在2018年脫穎
而出的獲得教育部閩客語文學獎第二名；同時，也將集結過去發表
的多篇詩學論文，出版《色彩・符號・圖象的詩重奏》一書。

這本集子共分為「臺灣新詩色彩美學初探」、「臺灣新詩標點
符號運用」、「圖象與音樂的詩意交響」三卷，收錄的是桂媚從國
北教大臺文所在學起，十年以來發表的論著共十篇。其書寫的方式
主要是詩人的個論，論及的對象計有瘂弦、錦連、康原、孟樊、賴
和、楊守愚、翁鬧、王白淵、林亨泰、蕭蕭、詹冰、席慕蓉、吳晟
等人。三卷之中，卷二的三篇論文討論的是新詩的標點符號運用，
其可說是延續了她碩士班時期對詩學關注的重點，以及所生所長彰
化文學的傾心凝視。

表面上看來，這三卷彼此各自獨立，但實際上卻是相互聯繫著的。原因就在於桂媚早說明了，對新詩標點符號的探討，其實也是關乎著新詩的「音樂性」、「語義性」與「圖象性」。由此出發，桂媚對現代詩美學的探討既是形式上的，也是內容意涵上的；而且若我們更進一步去細讀，我們也會發覺她對詩人的生命處境，及其與時代社會的互動，亦是相當的關注且細心勾勒。所以，我們可以看到，她在談論席慕容的「雨意象」時，強調其短暫的雨景背後乃是永恆的情詩。講述《吳晟詩・歌》兩部專輯中的詩歌交響時，著重的也是其隨著時間積累下來濃厚的親情與土地情懷。

　　三卷之中，最讓我眼睛為之一亮的，乃是「卷一　臺灣新詩色彩美學初探」。數年來，桂媚相當潛心於研究臺灣新詩的色彩美學，我們也一同合寫過〈旅人的當代抒情—須文蔚與嚴忠政詩作色彩美學析論〉、〈賴和新詩的紅色美學〉、〈黑暗有光—論王白淵新詩的黑白美學〉、〈青之所寄與色之所調—試論楊熾昌詩作的青色美學〉等四篇色彩美學的論文。一如桂媚在她最早所寫就的〈瘂弦詩作的色彩美學〉中所言，色彩雖是一種生理感覺，但加入了個人經驗後，色彩意象將具備個人傾向，正因色彩有此特性，觀察作品中的色彩呈現，事實上也正是在瞭解作者的精神世界；而瞭解詩人們的精神世界，也就是在瞭解他們的人生及其成為詩人誕生的時刻與初衷。這樣的切入角度，既是跳脫傳統文本的語義分析，也是詩人（創作者）與詩人（評論者）間的情意對話。

　　多年以來，桂媚始終有兩個最大的心願：一是為她的故鄉彰化文學做上更多的努力，挖掘過去較少為人注意的詩人、作家，並為其書寫評論的篇章；二是為她詩學的啟蒙者向陽老師作傳，以回應其在詩壇與文壇上的盛譽。這些年來的相識，我早深刻瞭解桂媚對

文學的真誠和義無反顧，也衷心期盼她的這兩個願望，在不久的將
來都能一一實現。

2018年6月

彰化文學的新聲音

陳春榮

　　彰化市公所將5月28日定為「賴和日」，每年舉辦文藝活動推廣，會認識桂媚正是因為「賴和日」。2013年的「賴和日」，選在古月民俗館舉辦詩畫展，同時出版《親近作家・土地與人民》一書，由桂媚擔綱插畫作者，為詩人康原的臺語詩〈蕃薯園的日頭光〉繪製插圖。她在開幕式時說到「彰化文學是生命中不可或缺的關鍵詞」，那時候我還不知道桂媚除了是插畫家，她的碩士論文也以彰化詩人為研究對象，而且發表過許多學術論文。

　　事隔2年後，彰化文學館在2015年「賴和日」開幕，陸續邀請桂媚為彰化文學館設計作家明信片、詩作書籤及書包，我們因而有比較密集的接觸。同樣在這一年，我代表邱建富市長出席「踏破荊棘，締造桂冠：王白淵逝世五十週年紀念學術研討會」，到了現場後，發現桂媚是論文發表人之一，我才知道原來她已經投入彰化文學研究多年，是向陽老師的學生，對於日治時期的彰化作家賴和、楊守愚、王白淵、翁鬧，以及前行代詩人錦連、林亨泰，中生代詩人吳晟、蕭蕭、康原等，都有相當程度的認識與見地。回想起來，當年康原長達700行的賴和詩傳作品由她負責插圖，確實是不二人選。

2016年，她以人物誌《詩人本事》入選彰化縣作家作品集，這本集子聚焦於岩上、林武憲、吳晟、蕭蕭、康原、向陽六位詩人，是桂媚身為彰化文學研究者，耕耘10年的成果。2017年，她出版個人首部詩集《自然有詩》，讓讀者看見詩評家內心浪漫的一面。2018年，她集結過去發表的學術論文為《色彩・符號・圖象的詩重奏》，這本詩論集延續她一路走來對彰化文學的關注，超過半數篇章與彰化詩人有關。

　　被譽為「臺灣新文學之父」的賴和，1918年前往廈門鼓浪嶼的博愛醫院服務，賴和因緣際會接觸到了新文化的刺激，深切感受到新文學運動的力量，返臺後賴和投身臺灣新文學運動，為臺灣文學帶來深刻長遠的影響。時間轉眼就走過一個世紀，臺灣文學的發展日益蓬勃，我欣見年輕世代共同彈響彰化文學的樂章，相信《色彩・符號・圖象的詩重奏》只是起點，期待桂媚的創意為彰化文學注入更多能量，也祝福她有一天能實現為詩人向陽寫傳的心願。

自序：逐夢小札

李桂媚

　　會選擇報考臺文所，單純是因為對現代詩的美麗想像，然而，現實世界終究不似文字浪漫，就讀碩士班後，一直覺得自己不適合從事文學研究，於是我休學了。有很長一段時間，我不再讀詩、不再寫評論，回歸大學所學，進入印刷界服務，那幾年的生活重心除了工作之外，還是工作，對於研究所，心裡多少抱持著「就這樣放棄吧」的想法。

　　就在休學那段期間，出現了一個轉捩點，因為向陽老師的推薦、蕭蕭老師的成全，我有幸出席錦連詩作研討會發表論文。這個機緣讓我重拾詩評的筆，也讓我認識了吳晟老師、康原老師、林武憲老師、岩上老師、莫渝老師、白靈老師等詩壇前輩，儘管面對研究所，我仍然有許多疑惑，仍然有一種回不去的心情，但這些詩的緣分，成為支持我在詩路上前進的力量。

　　那一年，我在研討會上再次遇見蕭蕭老師，老師見到我的第一句是：「這裡是彰化，你想認識誰，我帶你去！」四目相交的瞬間，感動的情緒流過心湖，我努力維持著上揚的嘴角，不讓眼淚落下。隔年蕭蕭老師邀我撰寫翁鬧研討會論文，那篇論文日後也成為我碩士論文的第三章。研討會上他遞給我一個微笑，接著問：「你

什麼時候畢業？」雖然只是一個簡短的問句，卻足以喚醒所有記憶，我的腦海裡反覆縈繞著從前的畫面與這個問題，卻怎麼也解不出一個屬於自己的答案。

該如何說明自己的心意呢？面對休學這段日子的空白，我又何嘗不感到焦慮!?我們總說人生擁有無限可能，但踽踽行來所面臨到的現實似乎不這麼樂觀，我終究沒有把這些話說出口，僅以一抹苦笑來回應蕭蕭老師，因為我知道自己依舊在追尋與逃離之間擺盪。

當天晚上，我怎麼也睡不著，青春的夢想夾雜著各種思緒在胸口迴盪，也許是我太急著追逐所謂的夢想，卻忘了從挫折中尋找前進的動力；或許是我盲目地陷在自己的煩惱裡，反看不見遠方的希望。我想起向陽老師告訴我的：「重點不是你從哪裡來，而是你站在哪裡，又將往哪裡去。」於是我明白了，無論如何，我的筆都將持續舞動，因為，我不願再錯過生命的可能了。

《色彩・符號・圖象的詩重奏》第一個篇章〈瘂弦詩作的色彩美學〉，是我就讀國北教大臺文所發表的第一篇學術論文，最末篇〈論《吳晟詩・歌》專輯的詩歌交響〉，則是我去年在「臺灣文學家牛津獎暨吳晟文學學術研討會」發表的論文，橫跨10個年頭。常常有人問我：「你一直寫論文，是不是準備念博士班？」拿學位並不是學術研究唯一的選項，我所思考的是，在中文為大的環境，好不容易培養出一名臺文碩士，可是大多數人拿到學位後就停筆了，那麼，臺文要如何被看見？中文臺文的二分法又要如何打破？期待有更多人共同點亮臺灣文學的星空。

很多很多的偶然，讓我從沒沒無聞的研究生變成了彰化作家、青年詩評家，我始終相信，面對外境的衝擊與變化，書寫就是創作者最好的回應之道。

目次

卷三　圖象與音樂的詩意交響

臺灣新詩色彩美學初探

┃瘂弦詩作的色彩美學

一、前言

　　繼紀弦在1953年創刊《現代詩》後，隔年相繼有《創世紀》、《藍星》的問世，這些刊物刊載了許多運用隱喻、象徵、意識流、自動書寫等手法創作的前衛性作品，為當時的文壇注入一股新流。許世旭在〈延伸與反撥－重估臺灣五〇年代的新詩〉裡即提到：

> 五〇年代臺灣詩壇之主要成員，是軍中官兵，尤其《創世紀》幾乎都是……洛夫、商禽、張默、楚戈、瘂弦、碧果、辛鬱、梅新、沙牧、楊喚、季紅、葉泥等均是，而他們這些軍兵寫的是自我的、象徵的、超現實的現代詩，並非戰鬥詩。[1]

　　在當時，創世紀詩社不僅繼承了現代詩派所提倡的「橫的移植」，更進一步引進超現實主義（surrealism），運用隱喻、象徵、暗示、歧義等技巧來創作，閱讀創世紀詩社成員的作品，不難發

---

[1]　參見許世旭，〈延伸與反撥－重估臺灣五〇年代的新詩〉，《新詩論》（臺北：三民，1998），頁25。

現現代主義（modernism）所留下的影響，以往討論五○、六○年代的現代詩，也多側重於作品中的現代主義蹤跡，諸如存在主義（existentialism）的思想、超現實主義的手法、意識流的使用等等，然而，除了關注現代主義所帶來的影響，五○、六○年代的現代詩作品是否還存有另一種可能的閱讀方式？

余欣娟的碩論《一九六○年代臺灣超現實詩——以洛夫、瘂弦、商禽為例》曾論及：

> 臺灣超現實詩的色彩濃烈灰暗，主要是黑白灰與血色；重複出現黑夜、齒、血、毛髮，女人以及殘缺的肢體等意象群；常出現吞食、哭泣、拘禁、踐踏、殺死等殘暴的動詞。商禽、洛夫與瘂弦對於黑色的運用方式不同，商禽將子宮比喻為溫暖的黑色，是生命的源頭；洛夫與瘂弦則將黑色意同於恐怖和死亡。[2]

該論文提出了超現實主義詩作與色彩意象的關係，卻只有小篇幅之論述，甚為可惜。[3]以瘂弦為例，瘂弦雖僅有一本詩集《瘂弦詩集》，[4]卻能風行詩壇數十年，其詩藝不論在當時或是現在，均受到肯定，瘂弦在《瘂弦詩集》中，使用過的顏色包括：白色、

---

[2] 參見余欣娟，《一九六○年代臺灣超現實詩——以洛夫、瘂弦、商禽為主》（臺中：東海大學中國文學系碩士論文，2002），頁135。

[3] 超現實詩的色彩研究，尚有張春榮，〈洛夫詩中的色調‧黑與白〉，收錄於侯吉諒主編，《洛夫「石室之死亡」及相關重要評論》（臺北：漢光，1988），頁170-191。

[4] 瘂弦詩集的第一次出版是香港國際圖書公司1959年印行的《苦苓林的一夜》，該書在臺灣發行時則改名為《瘂弦詩抄》，之後陸續由不同出版社增加詩篇改名出版，包括：眾人出版社出版的《深淵》、黎明文化事業公司出版的《瘂弦自選集》等。目前仍可買到的版本是洪範出版社於1981年出版的《瘂弦詩集》，本文選用版本即為洪範出版。

藍色、紅色、金色、灰色、黑色、紫褐色、銀色、青色、茶色、桃色、綠色、黃色、棕色、紫色。其次，在《瘂弦詩集》八十八首詩中，[5]「黑」字出現在二十九首作品裡，[6]「白」字出現在二十五首作品內，[7]「紅」字則出現於二十一首詩作中，[8]黑、白、紅三色在詩集中出現的比例極高，應可視為瘂弦詩作的主要色彩。管見以為，色彩意象的使用可謂瘂弦詩作的一大特色，至今卻少被論及，不免有遺珠之憾。

蕭蕭於1994年彙集瘂弦詩作相關評論為《詩儒的創造：瘂弦詩作評論集》，該書集結了1957年至1994年間發表的評論作品，收錄篇章高達一百多篇，可見歷年來對瘂弦詩作的討論不曾停歇。[9]檢視這些既有研究成果，可以發現，在討論瘂弦詩作風格的部分，現有研究大致可分為幾類：一是語言的使用，如矛盾語法、複沓句等；二是表現手法，如超現實的轉化、北方意象的選用等；三是作

---

5   多數研究者採用八十七首的說法，筆者考量《瘂弦詩集》中的〈剖——序詩〉使用了紅色意象「血」，故將〈剖——序詩〉亦納入計算，計八十八首詩作。

6   出現「黑」字的詩作依序為：〈春日〉、〈歌〉、〈殯儀館〉、〈三色柱下〉、〈土地祠〉、〈戰神〉、〈船中之鼠〉、〈苦苓林的一夜〉、〈在中國街上〉、〈巴比倫〉、〈倫敦〉、〈阿拉伯〉、〈那不勒斯〉、〈印度〉、〈C教授〉、〈馬戲的小丑〉、〈棄婦〉、〈赫魯雪夫〉、〈焚寄T‧H〉、〈給超現實主義者——紀念與商禽在一起的日子〉、〈出發〉、〈非策劃性的夜曲〉、〈庭院〉、〈從感覺出發〉、〈深淵〉、〈工廠之歌〉、〈小城之暮〉、〈我的靈魂〉、〈海婦〉，計二十九首。

7   出現「白」字的詩作依序為：〈春日〉、〈歌〉、〈殯儀館〉、〈戰神〉、〈鹽〉、〈遠洋感覺〉、〈酒巴的午後〉、〈巴比倫〉、〈耶路撒冷〉、〈那不勒斯〉、〈印度〉、〈C教授〉、〈水夫〉、〈坤伶〉、〈瘋婦〉、〈赫魯雪夫〉、〈給R‧G〉、〈焚寄T‧H〉、〈從感覺出發〉、〈深淵〉、〈我是一勺靜美的小花朵〉、〈藍色的井〉、〈我的靈魂〉、〈廟〉、〈協奏曲〉，計二十五首。

8   出現「紅」字的詩作依序為：〈憂鬱〉、〈一九八〇年〉、〈山神〉、〈紅玉米〉、〈船中之鼠〉、〈在中國街上〉、〈阿拉伯〉、〈西班牙〉、〈印度〉、〈馬戲的小丑〉、〈瘋婦〉、〈赫魯雪夫〉、〈如歌的行板〉、〈下午〉、〈庭院〉、〈獻給H.MATISSE〉、〈我是一勺靜美的小花朵〉、〈小城之暮〉、〈遠洋感覺〉、〈協奏曲〉、〈蕎麥田〉，計二十一首。

9   參見蕭蕭主編，《詩儒的創造：瘂弦詩作評論集》（臺北：文史哲，1994）。

品的題材，如存在的探索、外國的想像等；四是作品的精神，如戲劇性、反諷等。前述幾點確實為瘂弦詩作特色，然而，以《詩儒的創造：瘂弦詩作評論集》一書來說，全書只有何志恒的〈試論瘂弦〈無譜之歌〉〉一文提出瘂弦詩作的「顏色感覺」，且該文對此特色的論述僅有四行：

> 瘂弦這六首詩的顏色感覺以〈船中之鼠〉和〈無譜之歌〉。〈船中之鼠〉出現了「灰色哥兒」「黑女孩」「紅背脊」；〈無譜之歌〉則出現了「金色」「青色」；此外，〈酒吧的午後〉出現了三次「蒼白」和〈遠洋感覺〉出現了「白旗」。詩人用這些顏色意象都能加強詩中的意象的感染力量。[10]

由此可見，相對於瘂弦詩作的其他特徵，關於瘂弦的色彩運用研究，不免匱乏。

另一方面，黃永武於《詩與美》一書中對古典詩中的色彩設計有所著墨，其認為：

> 把色彩巧妙地應用在詩中，如果色彩的調合與色彩的秩序，能符合色彩學的原則，那麼所引起的色彩感覺一定格外靈動，所造成的氣氛就非常美。所以詩中的色彩字，對意象的視覺效果，有著強烈的顯示功能……至於詩人對色彩的偏愛，以及詩人生活的時代環境等等，都影響到詩中明麗或黯

---

[10] 參見何志恒，〈試論瘂弦〈無譜之歌〉〉，收錄於蕭蕭主編，《詩儒的創造：瘂弦詩作評論集》（臺北：文史哲，1994），頁171。

淡的色澤，這就從色彩字中自然流露出個人的性情與時代的
風尚。[11]

　　儘管其觀察對象為古典詩，在現代詩中，亦不乏運用色彩意象
來加強詩作效果的創作者，因而此段論述仍可用於談論現代詩的色
彩運用，色彩具備了多樣意涵的特質，也因而提供作品更寬廣的詮
釋可能，當詩人運用色彩來描繪內在情感的同時，其實也營造出了
一個無限可能的想像空間。

　　基於前述思考，本文擬聚焦於瘂弦詩作中黑色、白色、紅色
的運用，以新批評（new criticism）為探索方式，佐以色彩學相關理
論，析論詩作中運用的色彩及色彩重要意象，期能了解瘂弦詩作中
主要色彩（黑、白、紅）的象徵意涵，及其如何使用色彩意象來提
昇詩作的藝術效果，進而揭示瘂弦以色彩豐富詩作的創作美學。

二、瘂弦詩作的黑色美學

　　李銘龍曾言：「我們對於色彩的認識，不應僅止於物理現
象或機能方面，同時必須注意色彩對心理的影響及意象方面的問
題。」[12]林磐聳、鄭國裕在探討色彩心理時也說：

　　　我們對色彩的反應，多半根據生理感覺及心理經驗而來，因
　　此，當我們使用色彩時，並不能以單純的科學方法來應用色
　　彩，印象、記憶、聯想、象徵、經驗與傳統習慣等，都會影

[11]　參見黃永武，《詩與美》（臺北：洪範，1987），頁21-22。
[12]　參見李銘龍編著，《應用色彩學》（臺北：藝風堂，1994），頁11。

響我們對某一色彩的效應。[13]

　　由前述可知，色彩雖是一種生理感覺，但加入了個人經驗後，色彩意象將具備個人傾向，正因色彩有此特性，觀察作品中的色彩呈現，將有助了解作者的精神世界。關於色彩意象所引發的色彩聯想，林書堯則提出：

> 色彩的聯想是以現在的色彩，喚起回憶過去的色彩的一種作用。依心理學的立場，色彩的聯想也應該是按照接近的法則、類似的法則、相對的法則、因果的法則等而再現。……這些色彩的聯想久而久之，幾乎固定了它們專有的表情，這種深入心理的記號式的色彩表情，後來逐漸地建立起它們各自象徵的地位，於是原來是具體的色彩，慢慢能代表並表示抽象而無形的主觀觀念，這就叫做色彩的象徵。[14]

　　林書堯指出了色彩聯想是建立在關聯性上的，此外，色彩聯想經歷了時間累積，便在約定俗成中建構出其特定象徵。有鑒於色彩象徵意涵的多元性與共通性，筆者彙整色彩學資料，黑色的色彩意涵如下（請參見表1）：[15]

---

[13] 參見林磐聳、鄭國裕編著，《色彩計畫》（臺北：藝風堂，1999），頁16。

[14] 參見林書堯，《色彩認識論》（臺北：三民，1986），頁150。

[15] 參見吳東平，《色彩與中國人的生活》（北京：團結，2000），頁18-24；李銘龍編著，《應用色彩學》（臺北：藝風堂，1994），頁34；谷欣伍編，《色彩理論與設計表現》（臺北：武陵，1992），頁184；林昆範，《色彩原論》（臺北：全華科技，2005），頁103-104；林書堯，《色彩認識論》（臺北：三民，1986），頁170-171；林磐聳、鄭國裕編著，《色彩計畫》（臺北：藝風堂，1999），頁66。

表1　黑色的色彩意涵

黑色		
色彩情感	嚴肅、深沉、端莊、悲哀、寂寞	
色彩象徵 與 色彩聯想	恐怖、畏懼、悲哀、死亡、病、不幸、髒、汙點、犯罪、深淵、地獄、冷酷、嚴格、閉鎖、絕望、重壓、孤獨、不安、後悔、苦、力、沉默、祕密、神祕、邪惡、惡魔、夜、優雅、高貴、冷靜、無、無限、結束	
色彩屬性	無彩度	

誠如李蕭錕所言：「黑色的負面意義多於正面評價」，[16]黑色意涵的此一特性在表1中即可窺見一二，此外，李銘龍論及黑的色彩意象時，亦曾談到：

> 由於黑色代表黑暗、黑夜，使人產生不安和恐懼的感覺，形
> 成了恐怖、罪惡的意象。……一般人民在日常生活器物和服
> 飾用色上，大多避諱使用。……在現代化生活中，黑色的死
> 亡、恐怖的意味已減少許多，生活用品和服飾設計大都利用
> 黑色來塑造高貴的形象……[17]

李銘龍指出了黑色帶給人恐怖、死亡的聯想，同時進一步表示黑色雖擁有這些負面意涵，卻也能用來象徵高貴，由此可見色彩本身的多義性。其次，李銘龍也提到現代對黑色的接受度比以往高出許多，由此可知色彩意涵具有變化性，不同時代對於色彩自有其不同的解讀。

翻閱《瘂弦詩集》，我們可以發現，瘂弦筆下的黑色也以負面意涵為主，瘂弦在〈歌〉裡寫道：「誰在遠方哭泣呀／為甚麼那麼

---

[16] 參見李蕭錕，《臺灣色》（臺北：藝術家，2003），頁93。
[17] 參見李銘龍編著，《應用色彩學》（臺北：藝風堂，1994），頁34。

傷心呀／騎上黑馬看看去／那是死」，[18]以黑馬暗示死亡；在〈殯儀館〉中則說：「生命的祕密／原來就藏在這隻漆黑的長長的木盒子裡」，[19]漆黑的木盒即棺材，黑色在此表徵著死亡；又如〈戰神〉一詩：「在夜晚／很多黑十字架的夜晚」、「Ｖ？只有死，黑色的勝利」、「很多黑十字架，沒有名字」，[20]此詩同樣用黑色來象徵死亡，無名的黑十字架意指墳墓，簡文志談論此詩時即曾言：「『十字架』本是救贖的象徵，在此卻是指陳死亡、荒墳，『黑』字更加死亡的氛圍」。[21]

　　其次，〈深淵〉一詩中，詩人提及：「當一些顏面像蜥蜴般變色，激流怎麼為／倒影造像？當他們的眼珠黏在／歷史最黑的那幾頁上！」[22]此處透過黑傳達出混亂、不安、黑暗的氣息，藉以隱喻深淵的存在，復次，〈春日〉、〈阿拉伯〉、〈印度〉、〈C教授〉四首詩也都使用了「黑暗」。再者，在〈工廠之歌〉裡，「烟囱披著魔女黑髮般的霧，密密地／纏著月亮和星辰了……」[23]添加了魔女的形容，不僅強化了黑色的感覺，也讓黑髮這個常用的辭彙翻新，更顯出黑煙的濃密與髒亂。〈出發〉一詩則寫道：「鋼琴哀麗地旋出一把黑傘。」[24]傘的黑一方面與鋼琴的色調有所呼應，一方面也增添了哀麗的成分。

　　此外，瘂弦有多首詩以黑來形容膚色，舉凡：〈船中之鼠〉裡的「黑女孩」，〈巴比倫〉內的「黑皮膚的女奴」，〈倫敦〉的

---

[18] 參見瘂弦，《瘂弦詩集》（臺北：洪範，1987），頁20。
[19] 參見瘂弦，《瘂弦詩集》（臺北：洪範，1987），頁28。
[20] 參見瘂弦，《瘂弦詩集》（臺北：洪範，1987），頁48-49。
[21] 參見簡文志，〈存在形式的荒謬性──瘂弦詩歌探析〉，《詩探索》，2004秋冬卷（2004.12），頁152。
[22] 參見瘂弦，《瘂弦詩集》（臺北：洪範，1987），頁244-245。
[23] 參見瘂弦，《瘂弦詩集》（臺北：洪範，1987），頁260。
[24] 參見瘂弦，《瘂弦詩集》（臺北：洪範，1987），頁198。

「黑奴」，〈那不勒斯〉的「黑僕」，以及〈給超現實主義者——紀念與商禽在一起的日子〉中「黑皮膚的水手」，檢視這些用詞，我們可以發現，黑雖是用來形容皮膚的色澤，但描寫的對象多為下階層的人，可見其含有次級之意，又如〈在中國街上〉：「地下道的乞兒伸出黑缽」，[25]黑缽本身無涉貧貴，但詩句指出手持黑缽者為乞兒，黑缽因而多了髒與次級的感覺，通過這些詩例可知，黑色意涵以負面涵義居多。

另一方面，黑色令人聯想到夜的意象，瘂弦詩作中也有不少出現「黑夜」的作品，舉凡：〈倫敦〉一詩裡，「一盞煤氣燈正忍受黑夜」；[26]〈深淵〉則先寫道：「一部分歲月呼喊著。肉體展開黑夜的節慶。」[27]後又提及：「把種籽播在掌心，雙乳間擠出月光，／——這層層疊疊圍你自轉的黑夜都有你一份」；[28]〈庭院〉也描述著：「在黑夜與黎明焊接的那當口」。[29]

除了「黑夜」，「夜」也是瘂弦詩作常用意象，筆者將「夜」視為黑色的重要意象，「夜」的意象一共出現在二十六首詩作中，[30]其中，〈戰時〉回憶著：「那夜在悔恨與瞌睡之間」；[31]〈芝加哥〉寫道：「於是那夜你便是我的」；[32]〈懷人〉一詩裡，「直

25　參見瘂弦，《瘂弦詩集》（臺北：洪範，1987），頁97。
26　參見瘂弦，《瘂弦詩集》（臺北：洪範，1987），頁118。
27　參見瘂弦，《瘂弦詩集》（臺北：洪範，1987），頁239。
28　參見瘂弦，《瘂弦詩集》（臺北：洪範，1987），頁246。
29　參見瘂弦，《瘂弦詩集》（臺北：洪範，1987），頁216。
30　使用「夜」意象的詩作依序為：〈土地祠〉、〈戰神〉、〈乞丐〉、〈戰時〉、〈死亡航行〉、〈無譜之歌〉、〈苦苓林的一夜〉、〈阿拉伯〉、〈耶路撒冷〉、〈倫敦〉、〈芝加哥〉、〈印度〉、〈C教授〉、〈坤伶〉、〈棄婦〉、〈給R・G〉、〈焚寄T・H〉、〈懷人〉、〈非策劃性的夜曲〉、〈庭院〉、〈復活節〉、〈從感覺出發〉、〈獻給H.MATISSE〉、〈深淵〉、〈我是一勺靜美的小花朵〉、〈遠洋感覺〉，計二十六首。
31　參見瘂弦，《瘂弦詩集》（臺北：洪範，1987），頁66。
32　參見瘂弦，《瘂弦詩集》（臺北：洪範，1987），頁123。

到那夜我發現有人／在梧桐樹上／用小刀刻上我的名字」，[33]三首詩均以「那夜」來表達過去的時光。此外，在〈死亡航行〉中，詩人描述道：「夜。礁區／死亡航行十三日」；[34]在〈倫敦〉裡，詩人則寫著：「在夜晚，在西敏寺的後邊」；[35]而〈坤伶〉一詩談到：「（夜夜滿園子磕瓜子兒的臉！）」；[36]〈我是一勺靜美的小花朵〉裡則是提及：「夜裡我從女神的足趾上向上仰望」[37]……在這幾首詩中，「夜」的意象都具有點出時間的作用，將此點特色對應回「那夜」的象徵意涵，可推知「夜」的出現往往與時間相關。

「夜」除了「夜晚」和「黑夜」以外，尚有其他變貌，比如「星夜」，使用「星夜」意象的詩作有二，分別為〈無譜之歌〉和〈耶路撒冷〉，其中，〈無譜之歌〉寫道：「他要趕一個星夜的詩了」；[38]〈耶路撒冷〉則敘述著：「以撒騎驢到田間去／去哭泣一個星夜／去默想一個星夜」，[39]「星夜」提供了比「夜」更多的想像空間，首先，一個星夜未必就代表一個晚上，在時間軸方面帶來更寬廣的意涵，再者，「星夜」比「黑夜」多了星星的點綴，黑暗之中增添了點點光芒，因而形構出更美麗的景象，在空間軸方面牽引出更豐富的心象。值得一提的是，在瘂弦詩作裡，「星夜」也有其變化，在〈C教授〉詩中，「他說他有一個巨大的臉／在晚夜，以繁星組成」，[40]晚夜的繁星到了瘂弦筆下，不只是夜晚的表徵，也可以組成C教授的夢想。

33　參見瘂弦，《瘂弦詩集》（臺北：洪範，1987），頁192。
34　參見瘂弦，《瘂弦詩集》（臺北：洪範，1987），頁73。
35　參見瘂弦，《瘂弦詩集》（臺北：洪範，1987），頁117。
36　參見瘂弦，《瘂弦詩集》（臺北：洪範，1987），頁149。
37　參見瘂弦，《瘂弦詩集》（臺北：洪範，1987），頁245。
38　參見瘂弦，《瘂弦詩集》（臺北：洪範，1987），頁79。
39　參見瘂弦，《瘂弦詩集》（臺北：洪範，1987），頁105。
40　參見瘂弦，《瘂弦詩集》（臺北：洪範，1987），頁142。

此外，在運用「夜」意象的詩作中，亦可看見瘂弦的超現實表現手法，〈非策劃性的夜曲〉寫道：「夜在黑人的額與朱古力之間」，[41]詩人並置了「黑人的額」和「朱古力」（即巧克力）兩個意象，又說「夜」就在兩者之中，三個意象雖然看似無關，卻在色彩方面相似，三者（夜、黑人的額、朱古力）的關係因而有所串連，然而，即便三者擁有色彩相近的特質，夜又如何能存在黑人的額與朱古力兩者之間呢？詩的張力就在如此看似衝突的形容下生成。到了〈獻給H.MATISSE〉一詩，瘂弦更是讓「（一朵花盛住整個的夜晚！）」，[42]不僅跳脫了夜晚包裹景物的窠臼，更因其看似不合理的特質，賦予了詩作更多元的詮釋可能，一朵花究竟如何來盛住夜晚，就留待讀者想像了。

三、瘂弦詩作的白色美學

　　前述已論及黑色的色彩意涵，與黑色相對的顏色是白色，而白色亦是瘂弦常用色彩，白色的色彩意涵如下（請參見表2）：[43]

---

[41] 參見瘂弦，《瘂弦詩集》（臺北：洪範，1987），頁207。
[42] 參見瘂弦，《瘂弦詩集》（臺北：洪範，1987），頁234。
[43] 參見吳東平，《色彩與中國人的生活》（北京：團結，2000），頁18-24；李銘龍編著，《應用色彩學》（臺北：藝風堂，1994），頁32；谷欣伍編，《色彩理論與設計表現》（臺北：武陵，1992），頁184；林昆範，《色彩原論》（臺北：全華科技，2005），頁103-104；林書堯，《色彩認識論》（臺北：三民，1986），頁169-170；林磐聳、鄭國裕編著，《色彩計畫》（臺北：藝風堂，1999），頁66。

表2 白色的色彩意涵

白色		
色彩情感	純潔、坦蕩、輕快	
色彩象徵 與 色彩聯想	潔淨、清潔、涼爽、單純、率直、神聖、寂靜、透明、新鮮、自由、光明、和平、正義、信仰、永遠、原點、未來、可能性、無限、完全、冷峻、冷淡、虛無、無、恐怖、空洞、投降	
色彩屬性	無彩度	

此外，林昆範對於白色概念亦有所詮釋：

> 「白」的解釋更是多元化，如表示真實的「告白」、表示內容的「明白」、以及蘇東坡的名句，表示光亮的「月白風清」。另外，白不只是白色，如「空白」、「白卷」等語彙中的「白」，代表的是「無」或「透明」，即使在現代的言語表達中，也經常以白色表示透明，如白晝、白光、白開水等。[44]

將林昆範的論述與表2相互對應，我們可以理解，白色的意涵相當豐富，不只可以代表真實、潔淨、光明，也可以象徵虛無、透明，甚至蘊含著恐怖、冷峻等負面意涵，由此可見，色彩往往是正面、反面意涵兼具的。

相較於黑色，白色顯然擁有較多的正面意涵，然而瘂弦筆下的「白色」並非如此光明，往往白色本身雖負載了正面意涵，搭配起詩句的前後文卻是負面的基調，更多時候，白色就代表著負面意涵。〈我是一勺靜美的小花朵〉裡，「她是一座靜靜的白色的塑

---

[44] 參見林昆範，《色彩原論》（臺北：全華科技，2005），頁103。

像，／但她卻在海波上蕩漾！」[45]儘管白色象徵著女神的神聖，但瘂弦隨後立即點出女神在海上隨波逐浪的處境，白色因而不只有純潔的意涵，也隱喻著悲涼。在〈歌〉一詩中，「誰在遠方哭泣呀／為甚麼那麼傷心呀／騎上白馬看看去／那是戀」，[46]以白馬來形容戀，彷彿是一種單純的美好，但配上了前文的「哭泣」與「傷心」，似乎失望多過於希望了。再者，〈C教授〉一詩裡，「到六月他的白色硬領仍將繼續支撐他底古典」，[47]白色雖表示潔白，卻也同時象徵著C教授的孤獨處境，此點和〈赫魯雪夫〉有異曲同工之妙，「他的襯衫被農奴們洗得／比古代彼得堡的雪還白」，[48]此處的白看似讚美，其實隱藏著反諷。

其次，白也可以是「蒼白」，舉凡：〈酒巴的午後〉、〈那不勒斯〉、〈給R‧G〉、〈從感覺出發〉、〈深淵〉均使用了「蒼白」這個辭彙，其中，詩人在〈酒巴的午後〉寫道：「我們就在這裡殺死／殺死整個下午的蒼白」、「復殺死今天下午所有的蒼白／以及明天下午一部分的蒼白」，[49]以「蒼白」來形容下午，表現出每日下午的無所事事及無聊，何志恒即曾評述「蒼白」在此詩運用之成功：

> 在〈酒巴的午後〉中有「我們就在這裡殺死／殺死整個下午的蒼白」，本來「蒼白」是形容不健康的臉色，但現在瘂弦借用身體的「蒼白」來形容抽象的下午的無聊和空虛，表現

---

[45] 參見瘂弦，《瘂弦詩集》（臺北：洪範，1987），頁253。
[46] 參見瘂弦，《瘂弦詩集》（臺北：洪範，1987），頁20。
[47] 參見瘂弦，《瘂弦詩集》（臺北：洪範，1987），頁141。
[48] 參見瘂弦，《瘂弦詩集》（臺北：洪範，1987），頁162。
[49] 參見瘂弦，《瘂弦詩集》（臺北：洪範，1987），頁85-87。

得非常有力、成功。[50]

　　至於〈深淵〉一詩，則以「輓聯般蒼白」來描繪深淵裡的淒涼與不幸。此外，前曾提及瘂弦擅用超現實的表現技巧，此項特色於白色意象亦可窺知，詩人在〈深淵〉裡寫著：「冷血的太陽不時發著顫／在兩個夜夾著的／蒼白的深淵之間。」[51]太陽通常表示溫暖、炙熱等感覺，瘂弦卻以冷血、發顫來形容太陽，經由矛盾語境的刻畫，帶來別開生面的感受。〈從感覺出發〉裡則有「一扇蒼白的太陽」，[52]打破了太陽是紅色的既有想法，同時提供了陽光未必是燦爛的的思維。

　　復次，瘂弦不但以黑色來書寫死亡，也用白色作為死亡的表徵，如〈從感覺出發〉一詩，「穿過傷逝在風中的／重重疊疊的臉兒，穿過十字架上／那些姓氏的白色」，[53]此處的白色有空白的意思，一來可能是名字的空白，二來揭示了生命就此空白。此外，白色的死亡意象常以「白楊樹」的形態出現，在〈殯儀館〉中，「有趣的是她說明年清明節／將為我種一棵小小的白楊樹」；[54]在〈戰神〉裡，「這是荒年。很多母親在喊魂／孩子們的夭亡，十五歲的小白楊」；[55]以及〈廟〉一詩，「這兒的白楊永遠也雕不成一支完美的十字架」，[56]這三首詩都以白楊來隱喻生命的隕逝。又如〈鹽〉：

---

[50] 參見何志恒，〈試論瘂弦〈無譜之歌〉〉，收錄於蕭蕭主編，《詩儒的創造：瘂弦詩作評論集》（臺北：文史哲，1994），頁162。

[51] 參見瘂弦，《瘂弦詩集》（臺北：洪範，1987），頁241。

[52] 參見瘂弦，《瘂弦詩集》（臺北：洪範，1987），頁228。

[53] 參見瘂弦，《瘂弦詩集》（臺北：洪範，1987），頁224-225。

[54] 參見瘂弦，《瘂弦詩集》（臺北：洪範，1987），頁29。

[55] 參見瘂弦，《瘂弦詩集》（臺北：洪範，1987），頁48。

[56] 參見瘂弦，《瘂弦詩集》（臺北：洪範，1987），頁292。

二孃孃壓根兒也沒見過退斯妥也夫斯基。春天她只叫著一句
話：鹽呀，鹽呀，給我一把鹽呀！天使們就在榆樹上歌唱。
那年豌豆差不多完全沒有開花。

鹽務大臣的駝隊在七百里以外的海湄上走著。二孃孃的盲瞳
裡一束藻草也沒有過。她只叫著一句話：鹽呀，鹽呀，給我
一把鹽呀！天使們嬉笑著把雪搖給她。

一九一一年黨人們到了武昌，而二孃孃卻從吊在榆樹上的裹
腳帶上，走進了野狗的呼吸中，禿鷲的翅膀裡；且很多聲音
傷逝在風中，鹽呀，鹽呀，給我一把鹽呀！那年豌豆差不多
完全開了白花。退斯妥也夫斯壓根兒也沒見過二孃孃。[57]

　　在〈鹽〉一詩裡，包含了「鹽」、「雪」、「白花」等白色意
象（天使與裹腳帶或許也可視作白色意象），而這些意象多半是淒
涼的，「鹽」代表著生存，然而二孃孃始終沒有得到鹽，鹽的不存
在同時隱喻著生機的不存在，其次，第一節點出時間為春天，春天
本應是充滿生機的，豌豆卻沒有開花，顯現出蒼白、沒有生氣的景
象；再者，本應屬於正面角色的天使，面對二孃孃索取鹽的請求，
卻嬉笑著以寒冷的雪來回應，反成為一種諷刺，更突顯出小人物的
悲情；最末，二孃孃以裹腳帶結束生命，此時，豌豆雖然開出了白
花，卻為時已晚，二孃孃的生命早已成為一具空白。
　　除了〈鹽〉以外，瘂弦尚有其他詩作運用了白色意象，管見

---

[57] 參見瘂弦，《瘂弦詩集》（臺北：洪範，1987），頁63-64。

以為，「雲」與「雪」是白色的重要意象，此二意象合計出現在十五首詩作中，[58]不論是「雲」的意象還是「雪」的意象，多用於瘂弦詩作中的景物描繪，例如：〈一九八〇年〉中，「雲們／早晨從山坳裡漂泊出來」、「冬天來時雪花埋著窗子」；[59]〈山神〉則寫道：「當融雪像紡織女紡車上的銀絲披垂下來」；[60]〈給橋〉裡，「在折斷了的牛蒡上／在河裡的雲上」；[61]〈一般之歌〉的「至於雲現在是飄在曬著的衣物之上」[62]等，這些詩句揭示了「雲」飄移的特性，「雲」可能是出自山坳，也可能在河的倒影中盪漾，更或許就飄在晾衣架上。「雪」的出現則常常與季節有關，〈一九八〇年〉用「雪花」來描述冬景，〈山神〉以「融雪」來表示春天的來臨；另一方面，「雪」也被用來指稱白色，如〈印度〉一詩中，「以雪色乳汁沐浴她們花一般的身體」；[63]以及〈赫魯雪夫〉裡，「他的襯衣被農奴們洗得／比古代彼得堡的雪還白」，[64]這兩首詩作中的「雪」意象都是形容顏色，即白色。此外，瘂弦也借用了「雪」的冰冷來傳遞「冷」的感受，在〈紅玉米〉裡，「雪使私塾先生的戒尺冷了」，[65]雪的低溫讓事物都冷了；到了〈瓶〉一詩，詩人寫道：「我的熱情已隨著人間的風雪冷掉！」[66]「雪」不僅使事物冰冷，連熱情都能凍結。

58　使用「雲」或「雪」意象的詩作依序為：〈一九八〇年〉、〈山神〉、〈乞丐〉、〈紅玉米〉、〈鹽〉、〈巴黎〉、〈印度〉、〈C教授〉、〈赫魯雪夫〉、〈給橋〉、〈一般之歌〉、〈從感覺出發〉、〈深淵〉、〈我是一勺靜美的小花朵〉、〈瓶〉，計十五首。
59　參見瘂弦，《瘂弦詩集》（臺北：洪範，1987），頁22-24。
60　參見瘂弦，《瘂弦詩集》（臺北：洪範，1987），頁45。
61　參見瘂弦，《瘂弦詩集》（臺北：洪範，1987），頁167。
62　參見瘂弦，《瘂弦詩集》（臺北：洪範，1987），頁219。
63　參見瘂弦，《瘂弦詩集》（臺北：洪範，1987），頁137。
64　參見瘂弦，《瘂弦詩集》（臺北：洪範，1987），頁162。
65　參見瘂弦，《瘂弦詩集》（臺北：洪範，1987），頁60。
66　參見瘂弦，《瘂弦詩集》（臺北：洪範，1987），頁263。

四、瘂弦詩作的紅色美學

　　除了前述的黑白兩種色調外，根據筆者歸納，紅色於瘂弦詩作出現的頻率僅次於黑白兩色，而紅色所負載的色彩意涵如下（請參見表3）：[67]

表3　紅色的色彩意涵

紅色		
色彩情感	熱情、快樂、焦躁、憤怒	
色彩象徵與色彩聯想	熱烈、奔放、興奮、激情、激烈、燃燒、革命、戰鬥、反抗、喜慶、愛情、感動、能源、危險、警告、爆發、停止、炎熱、生氣、忌妒、血、火	
色彩屬性	暖色調、興奮色、積極色	

　　再者，韋芬莉（Victoria Finlay）曾言：

> 對很多文化來說，紅色既是死亡，又是生命──是美麗且可怕的矛盾。在我們現代的隱喻裡，紅色是生氣，是火，是內心狂暴的情感，是愛，是戰爭之神，是力量。[68]

不同的文化背景造就出不同的文化符碼，就色彩而言，不同民族對色彩的偏好與解讀難免有所歧異，比如東方社會以紅色為吉祥的象

---

[67] 參見吳東平，《色彩與中國人的生活》（北京：團結，2000），頁18-24；李銘龍編著，《應用色彩學》（臺北：藝風堂，1994），頁18；谷欣伍編，《色彩理論與設計表現》（臺北：武陵，1992），頁182；林昆範，《色彩原論》（臺北：全華科技，2005），頁95-96；林書堯，《色彩認識論》（臺北：三民，1986），頁159-160；林磐聳、鄭國裕編著，《色彩計畫》（臺北：藝風堂，1999），頁66。

[68] 參見Victoria Finlay原著，戴百宏、潘乃慧譯：《紅色》（臺北：時報，2005），頁24。

徵，但西方卻把紅色視為死亡、災難等負面象徵，然而，現行的色彩理論多借力自西方，加上符號本身具有約定俗成的特性，因此，某些原本中西歧異的色彩詮釋至今已被雙方接納，並存於現代社會中了，透過表3以及韋芬莉對紅色的談論，即可看出現今的紅色意涵並不單一。

在《瘂弦詩集》裡，詩人不單使用「紅色」來表現情感，更從「紅」延伸出「紅色鬚瓣」、「紅歌女」、「紅色的頂」、「紅眼眶」、「紅葉」、「紅玉米」、「紅脊背的航海書」、「紅燈」、「紅頭巾」、「紅領巾」、「紅領結」、「紅格子」、「紅場」、「紅十字會」、「紅夾克」、「紅皮小冊子」、「紅色的屋頂」、「大紅花」、「絳色的帶子」、「紅地丁」、「紅土壤」等意象，這些物件在紅色的潤澤下，更能引發讀者旖旎璀璨的聯想。

在〈紅玉米〉裡，詩人回憶著：「宣統那年的風吹著／吹著那串紅玉米／／它就在屋簷下／掛著／好像整個北方／整個北方的憂鬱／都掛在那兒」，[69]繼而幽幽說著：「你們永不懂得／那樣的紅玉米／它掛在那兒的姿態／和它的顏色」，[70]在此，作者以「紅玉米」來寄託自己的北方記憶，濃濃的思鄉之情即以紅玉米的鮮明意象撞擊讀者心靈。又如〈一九八〇年〉一詩，詩人勾勒著未來的生活[71]：「我們將有一座／費一個春天造成的小木屋，／而且有著童話般紅色的頂／而且四周是草坡，牛兒在嚙草／而且，在澳洲。」[72]此處首先描繪小木屋是花費一整個春天蓋好的，然後說明小木屋有著童話般的「紅色屋頂」，接著述說屋外的草地與吃草的

---

[69] 參見瘂弦，《瘂弦詩集》（臺北：洪範，1987），頁59。
[70] 參見瘂弦，《瘂弦詩集》（臺北：洪範，1987），頁61。
[71] 該詩作於1957年，故此將1980年解讀為未來。
[72] 參見瘂弦，《瘂弦詩集》（臺北：洪範，1987），頁21。

牛，最後點出小木屋的地點在澳洲，隨著作者層層推進的描寫，小木屋一步步具體化了，而屋頂的「紅」配上草地的「綠」，更是讓整個畫面顯得色彩繽紛。

除了以「紅」來烘托情感與描繪景物外，在技巧方面，詩人更運用了意象並置的手法來強化「紅」的意涵，如〈憂鬱〉裡，作者寫道：「我曾在／跳在桌上狂舞的／葡萄牙水手的紅色鬚瓣裡／發現憂鬱／和粗糙的苧蘇繩子編在一起」，[73]「紅色鬚瓣」或許與水手的葡萄牙裔血統有關，但「紅色」象徵著熱情、興奮、奔放的情感，恰好與「狂舞」互為呼應。此外，以藍色表示憂鬱，用紅色表達快樂，算是文化間的色彩共識，然而，詩人卻在紅色鬚瓣裡發現憂鬱，打破了藍色是憂鬱的陳腐模式，不僅形塑出詩的張力，同時賦予紅色更豐富的意涵，提供讀者更多的想像空間。

又如〈馬戲的小丑〉：

就打這樣的紅領結
在黑色的忍冬花下
……
在蓬布的難忍的花紋下
就打這樣的紅領結
……
在可笑的無花果樹下
就打這樣的紅領結[74]

---

73 參見瘂弦，《瘂弦詩集》（臺北：洪範，1987），頁15-16。
74 參見瘂弦，《瘂弦詩集》（臺北：洪範，1987），頁152-154。

外在環境從「黑色的冬忍花」變為「蓬布的難忍的花紋」，又變成「可笑的無花果樹」，「紅領結」的裝束卻是始終不變的，正如同不論幕後多麼辛酸，上臺後永遠是散播歡樂給大家的小丑精神，陳仲義認為，紅與黑的對比表徵著「表面打領結的強打精神與顯耀後內心的恐慌」。[75]再者，其實不只有紅領結與黑色冬忍花的搭配，〈馬戲的小丑〉並置了「紅領結」與其他意象，同時提供背景與前景的訊息來建構畫面，而作者對於背景意象的描述多是負面的，冬忍花是「黑色的」，蓬布花紋是「難忍的」，無花果樹是「可笑的」，藉由這些背景，更加突顯出了「紅領結」的鮮豔與活力。

其次，詩人也用「紅」來營造動態感，在〈印度〉裡，詩人寫道：「鳳仙花擦紅他們的足趾」，[76]此處的紅已不僅僅是對物象色彩的形容，「擦紅」的動作更讓詩句瞬間鮮活了起來。其次，〈在中國街上〉一詩中，「以及向左：交通紅燈；向右：交通紅燈」，[77]不論向左走還是往右轉，交通皆亮起紅燈，「向左」與「向右」都是描繪動作，「交通紅燈」的出現卻宣告動作停止，原有的動態感也就瞬間凝結了。

另一方面，「紅色的語源是血」，[78]人們常將紅色聯想為血，「血」可謂紅色的重要意象，「血」的意象一共出現在十六首詩作中，[79]其中，以「血」來表現死亡的詩作可分為兩類，一種是描述

---

[75] 參見陳仲義，《現代詩技藝透析》（臺北：文史哲，2003），頁32。

[76] 參見瘂弦，《瘂弦詩集》（臺北：洪範，1987），頁137。

[77] 參見瘂弦，《瘂弦詩集》（臺北：洪範，1987），頁97。

[78] 參見廿一世紀研究會原著，張明敏譯，《色彩的世界地圖》（臺北：時報，2005），頁91。

[79] 使用「血」意象的詩作依序為：〈剖——序詩〉、〈春日〉、〈野荸薺〉、〈戰神〉、〈京城〉、〈無譜之歌〉、〈苦苓林的一夜〉、〈巴比倫〉、〈巴黎〉、〈倫敦〉、〈棄婦〉、〈赫魯雪夫〉、〈懷人〉、〈從感覺出發〉、〈獻給

革命或者戰爭，例如〈野荸薺〉「裴多菲到遠方革命去了／他們喜愛流血」、[80]〈戰神〉「在滑鐵盧，黏上一些帶血的眼珠」、[81]〈無譜之歌〉「用血在廢宮牆上寫下燃燒的言語嘞，／你童年的那些全都還給上帝了嘞」、[82]〈巴比倫〉「我是一個滴血的士卒」，[83]這幾首詩都以鮮血來表現戰爭的傷亡以及革命烈士的犧牲。另一種則是暴戾與殺害，如〈巴黎〉「在晚報與星空之間／有人濺血在草上」，[84]描述了社會的不安與凶殺案的氾濫，又如〈赫魯雪夫〉「他常常穿過高爾基公園／在噴泉旁洗他的血手」、「他愛以鐵絲網管理人民／他愛以鮮血洗刷國家」、「所以烏克蘭人永遠流血……」[85]以「血」傳達了暴政與死傷。

此外，用「血」來暗示性愛的詩作有：〈苦苓林的一夜〉「小母親，把妳的血給我吧」，[86]以及〈深淵〉「可怖的言語；一種血與血的初識，一種火焰，一種疲倦！」[87]其中，〈苦苓林的一夜〉透過對血的索求來表示對性的渴求，〈深淵〉則以血的交流來表示桃色交易。

其次，與宗教有關的詩作包括：〈剖──序詩〉「有血濺在他的袍子上，有荊冠──那怕是用紙糊成──／落在他為市囂狎戲過的／傖俗的額上」[88]、〈春日〉「在草葉尖，在地丁花的初蕊／尋

H.MATISSE〉、〈深淵〉，計十六首。

[80] 參見瘂弦，《瘂弦詩集》（臺北：洪範，1987），頁13。
[81] 參見瘂弦，《瘂弦詩集》（臺北：洪範，1987），頁49。
[82] 參見瘂弦，《瘂弦詩集》（臺北：洪範，1987），頁80。
[83] 參見瘂弦，《瘂弦詩集》（臺北：洪範，1987），頁100。
[84] 參見瘂弦，《瘂弦詩集》（臺北：洪範，1987），頁114。
[85] 參見瘂弦，《瘂弦詩集》（臺北：洪範，1987），頁161-164。
[86] 參見瘂弦，《瘂弦詩集》（臺北：洪範，1987），頁88。
[87] 參見瘂弦，《瘂弦詩集》（臺北：洪範，1987），頁243。
[88] 參見瘂弦，《瘂弦詩集》（臺北：洪範，1987），頁1。

找到你／帶血的足印」、[89]〈倫敦〉「而當跣足的耶穌穿過濃霧／去典當他唯一的血袍」、[90]〈深淵〉「在有毒的月光中，在血的三角洲，／所有的靈魂蛇立起來，撲向一個垂在十字架上的／憔悴的額頭」、「在燦爛的血中洗他的荊冠」。[91]基督教多用紅色來表示耶穌受難所流的血，血同時也象徵著贖罪，然而，此四首詩僅〈春日〉以「血的足印」代表神的遺跡，其他三首與其說是運用宗教意象，毋寧說是展現了對神的反諷，〈剖——序詩〉借用耶穌在世時不為世人接受的窘境來當詩人的自我描述，語氣上卻是嘲諷的，渴望有人釘他的原因是「或將因此而出名」，縱使荊冠是用紙糊的也無所謂，就連十字架也是「可笑的十字架」，到了〈倫敦〉，耶穌不僅跣足，甚至還得去典當他的血袍，〈深淵〉裡的耶穌則是所有靈魂攻擊的目標。

除了「血」這個紅色意象外，「火」也是紅色的重要意象，前述已討論了《瘂弦詩集》中使用「血」字眼的詩作，接下來將論述「火」這個紅色意象在詩作中的運用。在瘂弦詩作中，「火」的意象在十七首詩作裡出現，[92]在這些詩作中，此意象多半為「火」、「火焰」、「火把」等型態，但在意義上可分為正面與負面兩種，正面意涵如〈山神〉：「礦苗們在石層下喘氣／太陽在森林中點火」、「冬天，呵冬天／我在古寺的裂鐘下同一個乞兒烤火」，[93]以火的高溫特性來表達溫暖的感覺；又如〈巴比倫〉：「燃火把

---

[89] 參見瘂弦，《瘂弦詩集》（臺北：洪範，1987），頁3-4。

[90] 參見瘂弦，《瘂弦詩集》（臺北：洪範，1987），頁119。

[91] 參見瘂弦，《瘂弦詩集》（臺北：洪範，1987），頁239-241。

[92] 使用「火」意象的詩作依序為：〈山神〉、〈戰神〉、〈無譜之歌〉、〈水手・羅曼斯〉、〈巴比倫〉、〈阿拉伯〉、〈那不勒斯〉、〈印度〉、〈上校〉、〈焚寄T・H〉、〈懷人〉、〈非策劃性的夜曲〉、〈夜曲〉、〈深淵〉、〈工廠之歌〉、〈瓶〉、〈鼎〉，計十七首。

[93] 參見瘂弦，《瘂弦詩集》（臺北：洪範，1987），頁45-47。

於星象臺呼喚迷途的天鵝座」，[94]利用火把來表示導引；〈阿拉伯〉中「神燈的小火焰」[95]與回教信仰有關。負面意涵的部分則類似「血」意象，描述戰爭或死亡，與戰爭相關的有〈戰神〉：「號角沉默，火把沉默」，[96]〈那不／　火焰樹的尖稍／　　天使們，驚呼而且／飛起」，[97]〈上校〉：「那純粹是另一種玫瑰／自火焰中誕生」[98]等；與死亡有關的則是〈阿拉伯〉：「遠遠的小城裡藏有很多死亡／或薔薇花踩入陌巷的泥濘／或流矢們擊滅神燈的小火焰」。[99]

五、結語

除了中國印象的追憶、國外世界的想像、戲劇性人物的描繪、存在的辨證之外，[100]瘂弦詩作是不是還擁有其他特色？本文試圖提供一個不同的閱讀角度，自色彩意象切入，從色彩到色彩重要意象，層層推進，揭示詩人的色彩美學，進而探究瘂弦如何在詩作中以色彩意象為平臺，於再現情感的同時，建構詩作的想像世界。

田崇雪在〈論瘂弦詩歌的悲劇精神〉一文中指出，「翻看並不算厚實的《瘂弦詩集》，滿耳滿眼的都是些『死亡』、『戰爭』、『底層』、『文明成病』、『精神荒原』、『存在不幸』……

94　參見瘂弦，《瘂弦詩集》（臺北：洪範，1987），頁100。
95　參見瘂弦，《瘂弦詩集》（臺北：洪範，1987），頁103。
96　參見瘂弦，《瘂弦詩集》（臺北：洪範，1987），頁49。
97　參見瘂弦，《瘂弦詩集》（臺北：洪範，1987），頁126。
98　參見瘂弦，《瘂弦詩集》（臺北：洪範，1987），頁145。
99　參見瘂弦，《瘂弦詩集》（臺北：洪範，1987），頁103。
100　參見，陳金木，〈橫看成嶺側成峰〉，收錄於國立彰化師範大學國文系主編，《臺灣前行代詩家論》（臺北：萬卷樓，2003）頁172-179。

」[101]，其真正原因，在我們通過前述對黑色、白色、紅色三類色彩意象詩作的討論，即可發現，瘂弦對於詩作色彩意涵的營造，普遍以負面意涵為主，「死亡」、「戰爭」皆是色彩意象的常見意涵，此外，即使色彩意象本身擁有正面意涵，但將意象置身於整首詩來看，依舊隱藏著或多或少的負面情緒，悲劇精神也就在這樣正反意象相對的氛圍下體現。

　　另一方面，李元洛曾形容瘂弦詩作是「清純而雋永的歌」，其認為瘂弦的意象創造具有獨創性，能通過巧思轉化常用意象為獨創性意象，予人驚鴻一瞥之感，[102]就色彩意象來說，瘂弦充分利用了色彩的多義性來抒發情感，不論是黑色、白色、紅色，到了瘂弦筆下，都展現出了豐富意涵。再者，瘂弦不僅是在詩作中呈現意象，更能善用色彩意象正反意涵兼具的特質，而能形塑出另一種美感經驗，牽動出更豐碩的想像及情感，進而觸碰出更深層的思考。

---

[101] 參見田崇雪，〈論瘂弦詩歌的悲劇精神〉，《創世紀》，第144期（2005.09），頁172。

[102] 參見李元洛，〈清純而雋永的歌──臺灣詩人瘂弦詩作欣賞〉，收錄於蕭蕭主編，《詩儒的創造：瘂弦詩作評論集》（臺北：文史哲，1994），頁37-42。

附錄

一、《瘂弦詩集》中出現「黑」字的詩作

詩名	詩句
〈春日〉	冬天像斷臂人的衣袖／空虛，黑暗而冗長（頁3）
〈歌〉	誰在遠方哭泣呀／為甚麼那麼傷心呀／騎上黑馬看看去／那是死（頁20）
〈殯儀館〉	生命的祕密／原來就藏在這隻漆黑的長長的木盒子裡（頁28）
〈三色柱下〉	總是這樣的刈麥節／總是如此豐產的無穗的黑麥（頁34）
〈土地祠〉	獻給夜，釀造黑葡萄酒（頁41）
〈戰神〉	在夜晚，很多黑十字架的夜晚（頁48）
	V？只有死，黑色的勝利（頁48）
	很多黑十字架，沒有名字（頁49）
〈船中之鼠〉	曾有一個黑女孩／用一朵吻換取半枚胡桃核（頁75）
〈苦苓林的一夜〉	然後走，順著河／越過這夜，這星／這黑色的美（頁90）
〈在中國街上〉	地下道的乞兒伸出黑缽（頁97）
〈巴比倫〉	白豹皮舖滿大理石的廊廡／　　我是一個黑皮膚的女奴（頁99）
〈阿拉伯〉	自大馬士革黑暗的長鞘（頁102）
〈倫敦〉	一盞煤氣燈正忍受黑夜（頁118）
	當整個倫敦躲在假髮下／等待黑奴的食盤／用辨士播種也可收穫麥子（頁119-120）
〈那不勒斯〉	那些包裹在絲綢衫中／　　用銀匙敲擊杯沿呼喚黑僕的／為鼻烟弄蒼白了的生涯（頁128）
〈印度〉	令他們擺脫那子宮般的黑暗，馬額馬啊（頁134）
〈C教授〉	當全部黑暗俯下身來搜查一盞燈／他說他有一個巨大的臉／在晚夜，以繁星組成（頁142）
〈馬戲的小丑〉	就打這樣的紅領結／在黑色的忍冬花下（頁152）
	在黑色的忍冬花下（頁154）
〈棄婦〉	她的髮的黑夜／也不能使那個無燈的少年迷失（頁155）
〈赫魯雪夫〉	所以喬治亞人永遠啃黑麵包（頁164）
〈焚寄T‧H〉	而這一切都已完成了／奇妙的日子，從黑色中開始（頁179）
〈給超現實主義者——紀念與商禽在一起的日子〉	山與海，拾松子的行腳僧和黑皮膚的水手（頁183）
	像水葫蘆花／在黑色與金色的殤布之下（頁185）
〈出發〉	鋼琴哀麗地旋出一把黑傘。（頁198）
〈非策劃性的夜曲〉	夜在黑人的額與朱古力之間（頁207）
〈庭院〉	在黑夜與黎明焊接的那當口（頁216）
〈從感覺出發〉	這是回聲的日子。一面黑旗奮鬪出城廓（頁222）

詩名	詩句
〈深淵〉	一部分歲月呼喊著。肉體展開黑夜的節慶。（頁239）
	當一些顏面像蜥蜴般變色，激流怎麼為／倒影造像？當他們的眼珠黏在／歷史最黑的那幾頁上！（頁244-245）
	把種籽播在掌心，雙乳間擠出月光，──這層層疊疊圍你自轉的黑夜都有你一份，（頁246）
〈工廠之歌〉	烟囱披著魔女黑髮般的霧，密密地／纏著月亮和星辰了……（頁260）
〈小城之暮〉	而在迢迢的城外，／莽莽的林子裡，／黑巫婆正在那兒／紡織著夜……（頁269）
〈我的靈魂〉	黑龍江的浪花在喊我（頁282）
〈海婦〉	她和我們親著又黑又甜的嘴（頁289）

二、《瘂弦詩集》中使用「夜」意象的詩作

詩名	詩句
〈土地祠〉	獻給夜／釀造黑葡萄酒（頁41）
	夜／託蝙蝠的翅／馱贈給土地公（頁41-42）
〈戰神〉	在夜晚／很多黑十字架的夜晚（頁48）
〈乞丐〉	每扇門對我關著，當夜晚來時／人們就開始偏愛他們自己修築的籬笆／只有月光，月光沒有籬笆／且注滿施捨的牛奶於我破舊的瓦缽，當夜晚／　夜晚來時（頁52-53）
〈戰時〉	那夜在悔恨與瞌睡之間（頁66）
〈死亡航行〉	夜。礁區／死亡航行十三日（頁73）
〈無譜之歌〉	他要趕一個星夜的詩了（頁79）
〈苦苓林的一夜〉	讓我也做一個夜晚的妳（頁88）
	然後再走，順著河／越過這夜，這星（頁90）
〈阿拉伯〉	或人哪，夜已來了（頁102）
	一些哲學／一些亂夢／而夜已來了（頁104）
〈耶路撒冷〉	以撒騎驢到田間去／去哭泣一個星夜／去默想一個星夜（頁105）
〈倫敦〉	在夜晚，在西敏寺的後邊（頁117）
	想這時費茲洛方場上／一盞煤氣燈正忍受黑夜（頁118）
	這是夜，在泰晤士河下游（頁119）
〈芝加哥〉	於是那夜你便是我的了（頁123）
〈印度〉	當夜晚以檳榔塗她們的雙唇／鳳仙花擦紅他們的足趾（頁137）
〈C教授〉	他說他有一個巨大的臉／在晚夜，以繁星組成（頁142）
〈坤伶〉	（夜夜滿園子磕瓜子兒的臉！）（頁149）
〈棄婦〉	她的髮的黑夜／也不能使那個無燈的少年迷失（頁155）
〈給R・G〉	在僅僅屬於一扇窗的／長方形的夜中。（頁172）
〈焚寄T・H〉	星與夜／鳥或者人（頁177）
	他們呼吸著／你剩下的良夜（頁178）

詩名	詩句
〈懷人〉	直到那夜我發現有人／在梧桐樹上／用小刀刻上我的名字（頁192）
〈非策劃性的夜曲〉	夜在黑人的額與朱古力之間（頁207）
〈庭院〉	在黑夜與黎明焊接的那當口（頁216）
〈復活節〉	或河或星或夜晚／或花束或吉他或春天（頁217）
〈從感覺出發〉	空搖著夜色，當黎明依然昇上（頁228）
〈獻給H.MATISSE〉	（一朵花盛住整個的夜晚！）（頁234）
〈深淵〉	一部分歲月呼喊著。肉體展開黑夜的節慶。（頁239）
	在兩個夜夾著的／蒼白的深淵之間。（頁241）
	在夜晚床在各處深深陷落。一種走在碎玻璃上（頁243）
	在夜晚，在那里床在各處陷落。（頁243）
	——這層層疊疊圍你自轉的黑夜都有你一份（頁246）
〈我是一勺靜美的小花朵〉	夜裡我從女神的足趾上向上仰望（頁254）
〈遠洋感覺〉	啊啊，東方神祕的夜晚！（頁287）

三、《瘂弦詩集》中出現「白」字的詩作

詩名	詩句
〈春日〉	主啊，嗩吶已經響了／令那些白色的精靈們／（他們為山峯織了一冬天的絨帽子）／從溪，從澗／歸向他們湖沼的老家去吧（頁4）
〈歌〉	誰在遠方哭泣呀／為甚麼那麼傷心呀／騎上白馬看看去／那是戀（頁20）
〈殯儀館〉	有趣的是她說明年清明節／將為我種一棵小小的白楊樹（頁29）
〈戰神〉	這是荒年。很多母親在喊魂／孩子們的夭亡，十五歲的小白楊（頁48）
〈鹽〉	那年豌豆差不多全開了白花。（頁64）
〈遠洋感覺〉	譁變的海舉起白旗／茫茫的天邊線直立、倒垂（頁71）
〈酒巴的午後〉	我們就在這裡殺死／殺死整個下午的蒼白（頁85）
	復殺死今天下午所有的蒼白／以及明天下午一部分的蒼白（頁87）
〈巴比倫〉	白豹皮鋪滿大理石的廊廡／　我是一個黑皮膚的女奴（頁99）
	燃火把於星象臺呼喚迷途的天鵝座／　我是一個白髮的祭司（頁100）
〈耶路撒冷〉	七個白色的童貞女，在南方／瑪麗亞帶她們去裝飾那道路／去鋪上金桂／去鋪上憐憫／七個白色的童貞女，在南方（頁106）
〈那不勒斯〉	那些包裹在絲綢衫中／　用銀匙敲擊杯沿呼喚黑僕的／為鼻烟弄蒼白了的生涯（頁128）
〈印度〉	馬額馬，讓他們像小白樺一般的長大（頁135）

詩名	詩句
〈C教授〉	到六月他的白色硬領仍將繼續支撐他底古典（頁141）
〈水夫〉	當微雨中風在搖燈塔後邊的白楊樹／街坊上有支歌是關於他的（頁144）
〈坤伶〉	有人說／在佳木斯曾跟一個白俄軍官混過（頁150）
〈瘋婦〉	餐桌布是白底紅格子的（頁159）
〈赫魯雪夫〉	他的襯衫被農奴們洗得／比古代彼得堡的雪還白（頁162）
〈給R‧G〉	蒼白的肉被逼作最初的順從，／在僅僅屬於一扇窗的／長方形的夜中。（頁172）
〈焚寄T‧H〉	白山茶盛開（頁178）
〈從感覺出發〉	穿過傷逝在風中的／重重疊疊的臉兒，穿過十字架上／那些姓氏的白色（頁224-225）
	自橋戲者的手中，一扇蒼白的太陽（頁228）
〈深淵〉	冷血的太陽不時發著顫／在兩個夜夾著的／蒼白的深淵之間。（頁241）
	這是深淵，在枕褥之間，輓聯般蒼白。（頁246）
〈我是一勺靜美的小花朵〉	她是一座靜靜的白色的塑像，／但她卻在海波上蕩漾！（頁253）
〈藍色的井〉	妳們便是今年春天／開在陌頭的白色鈴鐺花（頁258）
〈我的靈魂〉	我的靈魂／躲在一匹白馬的耳朵中（頁280）
	再逆流而上白帝城（頁284）
〈廟〉	這兒的白楊永遠也雕不成一支完美的十字架（頁292）
〈協奏曲〉	他們吃著白地丁（頁294）

四、《瘂弦詩集》中使用「雲」、「雪」意象的詩作

詩名	詩句
〈一九八〇年〉	雲們／早晨從山坳裡漂泊出來（頁22）
	冬天來時雪花埋著窗子（頁24）
〈山神〉	當融雪像紡織女紡車上的銀絲般垂下來（頁45）
〈乞丐〉	不知道春天來了以後將怎樣／雪將怎樣（頁51）
	雪，知更鳥和狗子們（頁53）
〈紅玉米〉	雪使私塾先生的戒尺冷了（頁60）
〈鹽〉	天使們嬉／笑著把雪搖給她。（頁63-64）
〈巴黎〉	去年的雪可曾記得那些粗暴的腳印？上帝（頁115）
	你是任何腳印都不記得的，去年的雪（頁116）
〈印度〉	以雪色乳汁沐浴她花一般的身體（頁137）
〈C教授〉	雲的那邊早經證實甚麼也沒有（頁141）
〈赫魯雪夫〉	他的襯衣被農奴們洗得／比古代彼得堡的雪還白（頁162）
〈給橋〉	在折斷了的牛蒡上／在河裡的雲上（頁167）
〈一般之歌〉	至於雲現在是飄在曬著的衣物之上（頁219）

詩名	詩句
〈從感覺出發〉	坐鞦韆看雲的孩子（頁227）
〈深淵〉	今天的雲抄襲昨天的雲。（頁242）
	第二天我們又同去看雲、發笑、飲梅子汁（頁243）
	為生存而生存，為看雲而看雲（頁247）
	在剛果河邊一輛雪橇停在那裡；沒有人知道它為何滑得那樣遠，沒人知道的一輛雪橇停在那裡。（頁247）
〈我是一勺靜美的小花朵〉	有露水和雪花綴上我的頭髮（頁251）
	更有數不清的彩雲，甘霖在我鬢邊擦過（頁252）
〈瓶〉	我的熱情已隨著人間的風雪冷掉！（頁263）

五、《瘂弦詩集》中出現「紅」字的詩作

詩名	詩句
〈憂鬱〉	我曾在／跳在桌上狂舞的／葡萄牙水手的紅色鬚瓣裡／發現憂鬱／和粗糙的苧蔴繩子編在一起（頁15-16）
	一個紅歌女唱道／我快樂得快要死了（頁16）
〈一九八〇年〉	我們將有一座／費一個春天造成的小木屋，／而且有著童話般紅色的頂（頁21）
〈山神〉	當瘴癘婆拐到雞毛店裡兜售她的苦蘋果／生命便從山貔子的紅眼眶中漏掉（頁46）
	當衰老的夕陽掀開金鬍子吸吮林中的柿子／紅葉也大得可以寫滿一首四行詩了（頁46）
〈紅玉米〉	宣統那年的風吹著／吹著那串紅玉米（頁59）
	就是那種紅玉米／掛著，久久地／在屋簷底下／宣統那年的風吹著（頁61）
	你們永不懂得／那樣的紅玉米／它掛在那兒的姿態／和它的顏色（頁61）
	在記憶的屋簷下／紅玉米掛著／一九五八年的風吹著／紅玉米掛著（頁62）
〈船中之鼠〉	中國船長並不贊成那婚禮／雖然我答應不再咬他的洋服口袋／和他那些紅脊背的航海書（頁76）
〈在中國街上〉	以及向左：交通紅燈；向右：交通紅燈（頁97）
〈阿拉伯〉	自雕花的香料盒子／自破舊的紅頭巾（頁102）
〈西班牙〉	一個紅領巾的鬥牛士，／扇子搧起他小小的風聞。（頁131-132）
〈印度〉	當夜晚以檳榔塗她們的雙唇／鳳仙花擦紅他們的足趾（頁137）
〈馬戲的小丑〉	就打這樣的紅領結／在黑色的忍冬花下（頁152）
	在篷布的難忍的花紋下／就打這樣的紅領結（頁153）
	在可笑的無花果樹下／就打這樣的紅領結（頁154）
〈瘋婦〉	餐桌布是白底紅格子的（頁159）
〈赫魯雪夫〉	沒有人把他趕出莫斯科／沒有人把他趕出陰冷的紅場（頁164）

詩名	詩句
〈如歌的行板〉	歐戰，雨，加農砲，天氣與紅十字會之必要（頁200）
〈下午〉	（奴想你在綢緞在瑪瑙在晚春玉在謠曲的灰與紅之間）（頁204）
	紅夾克的男孩有一張很帥的臉／在球場上一個人投著籃子（頁204）
〈庭院〉	並無意領兵攻打匈牙利／抑或趕一個晚上寫一疊紅皮小冊子（頁216）
〈獻給H.MATISSE〉	自你炙熱的掌中她們用大塊的紅色呼救（頁234）
〈我是一勺靜美的小花朵〉	高矗的紅色的屋頂，飄著旗的塔尖……（頁253）
〈小城之暮〉	夕陽像一朵大紅花（頁269）
〈遠洋感覺〉	他將看見赤道／像束在地球腰間的／一條絳色的帶子。（頁286）
〈協奏曲〉	在小小的山坡上／一群牛兒在吃草／他們吃著紅地丁（頁294）
〈蕎麥田〉	紅土壤哪，驛馬車哪，亡魂谷哪（頁299）

六、《瘂弦詩集》中使用「血」意象的詩作

詩名	詩句
〈剖——序詩〉	有血濺在他的袍子上，有荊冠——那怕是用紙糊成——／落在他為市鬻狎戲過的／儃俗的額上。（頁1）
〈春日〉	在草葉尖，在地丁花的初蕊／尋找到你／帶血的足印（頁3-4）
〈野荸薺〉	裴多菲到遠方革命去了／他們喜愛流血（頁13）
〈戰神〉	在滑鐵盧，黏上一些帶血的眼珠（頁49）
〈京城〉	當黃昏，黃昏七點鐘／整個民族底心，便開始淒淒地／淒淒地滴血，開始患著原子病（頁57）
〈無譜之歌〉	用血在廢宮牆上寫下燃燒的言語喲，／你童年的那些全都還給上帝了喲。（頁80）
〈苦苓林的一夜〉	小母親，把妳的血給我吧（頁88）
〈巴比倫〉	我是一個滴血的士卒（頁100）
	石砌的長巷落下帶血的趾痕／像羚羊正渴望著清涼的水湄（頁100）
〈巴黎〉	在晚報與星空之間／有人濺血在草上（頁114）
〈倫敦〉	你的眼如腐葉，你的血沒有衣裳（頁118）
	而當跣足的耶穌穿過濃霧／去典當他唯一的血袍（頁119）
〈棄婦〉	她恨聽見自己的血／滴在那人的名字上的聲音（頁156）
〈赫魯雪夫〉	他常常穿過高爾基公園／在噴泉旁洗他的血手（頁161）
	他愛以鐵絲網管理人民／他愛以鮮血洗刷國家（頁163）
	所以烏克蘭人永遠流血……（頁164）
〈懷人〉	唱那些長長的陋巷／門環上的獅子眼／滴血的故事（頁191）

詩名	詩句
〈從感覺出發〉	而當蝴蝶在無花的林中叫喊／誰的血濺上了諸神的冠冕（頁222）
	噫死，你的名字，許是這沾血之美／這重重疊疊的臉兒，這斷了下顎的兵隊／噫死，你的名字，許是這沾血之美／這冷冷的蝴蝶的叫喊（頁229）
〈獻給H.MATISSE〉	而人們說血在任何時刻滴落總夠壯麗（頁237）
〈深淵〉	在有毒的月光中，在血的三角洲，／所有的靈魂蛇立起來，撲向一個垂在十字架上的／憔悴的額頭。（頁239）
	冷血的太陽不時發著顫／在兩個夜夾著的／蒼白的深淵之間。（頁241）
	在燦爛的血中洗他的荊冠（頁241）
	可怖的言語；一種血與血的初識，一種火焰，一種疲倦！（頁243）
	這是笑，這是血，這是待人解開的絲帶！（頁246）

七、《瘂弦詩集》中使用「火」意象的詩作

詩名	詩句
〈山神〉	礦苗們在石層下喘氣／太陽在森林中點火（頁45-46）
	冬天，呵冬天／我在古寺的裂鐘下同一個乞兒烤火（頁47）
〈戰神〉	號角沉默，火把沉默（頁49）
〈無譜之歌〉	啊啊，風喲，火喲，海喲，大地喲（頁79）
〈水手·羅曼斯〉	從水奴魯魯來的蔬菜枯萎了（頁81）
〈巴比倫〉	燃火把於星象臺呼喚迷途的天鵝座（頁100）
〈阿拉伯〉	或薔薇花踩入陋巷的泥濘／或流矢們擊滅神燈的小火焰（頁103）
〈那不勒斯〉	在重磅燒夷彈的／　火焰樹的尖稍／　天使們，驚呼而且／飛起（頁126）
〈印度〉	看到那太陽像宇宙大腦的一點燐火／自孟加拉幽冷的海灣上升（頁135）
	並且圍起野火，誦經，行七步禮（頁137）
〈上校〉	那純粹是另一種玫瑰／自火焰中誕生（頁145）
〈焚寄T·H〉	他們呼吸著／你剩下的良夜／燈火／以及告別（頁178-179）
〈懷人〉	落葉蕭蕭裡／火舌為她吟讀（頁191）
〈非策劃性的夜曲〉	燈火總會被繼承下去的（頁208）
〈夜曲〉	星期五。一塊天靈蓋被釘在火燒後的牆上（頁209）
〈深淵〉	可怖的言語；一種血與血的初識，一種火焰，一種疲倦！（頁243）
〈工廠之歌〉	啊啊，神死了！新的神坐在鍋爐裡／獰笑著，嘲弄著，穿著火焰的飄閃的長裙……（頁260）
	在一萬個接著一萬個的豐收季／過著狂歡節，／舉行著大火之祭。（頁261）

詩名	詩句
〈瓶〉	我說，我本來自那火焰的王國。（頁263）
〈鼎〉	去赴火焰底歌宴，踊新紀元的狐步……（頁266）

引用書目

・專書

吳東平，《色彩與中國人的生活》（北京：團結，2000）。

李銘龍編著，《應用色彩學》（臺北：藝風堂，1994）。

李蕭錕，《臺灣色》（臺北：藝術家，2003）。

谷欣伍編，《色彩理論與設計表現》（臺北：武陵，1992）。

林昆範，《色彩原論》（臺北：全華科技，2005）。

林書堯，《色彩認識論》（臺北：三民，1986）。

林磐聳、鄭國裕編著，《色彩計畫》（臺北：藝風堂，1999）。

侯吉諒主編，《洛夫「石室之死亡」及相關重要評論》（臺北：漢
　　光，1988）。

國立彰化師範大學國文系主編，《臺灣前行代詩家論》（臺北：萬
　　卷樓，2003）。

許世旭，《新詩論》（臺北：三民，1998）。

陳仲義，《現代詩技藝透析》（臺北：文史哲，2003）。

黃永武，《詩與美》（臺北：洪範，1987）。

瘂弦，《瘂弦詩集》（臺北：洪範，1987）。

蕭蕭主編，《詩儒的創造：瘂弦詩作評論集》（臺北：文史哲，
　　1994）。

Victoria Finlay原著，戴百宏、潘乃慧譯，《紅色》（臺北：時報，
　　2005）。

廿一世紀研究會原著，張明敏譯，《色彩的世界地圖》（臺北：時
　　報，2005）。

· 期刊

田崇雪，〈論瘂弦詩歌的悲劇精神〉，《創世紀》，第144期
　　（2005.09），頁167-182。

簡文志，〈存在形式的荒謬性──瘂弦詩歌探析〉，《詩探索》，
　　2004秋冬卷（2004.12），頁141-161。

· 學位論文

余欣娟，《一九六〇年代臺灣超現實詩──以洛夫、瘂弦、商禽為
　　主》（臺中：東海大學中國文學系碩士論文，2002）。

錦連詩作的白色美學

一、前言

　　本文擬以「錦連詩作的白色美學」為研究主題，以錦連的中文詩集為觀察對象，[1]試圖探究錦連詩作對白色此一色彩意象的經營與表現，此研究議題的生成，主要導因於下述幾點思考：

　　第一，選擇以臺灣新詩的色彩意象為研究對象，在於色彩之於文學作品的美學價值猶待開發。在西洋美術史的脈絡裡，越是重視形式的畫派就越強調色彩的表現，大抵而言，從文藝復興以至寫實主義，此時期的繪畫是內容重於形式的，自印象派以降，現代美術則轉向形式重於內容，因而越是後期出現的藝術流派越是著重表現手法，色彩的經營便是其重心之一；反觀文學，整個思潮的演進順序雖與藝術發展相似，但色彩在文學作品中所發揮的作用卻是內涵大過於形式的。黃永武在評價古典詩的色彩設計時，即曾言：「色彩字在詩中的價值，不啻是繪采設色的外表工夫，還可以透視詩心活動的內層世界。」[2]由此可見，色彩在詩中扮演的角色實不容小

---

[1] 錦連已出版的中文詩集包括：《鄉愁》（彰化：新生，1956）、《挖掘》（臺北：笠詩刊社，1986）、《錦連作品集》（彰化：彰化縣立文化中心，1993）、《守夜的壁虎》（高雄：春暉，2002）、《海的起源》（高雄：春暉，2003），計五本。

[2] 參見黃永武，《詩與美》（臺北：洪範，1987），頁21。

覷。再者，蕭蕭論及古典詩歌的色彩時，則進一步指出現代詩和古典詩一樣充滿色彩，其認為：「以色彩激引讀者視覺，再進而觸發意識聯想，以達成情意交流、感染的效果，古今詩人似乎有志一同。」[3]然而，相對起古典詩歌的色彩研究成果，現代詩雖色彩斑斕，色彩相關研究卻乏人問津，不免有遺珠之憾，本研究即有感於色彩意象之於文學作品的特殊性，以及現代詩色彩研究的待開拓，因而選擇以臺灣新詩的色彩意象為觀察對象，期能洞悉色彩意象在新詩中的人文意涵與多元表現。

第二，選擇錦連詩作為研究範圍，在於錦連詩作的色彩美學仍待彰顯。錦連擁有豐富的創作量，以其詩作為觀察對象的相關評論卻顯得匱乏，對此，李友煌便曾感嘆：

> 過去，有關錦連詩作之介紹或評論性文章，數量並不多，……而有關錦連詩作的學術性論文，則更寥寥可數，目前只有東海大學中文所阮美慧的碩士論文《笠詩社跨越語言一代詩人研究》、李魁賢的〈存在的位置──錦連在詩裡透示的心理發展〉、成大臺文所碩士生王萬睿的〈現代性：從壓抑與反思的歷史開始──試論錦連詩中「火車」意象的現代意義〉、同所碩士生李敏忠的〈存在的震顫──評錦連50年代「即物」詩的抒情優位〉、以及張德本的〈臺灣鐵路詩人──錦連的鐵路詩〉五篇。[4]

---

[3]　參見蕭蕭，《青紅皂白》（臺北：新自然主義，2000），頁200。
[4]　參見李友煌，《異質的存在──錦連詩研究》（臺南：國立成大臺文所碩士論文，2004），頁3。

時至今日，除了前述五篇學術研究外，後續研究尚有：李友煌的學位論文《異質的存在——錦連詩研究》、真理大學臺文系召開的「錦連詩作學術研討會」、[5]張德本撰寫的《臺灣鐵路詩人錦連論》，以及其他散見於報章雜誌的評介文字。[6]然而，相關評介以介紹性文章居多，有關錦連的學術性研究依舊有限，且相較起銀鈴會與笠詩社的其他重要詩人，錦連詩作的研究成果實屬寡量，仍待後續研究者進行耕耘。

　　另一方面，綜觀錦連詩作的既有研究成果，有人聚焦於詩作的現代性，有人著眼於詩作的批判性，也有人關注於詩作的抒情性與人道關懷，更有不少研究者討論錦連詩作的意象運用。就錦連詩作的意象經營來說，舉凡鐵道意象、圖象詩、電影詩都是研究者常論及的題材，張德本在〈臺灣鐵路詩人——錦連的現代美學〉一文中即讚許錦連詩作「含有豐富的意象銳度」，[7]該文除了對錦連的圖象詩、電影詩、超現實詩有所討論外，亦以〈夜市〉、〈老舖〉、〈母親和女兒的照片〉、〈蚊子淚〉、〈青春〉等詩為例來論證

---

[5]　該研討會論文可參見真理大學臺灣文學系主編，《福爾摩莎文學：錦連詩作學術研討會論文集》（真理大學臺灣文學系，2004）。

[6]　學術性論文有：陳采玉，〈錦連青年時期詩語言之特色〉，《高苑學報》，第10期（2004.07），頁187-197；阮美慧，〈論錦連在臺灣早期現代詩運動的表現與意義〉，《真理大學臺灣文學研究集刊》，第7期（2004.12），頁23-48；李友煌，〈時代的列車——臺灣鐵道詩人錦連〉，《高市文獻》，第18卷1期（2005.03），頁67-99。介紹性文章則包括：周華斌，〈寫在生活現場——錦連先生（せんせい）介紹與訪談記〉，《笠》，第241期（2004.06），頁36-47；林盛彬，〈必也狂狷乎？真性情而已！——專訪錦連先生〉，《文訊》，第233期（2005.03），頁138-144；岩上，〈錦連和他的詩〉，《文學臺灣》，第54期（2005.04），頁238-247；蔡依伶，〈家在鳳山，錦連〉，《印刻文學生活誌》，第22期（2005.06），頁138-145；王靜祥，〈追尋流轉在鋼軌上的密碼：2005年9月3日No.41　週末文學對談　錦連VS張德本〉，《臺灣文學館通訊》，第9期（2005.10），頁48-54；薛建蓉紀錄，〈臺灣鐵路詩人——流轉在鋼軌上的密碼〉，《明道文藝》，第357期（2005.12），頁127-139；黃建銘，〈冬日的午後，與詩人錦連在鳳山聚首〉，《臺灣文學館通訊》，第11期（2006.06），頁54-58；謝韻茹，〈夢與土地的詠歎調：錦連小評〉，《笠》，第260期（2007.08），頁143-144等文。

[7]　參見張德本，《臺灣鐵路詩人錦連論》（臺北縣：北縣文化局，2005），頁56。

「意象的聚焦」，檢視張德本在「意象的聚焦」中所提及的詩例，不難發現，這些詩例大多使用了色彩詞，且色彩詞於詩中發揮了舉足輕重的作用，再回探錦連詩集所收錄的作品，亦可窺見文句間不乏色彩意象的運用，陳明台即曾以〈夜市〉一詩為例，指出錦連早期創作的短詩「具備新鮮的色彩感覺，透過剎那間捕捉到的簡單意象來陳示精巧的詩思。」[8]然而，細探錦連詩作的現有研究，始終少有研究者論述其色彩意象之運用，不免可惜，有鑑於此，錦連筆下的色彩究竟展現出哪些風貌，又如何強化了詩作的情感與氛圍，便是本文意圖探討的課題。

第三，選擇白色為論述主軸，在於白色於錦連詩作的代表性。錦連共出版過五本中文詩集，細數五本詩集中使用到色彩詞的詩作篇數，可以發覺，每本詩集均有四成左右的詩作運用了色彩詞，此外，錦連不只是色彩意象使用頻率極高，其選用過的顏色種類亦相當繁多，比如：紅、黃、綠、青、藍、紫、灰、黑、白、金、銀等色澤都曾出現於詩句裡，其中又以白色出現的次數最多；再者，錦連晚期的詩作多半收錄於《海的起源》內，就此一詩集來說，色彩詞的數量雖不似以往豐富，但白色依舊是該詩集使用最頻繁的色彩，由此可見，不論早期還是晚期，白色意象從不曾缺席，它無形中貫串起了錦連的詩作風格，白色之於錦連詩作，不光是在數量上出現次數多，在質地上亦有其特殊性。

基於前述思考，本文將從錦連詩作的白色意象出發，一探白色意象在詩人筆下呈現了哪些的面貌，繼而探索當結合了詩人的想像，產生了哪些書寫的可能。本文選用色彩學為論述基礎，佐以康

8　參見陳明台，〈硬質而清澈的抒情──純粹的詩人錦連論〉，《笠》，第193期（1996.06），頁111。

丁斯基（Wassily Kandinsky, 1866-1944）的藝術理論，以錦連中文詩集為研究對象，期能透視詩中的色彩經營與作用。全文分為兩個面向，首先將析論白色作為意象，具備了哪些精神向度的意涵，繼而觀察白色意象的色彩搭配，探索白色搭配其他色彩所呈顯出的情感與想像。

二、白色的情感世界

康丁斯基認為：「色彩是一個媒介，能直接影響心靈」。[9]色彩不僅是感官作用的生理感受，更牽引著精神世界的想像與經驗，李銘龍便曾表明色彩意象是「色彩引起的感覺，經過心理的直覺反應、經驗聯想及價值判斷等綜合運作之後，所形成的對色彩的『印象』。」[10]此外，康丁斯基論及色彩的語言時，曾有如下的闡述：

> 當我們聽到「紅」時，紅便進入我們的想像裡，毫無邊際，
> 也許也被聯想到暴力。紅，我們不是實際地看到，而是抽象
> 地想像到，它喚起精確和不精確的內在想像，而產生純粹內
> 在、物體的聲音。[11]

當色彩採取文字的形態來表情達意，讀者所觀看到的並非色彩本身，而是經由色彩詞彙的表達，喚醒讀者記憶中的色彩樣貌與感

---

9 參見Kandinsky, Wassily原著，吳瑪俐譯，《藝術的精神性》（臺北：藝術家，2006），頁48。
10 參見李銘龍編著，《應用色彩學》（臺北：藝風堂，1994），頁16。
11 參見Kandinsky, Wassily原著，吳瑪俐譯，《藝術的精神性》（臺北：藝術家，2006），頁50。

覺，進而引發聯想，形構出色彩意象。

　　宋澤萊在〈論詩中的顏色〉一文中表示，詩中加入顏色，能帶給讀者不一樣的感受。[12]錦連詩作正可論證此一觀點，試比較《鄉愁》詩集收錄的〈我〉與《守夜的壁虎》收錄的〈偽善者〉：

〈我〉[13]	〈偽善者〉[14]
疲憊之極， 我倒在牀上而哭泣。 我的淚球， 滲透了感傷的核心。 我—— 我是個天才的偽善者。	精疲力盡 跟蹌倒伏床上 枕頭的汗臭味 在感傷的深處哽咽 淚水—— 微溫的淚水 滲進白色的床單 ——今天一整天 　我仍然是 　一個偽善者……

　　管見以為，〈偽善者〉可視為〈我〉的修改版，兩首詩雖在文詞選用與詩作長度上有所差異，但所描繪的畫面與內容卻是相同的，以詩中我疲憊地倒在床上哭泣的場景為開場，繼而將焦點轉向淚水，最末點出對自己依舊是偽善者的反省。然而，儘管兩首詩所意圖闡述的內涵相似，〈偽善者〉在意象上的經營顯然技高一籌，〈我〉詩中未出現色彩詞，〈偽善者〉則使用了白色來為作品增色，〈我〉一詩透過「我的淚球，／滲透了感傷的核心」來直陳感情，〈偽善者〉轉化感傷之情為「微溫的淚水／滲進白色的床單」，一來運用「微溫」加強情緒的激動，二來藉由「白色床單」意象的特質增加詩作張力，白色象徵了純潔、善良，床單意味著包

---

[12] 參見宋澤萊，〈論詩中的顏色〉，《宋澤萊談文學》（臺北：前衛，2004），頁33。
[13] 參見陳金連，《鄉愁》（彰化：新生，1956），頁6。
[14] 參見錦連，《守夜的壁虎》（高雄：春暉，2002），頁25。

裏、覆蓋，無形中呼應著尾段的「偽善」，由此觀之，色彩意象確實對詩作有畫龍點睛之效用。

另一方面，誠如曾啟雄所言，隨著歷史文化的演進，語言符號所對映的意義也隨著約定俗成而增加，色彩語言亦然，「文字記號與意義之間的關係不再限於一對一的狀態，可能是一對多的。」[15]色彩作為一種文字符號，其蘊藏的內在意涵自然不單一，因此，「白色」並非一個靜止不動的概念，而是擁有多元意涵的，筆者彙整色彩學相關資料，[16]白色的色彩意涵如下：

表1　白色的色彩意涵

色彩情感	純潔、坦蕩、輕快
色彩象徵 與 色彩聯想	潔淨、清潔、涼爽、單純、率直、真誠、神聖、寂靜、柔弱、透明、清晰、新鮮、自由、光明、和平、正義、信仰、永遠、無限、原點、未來、可能性、完全、冷峻、冷淡、虛無、無、恐怖、空洞、投降
色彩屬性	無彩度

前述已提及色彩意涵的多元性，通過表1正可論證此一特質，白色雖是無彩度的顏色，其所指涉的意涵卻非常豐富。

其次，在色相上，白色是最明亮的色澤，因而成為純潔的象徵，相關研究即指出：「當然，『白』還具有種種其他意義，但幾乎所有的國家，都把白色和潔淨的東西聯想在一起。」[17]大抵而言，白色與黑色是相對的，比如白色表徵著純潔、明亮，黑色就意

---

[15] 參見曾啟雄，《色彩的科學與文化》（臺北縣：耶魯國際文化，2003），頁179。

[16] 參見吳東平，《色彩與中國人的生活》（北京：團結，2000），頁18-24；李銘龍編著，《應用色彩學》（臺北：藝風堂，1994），頁32；谷欣伍編，《色彩理論與設計表現》（臺北：武陵，1992），頁184；林昆範，《色彩原論》（臺北：全華科技，2005），頁103-104；林書堯，《色彩認識論》（臺北：三民，1986），頁169-170；林磐聳、鄭國裕編著，《色彩計畫》（臺北：藝風堂，1999），頁66。

[17] 參見廿一世紀研究會原著，張明敏譯，《色彩的世界地圖》（臺北：時報，2005），頁128。

味著罪惡、黑暗，[18]一如康丁斯基所述：「白色一直被視為快樂和純潔，而黑色像是一張陰沉的幕，有死亡的象徵。」[19]白色多半被解讀為正面象徵，黑色則多被當成負面象徵，但白色並不只涵蓋正面意義，同時也負載有反面意義，《色彩意象世界》一書便提及：「中國人認為白色表示空虛，是缺乏充實感的顏色，意味著不吉祥。」[20]用於喪事的白色固然令人忌諱，然而，誠如前段所作的討論，「白色」的涵義並非恆定不變的，隨著東西方的文化交流，西方用於婚禮的白色在東方也越來越廣被接受。

三、白色意象的開展

如前所述，西方文化眼中的白色往往是光明、美好的，林素惠詮釋康丁斯基的色彩理論時，曾談到：

> 康定斯基[21]形容藝術界所出現新的訊息為白色光：「這是好的，是白色的，充滿著希望的光芒」（This is good. The white, fertilizing ray），另外在「關於藝術的精神性」裡他視「白色」為充滿希望之色，甚至到了1930年代還寫文章讚誦空畫布、光禿禿的牆為充滿無數期待與無限可能。[22]

---

[18] 李蕭錕在《臺灣色》一書中曾指明：「黑色的負面意義多於正面評價」。參見李蕭錕，《臺灣色》（臺北：藝術家，2003），頁93。

[19] 參見Kandinsky, Wassily原著，吳瑪俐譯，《藝術的精神性》（臺北：藝術家，2006），頁69。

[20] 參見原作者未註明，呂月玉譯，《色彩意象世界》（臺北：漢藝色研，1987），頁131。

[21] 該書將Wassily Kandinsky譯為康定斯基，此處引文依據原作，但考量康丁斯基為近年較普遍的譯法，筆者撰寫之論述文字採用康丁斯基的譯名。

[22] 參見林素惠，《康定斯基研究》（臺北：臺北市立美術館，1989），頁264。

康丁斯基在〈禿牆〉一文中讚賞禿牆是「最理想的牆」、「貞潔的牆」、「浪漫的牆」，更言禿牆是「被圍限而又向四方發出光芒的牆」，類似的意象也出現在錦連詩作中，然而，錦連筆下的白牆並非那麼光明美好，試看〈無為〉一詩：

　　提起筆
　　　想訴說心中的悲愁
　　　　但從筆尖卻流不出文字來

　　翻翻書
　　　想把寂寞掩飾過去
　　　　但書頁裡卻有痛苦的議論翻滾著

　　閉上眼睛
　　　想思索人生
　　　　但從混沌裡卻產生了另一個懷疑

　　闔上書本丟下筆
　　　睜開眼睛
　　　　我站了起來

　　我的面前
　　　聳立著一面耀眼的白壁
　　　　不容否定的現實的相貌[23]

---

[23]　參見錦連，《守夜的壁虎》（高雄：春暉，2002），頁20-21。

把悲傷沾上了墨，卻無力舞墨成文；想藉由書本忘卻寂寞，無奈書本裡的字句不斷喚醒著回憶；試圖通過思索來釐清一切，反倒激起更多疑惑。終於，下定決心採取具體的行動，投筆、閤書、睜眼、起身，不料眼前卻橫亙著現實的白牆，不容否定、無法踰越的阻礙……〈無為〉一方面傳達了心有餘而力不足的無奈，另一方面也揭示了現實的衝擊，縱使詩中我已「閤上書本丟下筆」，眼前依舊豎立著「一面耀眼的白壁」，「耀眼」一詞看似正面，涵義上卻不是用來代表光明，而是強調白壁無法從視線中抹去，這面耀眼的白壁所表徵的不是希望，而是現實中難以移除的侷限。

再者，採用白牆意象的詩作還有〈歌頌〉：

> 以白壁為素地
> 有著金黃色的蜘蛛網的雕凸
>
> 灼熱的中心
> 太陽撒下了燦爛的金粉
>
> 茅屋裡
> 無力氣的病嬰在低哭的午後
>
> 大自然　深遠地
> 寂靜地而且無限地華麗[24]

---

[24]　參見錦連，《守夜的壁虎》（高雄：春暉，2002），頁182。

首段描述牆壁上的景觀，「金黃色的蜘蛛網的雕凸」可能是點綴在白牆上的金黃色網狀浮雕裝飾，也可能是旖旎晨光下的翩翩倒影；次段則是描摹太陽的灼熱與陽光的燦爛；到了第三段，場景由室外轉向室內，茅屋裡沒有漂亮的金黃雕飾，只有因生病而低哭的嬰兒；末段筆鋒又回到屋外，大自然依舊幽幽地展示著自身的華麗，屋內屋外儼然是兩個世界，剝開絢麗的外觀，內在竟是怎麼也粉飾不住的蒼白人生。李友煌曾評價此詩是「詩人以極其冷靜的白描手法，刻劃出一幅『天地不仁』的風情畫」，又言「病嬰無力氣的低哭竟成了對大自然的『歌頌』，這是多麼極端的諷刺啊，它甚至是一種逆說了。」[25]其實整首詩的對比並不光是內外景觀的對比，詩作甫開頭的「白壁」與「金黃色雕凸」在視覺上亦是一種對比，金黃色雕凸越是耀眼，便越加突顯白壁的蒼白。

　　錦連詩作所呈現的白色空間並不單只有白牆，尚有：白色寢室、白色溪流、白色畫布、白紙等等。在〈因整天下著雨〉一詩裡，詩人直陳：「在白色的寢室裡／充滿幸福的溫暖中／極其安詳地／我將進入夢境」，[26]此處的白色不再代表憂傷，反成為安詳的象徵，為寢室內的人提供一股溫暖的幸福感。至於白色溪流則現身於〈主人不在家〉一詩中：「2.小徑（月明之夜的白色溪流）」，[27]當主人不在家的時候，屋內的走廊將拋開原本的樣貌，化身為因月光而閃閃發亮的白色溪流，與其他家具一同遊戲。

　　此外，值得一提的是，於錦連詩作中多次出現的白紙意象，其不僅是白色外貌的物象，更是一個充滿存在感的空間，幾番讓詩人

---

[25] 參見李友煌，《異質的存在──錦連詩研究》（臺南：成大臺文所碩士論文，2004），頁164。

[26] 參見錦連，《守夜的壁虎》（高雄：春暉，2002），頁38。

[27] 參見錦連，《守夜的壁虎》（高雄：春暉，2002），頁327。

清楚感受到它的張力，比如〈一剎那〉：

> 讓白紙一直擺在那裡
>
> 哦　對寫詩感到恐懼的一剎那
>
> 是白的單色過於強烈的緣故
>
> 對謙虛的白色示威感到畏縮的一剎那……[28]

這首詩書寫著創作者的焦慮，當文字不慎擱淺的時候，就連望見平日面對的白紙都會心生畏懼，看似簡樸的白紙展示著鮮明的白色色調，其帶來的壓迫感恐怕更勝於案牘。林昆範論及白色意象與聯想時，曾提到：

> 白不只是白色，如「空白」、「白卷」等語彙中的「白」，代表的是「無」或「透明」，即使在現代的言語表達中，也經常以白色表示透明，如白晝、白光、白開水等。[29]

〈一剎那〉中的白紙，其實兼具了白色與透明的意涵，一方面是以白色來描摹紙的外觀，另一方面也傳達出「無」的空白感。再者，誠如林昆範所言，白晝是現今常用的語彙，錦連也有多首詩作選用白晝或是白天一詞，包括〈挖掘〉、〈那個城鎮〉、〈給冬天〉、〈葬曲〉、〈印象──高雄行〉、〈海的起源〉等詩。

除了前面討論的白牆與白紙外，錦連詩作中的白色物象還有：

---

[28] 參見錦連，《守夜的壁虎》（高雄：春暉，2002），頁290。
[29] 參見林昆範，《色彩原論》（臺北：全華科技，2005），頁103。

頭髮、臉、牙齒、手、腳、月亮、雨珠、雲、霧、鐵軌、車、燈塔、床單、窗簾、布鞋、手帕、網球、茶葉、詩篇……這些物象大致可分為三類，一是形容人，二是形容自然景觀，三是形容物體。就人物描繪而言，〈老舖〉、〈當我要啟程之前〉、〈老阿婆〉、〈有個殘廢老兵〉都是以斑白的髮色來象徵人物的年長；〈腳〉、〈紫梳岩──埔里遊記〉、〈東園酒家──其二〉、〈議會〉、〈眸子〉裡有著蒼白的四肢與肌膚，〈參拜〉、〈平交道〉、〈太陽眼鏡〉、〈從尊嚴的深處〉、〈自言自語〉、〈追尋逝去的時光──第二部‧一九四二－一九四三‧臺北經驗〉則出現一張張蒼白的臉；另一方面，錦連筆下的白色外貌人物並非全是衰老或蒼白的，〈舊照片〉中的女主角有著雪白細嫩的手，〈夜市〉、〈女〉兩首詩也以雪白和純白來形容女性的牙齒。

其次，白雲是大自然中常見的白色意象，亦是錦連詩作中常見的白色意象，舉凡〈獨居〉、〈獨居〉、〈故鄉〉、〈送別會〉、〈那一刻〉、〈熱的發明──往苗栗途中〉、〈月亮‧太陽‧生存和衰亡〉、〈事實〉、〈醫院和菜市場〉、〈鞦韆〉等詩，當中都可見到白雲流動的蹤跡，且白雲的自在浮動總牽引著詩中主角的心情；與自然景觀相關的白色意象還有霧、雨珠和月亮，〈聲響〉選用了霧的意象來刻畫意識與非意識的模糊地帶，白玉般的雨珠在〈沉滯〉一詩裡閃閃發亮，淡白的月亮則陪伴〈等音訊的人〉守候愛情。

至於擁有白色外觀的物體，則多半用來呼應寂寞憂傷的心境，例如：〈寂寞之歌〉裡，「　嫩／　柔／　紫黃／　白金」的斑斕色彩反襯著「寂寞的慨嘆」；[30]又如〈孤獨〉一詩，詩中的白色燈

30　參見錦連，《錦連作品集》（彰化：彰化縣立文化中心，1993），頁84。

塔正是孤獨的寫照；〈偽善者〉中的淚水隨著感傷的心情流進白色床單；〈夏季的一天〉則是「以微白的哀感開始又以微白的哀感結束」。[31]白色物體不僅被當成負面情緒的形容，也用於表徵不祥與死亡，在〈那一刻〉詩中，垂直落下的白手帕象徵著不吉祥；〈逝者如斯乎〉裡，詩中我搭著白色轎車趕赴弟弟過世的現場；〈劇本〉裡的主角更是臥在銀白色的鐵軌上結束生命。

此外，賴瓊琦解析白色的色彩意涵時，曾談到：「白則是一切都可以看清楚，因此就有明瞭、清楚、沒有文飾等的意思。表白、自白、告白就是講清楚的意思，白心是明白共心，潔白的心的意思。」[32]根據這段描述，我們可以理解到，白色有清楚與說明的意涵，此點特性在錦連詩作中亦可窺見，〈劇本〉裡以「突然響起驟雨似的喝采」作為收場白；[33]〈箱子〉一詩站在箱子的視角展開獨白；〈臺灣Discovery〉末段則有旁白獻聲。

四、白色的配色美學

就色彩搭配來說，白色和任何一種色彩相搭配都能提供調和的感受，賴瓊琦即認為白色在色彩搭配裡的功能是「配合其他色使整體清爽起來」，[34]翻閱錦連詩集，不難發覺白色與其他色彩的搭配，其中，亦有白色與白色的搭配，比如〈輕夢〉即多次使用白色意象：

---

[31] 參見錦連，《守夜的壁虎》（高雄：春暉，2002），頁237。
[32] 參見賴瓊琦，《設計的色彩心理：色彩的意象與色彩文化》（臺北縣：視傳文化，1997），頁226-227。
[33] 參見錦連，《守夜的壁虎》（高雄：春暉，2002），頁335。
[34] 參見賴瓊琦，《設計的色彩心理：色彩的意象與色彩文化》（臺北縣：視傳文化，1997），頁229。

輕輕踩過

淺淺夢境的是

護士小姐的白色布鞋

在淺淺夢境

跳著仙女之舞的是

門窗的白色窗簾

在淺淺夢境

展開翅膀的是

病房的白色牆壁

淺淺的夢境

橫溢著沒有歌聲的是

少女們的白色詩篇[35]

　　〈輕夢〉以「淺淺夢境」和「白色」來貫串全詩，在淺淺的夢境裡，充滿了輕盈的白色色調，不論是輕踩過夢境的白色布鞋，還是輕舞飛揚的白色窗簾，亦或是展翅翱翔的白色牆壁，均予人一種清新、輕快的感受，末段則由動態轉為靜態，白色詩篇不似其他白色物件在夢境中起舞，反而採取無聲的姿態來表現自我，康丁斯基曾言：「白色對我們的心理而言，就像一個絕對的沉默，……這種沉默不是死亡，而是無盡的可能性。」[36]由此觀之，此處少女們的

---

[35] 參見錦連，《守夜的壁虎》（高雄：春暉，2002），頁218-219。

[36] 參見Kandinsky, Wassily原著，吳瑪俐譯，《藝術的精神性》（臺北：藝術家，

白色詩篇雖然是沒有歌聲的，此一意象卻仍是正面意涵的表徵，隱喻著夢與詩的無限可能。

〈輕夢〉一詩充分展示了白色基調的情感呈顯，此外，前述曾論及的〈一剎那〉亦是白色意象反覆出現的詩作，然而，白色與白色的搭配並非錦連白字意象詩作的最大特色，其更善於經營白色與其他色彩的並置，前文已對錦連詩作中的白色意涵進行了初步討論，以下將探索白色與其他色彩意象的色彩搭配，藉以釐清錦連如何調和筆下色彩，進而豐富詩作內涵。

首先，從詩集《鄉愁》開始，錦連即善用白、紅對比來增添詩意，例如〈老舖〉：

夜靜的老舖，

　　有一朵薔薇。

旁邊，
白髮的老頭子托著顋幫，
把視線獃獃地釘在街上。

花瓶裡的薔薇動也不動，
老頭子，
是否想像著年輕的日子？

六月的，

2006），頁67。

冷靜的夜晚。[37]

　　老舖裡有著白髮的老人與紅色的薔薇，薔薇鮮紅的花色對映著老人斑白的髮色，形成了鮮明的對比，既是色彩上的對比，也是青春與年老的對比，通過兩者的對比，提供詩作更多樣的意涵，李魁賢便曾談到此詩是「一朵（紅）薔薇，和一位「白」髮老頭子，呈現強烈對比：植物與動物，紅顏與白髮，青春與暮年，生機與衰頹。」[38]

　　另一方面，運用紅白配色來強化詩作張力的還有〈夜市〉：「西瓜──／　紅的鮮豔之閃耀。／／水份──／　從少女們雪白的牙齒間，／　滴落下來。」[39]紅色果肉的西瓜與雪白牙齒的少女呈現了色彩分明的畫面，紅色汁液由白色牙齒滴落，更顯得動感十足。〈女〉一詩也兼具白、紅色彩，詩人眼中的「她」，有著「閃耀而純白的牙」，卻也像是「充滿反抗的噴火動物」，[40]此詩以白色的純潔、明亮來描述女的靜態面，以紅色（火）的熱情、激烈來勾勒女的動態面。

　　其次，後續出版的詩集同樣不乏白、紅色調的並用，舉凡：〈挖掘〉、〈紫梳岩──埔里遊記〉、〈等音訊的人〉、〈平交道〉、[41]〈葬曲〉、〈畫想──伸向未來的雙臂〉、〈東園酒家──其二〉、〈熱的發明──往苗栗途中〉、[42]〈議會〉、〈也

[37] 參見陳金連，《鄉愁》（彰化：新生，1956），頁4。
[38] 參見李魁賢，〈存在的位置──錦連在詩裡透示的心理發展〉，收錄於鄭烱明編，《越浪前行的一代：葉石濤及其同時代作家文學國際學術研討會論文集》（高雄：春暉，2002），頁235-236。
[39] 參見陳金連，《鄉愁》（彰化：新生，1956），頁12。
[40] 參見陳金連，《鄉愁》（彰化：新生，1956），頁15。
[41] 〈平交道〉一詩雖無「紅」字，但有紅色意象「血」。
[42] 〈熱的發明──往苗栗途中〉一詩雖無「紅」字，但有紅色意象「火花」。

許〉、[43]〈劇本〉、〈月亮・太陽・生存和衰亡〉、〈自言自語〉、〈「詩」的隨想〉[44]等詩作都可窺見紅、白兩色的印記。值得一提的是，〈議會〉與〈自言自語〉兩首詩都通過紅白的對比來傳達政治批判，其中，〈議會〉以議員、代表們「發紅著鄙猥的臉」[45]對比著斟酒女人蒼白的手；〈自言自語〉則以「人是會知恥臉紅」來反諷政客就算嚇得臉色發白，也不會臉紅。[46]

再者，錦連筆下尚有白色與其他顏色的對比，比如〈思慕〉，「純白的空間和醒目的墨色」[47]展現了白與黑的對比，白與黑是兩個極端，白色在此表徵紙張的空白，黑色則意指鋼筆的墨色，白與黑分別代表著文字的無與有；又如〈有個雨天——崎溝子〉：

> 在平靜的恩惠裡顫抖的
> 單調的綠色風景中
> 潤溼發亮的這路標的一條白線
> 是大膽的色彩誇示[48]

道路兩旁有著綠色樹木的景致，道路中央則可見路面的白色標示線，在雨水的潤澤下，不論是樹木的綠還是路標的白都顯得濕潤、富有光澤，綠、白兩色因而同時成為搶眼的色彩，此處正如康丁斯基對色彩並置的討論，兩個色調差異的色彩，可以通過兩者的

43　〈也許〉一詩雖無「紅」字，但有紅色意象「血」。
44　〈「詩」的隨想〉一詩雖無「紅」字，但有紅色意象「血」。
45　參見錦連，《守夜的壁虎》（高雄：春暉，2002），頁378。
46　參見錦連，《海的起源》（高雄：春暉，2003），頁95。
47　參見錦連，《守夜的壁虎》（高雄：春暉，2002），頁132。
48　參見錦連，《守夜的壁虎》（高雄：春暉，2002），頁284。

072　色彩・符號・圖象的詩重奏

對比來吸引注意力，成為一種和諧。[49]

　　然而，錦連並非只善於表現色彩的對比，其配色美學更涵蓋了色彩的調和，試看〈葬曲〉：

　　　　朋友呀　　兄弟姐妹呀
　　　　如果我死了
　　　　就請你們把我哀傷的屍首
　　　　深埋在鄰接著海邊的小丘
　　　　那翠綠的草坪底下吧

　　　　時光流逝
　　　　當我的墳上不知名的野花散發微微花香時
　　　　我就會想起早晨連接白晝
　　　　白晝連接夜晚的
　　　　那往昔相愛的美好日子
　　　　然後
　　　　聆聽打上被夕陽照得紅通通的海灘潮聲
　　　　我將會祈禱
　　　　從前相聚又離散的人們都有永遠的幸福

　　　　朋友呀　　兄弟姐妹呀
　　　　如果我死了
　　　　就請你們把我哀傷的屍首

---

[49]　參見Kandinsky, Wassily原著，吳瑪俐譯，《藝術的精神性》（臺北：藝術家，2006），頁75。

> 深埋在鄰接著海邊的小丘
>
> 那沾滿露水的草坪底下吧[50]

　　〈葬曲〉一詩訴說著想像中的生命告別，全詩透過我的口吻，帶出一幕幕的葬地場景，從「海邊的小丘」到「翠綠的草坪」，畫面由藍色轉變為綠色，接著鏡頭轉向墳上的野花，畫面色彩遂變成泥土色與粉紅色，而後文字轉為死者內心回憶的描述，從早晨過渡白晝再到夜晚，色調可謂由白色漸趨於黑色；再者，此段亦可作另一種解讀，「早晨連接白晝」意指日出時分，「白晝連接夜晚」意指黃昏時刻，再接上後面詩句點出「被夕陽照得紅通通的海灘」，此處即展示了黃色到紅色的色彩階調變化，先是晨光的淺黃色澤，繼而是傍晚初始的橘黃色調，而後橘黃色調隨著夕陽的西下慢慢加深成橘紅色調；最末一段的詩句大致與首段相符，唯有末句相異，儘管畫面類似，兩段所建構的色彩感覺卻不相同，大體而言，兩段的色調表現皆是先藍色後綠色，其中，第一段刻劃出的草坪是充滿生機的翠綠，最末段的草坪則是翠綠中沾滿露水，傳達了綠色與水珠的結合，呈現出一種負載濕潤感的綠色。

　　此外，〈孤獨〉一詩雖不似〈葬曲〉般色彩繽紛，卻調和了黑、白、青三種顏色，形塑出清冷、孤獨之感：

> 孤獨就是獨自呆立於海角
>
> 白天默然地思索著什麼
>
> 夜裡就不停地緩緩旋轉又旋轉

50　參見錦連，《守夜的壁虎》（高雄：春暉，2002），頁176-177。

向幽暗的天空和黝黑的海面投射青白交替的亮光

並一再撫慰這寂靜的城市卻只謙卑地暗示其存在

那個從病房窗口能遙望的白色燈塔[51]

此段描摹海角燈塔於夜晚發送光線的景象，並藉此隱喻孤獨，燈塔的實際外觀雖是白色，但夜晚所望見的燈塔外貌恐怕給人灰色的視覺感覺，呈顯出的畫面因而是灰色的燈塔置於黝黑的海面上，發出青色與白色交替的光束，無彩度的灰、黑、白傳達了孤寂的情緒，再添上隸屬於冷色調的青色，整個畫面就更冷清了。

五、結語

詩人錦連自日治時代出發，至今仍持續新詩創作，其詩作不只數量豐富，質地亦受人肯定，張德本即曾評價：

> 知性、批判、前衛是現代主義的精神指標，以此衡量錦連「電影詩」、「圖象詩」、「超現實傾向」的表現技法與形式創新，「形上詩」的知性探索，「文明反省」的批判性，錦連是三者具備，早就毫無所缺自成一位詩人。[52]

一如張德本所言，錦連詩作兼具了表現手法的創新、形上思維的探索與現象的批判，本文選擇其少被論及的色彩意象為分析對象，聚焦於詩人較常使用的白色意象，期能進一步詮釋錦連詩作的

---

[51] 參見錦連，《海的起源》（高雄：春暉，2003），頁66。
[52] 參見張德本，《臺灣鐵路詩人錦連論》（臺北縣：北縣文化局，2005），頁32。

特色。

　　就白色而言，西方繪畫在處理聖母瑪利亞此一題材時，多半會利用白色百合花來象徵她的純潔，然而，色彩意涵其實有它的複雜性，白色雖然常用於表徵光明與聖潔，但在錦連詩作中並非如此，更多時候白色是哀傷與憂愁的代表，此外，除了純潔、美好、孤獨、哀愁這些意涵外，錦連筆下的白色還有其他意涵，舉凡：安詳、無、年老、蒼白、死亡、述說等等。其次，在白色的色彩搭配上，我們可以發現，錦連既善用紅白兩色的對比來強化情感，也善於調和多種色彩來烘托情境。

　　另一方面，通過本研究之析論，還可以察覺，錦連筆下的白色意象，既出現在現代主義傾向的作品，也運用於現實主義的詩作，形成此點特徵的原因有二：一來導因於白色意涵的多元性，白色不僅同時擁有正面意涵與負面意涵，其精神內涵亦隨著時間與文化的演進日趨豐碩；二來誠如陳采玉觀察到的錦連詩作語言特色：「他不斷嘗試透過不同的手法，從不同的角度觀察人的內在思維和外在物象間的矛盾，將他對實存境域的批判焠煉成一句句詩語。」[53]縱使創作階段不同，錦連始終保有發掘現實事物情感的敏銳，在追求形式創新與突破的同時，[54]詩人仍不忘投注情感於詩作之中，檢視錦連所經營的色彩意象，從單色的使用到多種色彩的搭配，錦連筆下的色彩往往不只是物象外貌的描繪，更是情感與想像的彰顯。

---

[53] 參見：陳采玉，〈錦連青年時期詩語言之特色〉，《高苑學報》，第10期（2004.07），頁195。

[54] 錦連在接受訪談時自言：「我並非想標新立異，只是看到新手法就想運用。藝術就是創作，要創新嘛！」參見周華斌，〈寫在生活現場──錦連先生（せんせい）介紹與訪談記〉，《笠》，第241期（2004.06），頁43。

附錄

附表　錦連詩作中運用「白」字之詩例[55]

詩名	使用色彩字	出處	出現「白」字之詩句
〈老舖〉	白	《鄉愁》（頁4）	**白**髮的老頭子托著顯輂，／把視線獸獸地釘在街上。
〈老舖〉	白	《挖掘》（頁11）	**白**髮的老頭子托著顯輂／把視線獸獸地釘在街上
〈老舖〉	白	《錦連作品集》（頁51）	**白**髮的老頭子托著顯輂／把視線獸獸地釘在街上
〈老舖〉	白	《守夜的壁虎》（頁114）	**白**髮的老頭子托著顯輂／把視線獸獸地釘在街上
〈夜市〉	紅、白	《鄉愁》（頁12）	水份——／ 從少女們雪**白**的牙齒間，／ 滴落下來。
〈夜市〉	紅、白	《挖掘》（頁19）	水份——／ 從少女們雪**白**的牙齒間／ 滴落下來
〈夜市〉	紅、白	《錦連作品集》（頁59）	水份——／ 從少女們雪**白**的牙齒間／ 滴落下來
〈夜市〉	紅、白	《守夜的壁虎》（頁224）	水份——／ 從少女們雪**白**的牙齒間／ 滴落下來
〈女〉	白	《鄉愁》（頁15）	閃耀而純**白**的牙。
〈女〉	白	《海的起源》（頁2）	閃耀而純**白**的牙
〈禮讚〉	白、黃金、金	《鄉愁》（頁22）	以**白**壁為素地，／有著黃金色的蜘蛛網的雕凸。
〈歌頌〉	白、黃金、金	《挖掘》（頁27）	以**白**壁為素地／有著黃金色的蜘蛛網的雕凸
〈歌頌〉	白、黃金、金	《錦連作品集》（頁67）	以**白**壁為素地／有著黃金色的蜘蛛網的雕凸
〈歌頌〉	白、黃金、金	《守夜的壁虎》（頁182）	以**白**壁為素地／有著金黃色的蜘蛛網的雕凸
〈寂寞之歌〉	綠、紫黃、白金	《挖掘》（頁42-43）	苦於沒有綠素的茶葉堆積如山／ 嫩／ 柔／ 紫黃／ **白**金

---

[55] 本表排序方式依照詩集出版順序，依序為：《鄉愁》、《挖掘》、《錦連作品集》、《守夜的壁虎》、《海的起源》，各詩集詩例依出現頁序排列，其中，有些是重複收錄的詩作，考量錦連詩作前後版本略有差異（多半差異表現在標點符號的運用），故移動該詩例順序，讓不同出處的同一首詩例前後排列，以供參照。

詩名	使用色彩字	出處	出現「白」字之詩句
〈寂寞之歌〉	綠、紫黃、白金	《錦連作品集》（頁84-85）	苦於沒有綠素的茶葉堆積如山／　嫩柔／　紫黃／　白金
〈挖掘〉	白、紅、黃	《挖掘》（頁65-67）	白晝和夜　在我們畢竟是一個夜
〈挖掘〉	白、紅、黃	《錦連作品集》（頁106-108）	白晝和夜　在我們畢竟是一個夜
〈那個城鎮——給苗栗‧羅浪兄〉	白、紫	《挖掘》（頁82-83）	接連著眼淚　接吻　白晝和夜的片刻和片刻
〈那個城鎮〉	白、紫	《錦連作品集》（頁124-125）	接連著眼淚　接吻　白晝和夜的片刻和片刻
〈那個城鎮〉	白、紫	《守夜的壁虎》（頁356-357）	10.接連著眼淚　接吻　白晝和夜的片刻和片刻
〈遠遠地聽見海嘯聲〉	白、黑	《錦連作品集》（頁6-7）	蒼白的光線撫摸著面頰／把手伸出去／就白白地在黑暗中夢幻般的浮現　在純白的書頁上跳躍的文字
〈獨居〉	白、藍	《錦連作品集》（頁10-11）	我更使勁地咬緊嘴唇／而凝視流動著白雲的藍天
〈獨居〉	白、藍	《守夜的壁虎》（頁56-57）	我更使勁地咬緊嘴唇／而凝視流動著白雲的藍天
〈無為〉	白	《錦連作品集》（頁16-17）	我的面前／　聳立著一面耀眼的白壁
〈無為〉	白	《守夜的壁虎》（頁20-21）	我的面前／　聳立著一面耀眼的白壁
〈當我要啟程之前〉	白	《錦連作品集》（頁28-39）	兩鬢斑白的這臉上
〈貨櫃碼頭〉	白、灰	《錦連作品集》（頁40-42）	如今期望的瞳孔浮出魚白的哀怨
〈白日夢〉	白	《守夜的壁虎》（頁1）	一直沉思於遙遠的思念中／啊　白日夢　啊　白日夢／是初冬的早晨十點鐘
〈紫梳岩——埔里遊記〉	綠、碧、紅、白	《守夜的壁虎》（頁6-7）	用白蠟般纖細的雙手／邊拉著一百零一尺的吊桶／邊靜靜說話的尼姑們呀
〈老阿婆〉	白	《守夜的壁虎》（頁18-19）	白鬢髮二三根
〈偽善者〉	白	《守夜的壁虎》（頁25）	微溫的淚水／滲進白色的床單
〈沉滯〉	白	《守夜的壁虎》（頁30-31）	窗邊有白玉的雨珠如水晶般地發亮
〈等音訊的人〉	紅、白	《守夜的壁虎》（頁36-37）	出現著淡白的傍晚月亮時

詩名	使用色彩字	出處	出現「白」字之詩句
〈因整天著著雨〉	白	《守夜的壁虎》（頁38-39）	在白色的寢室裡
〈故鄉〉	白	《守夜的壁虎》（頁72-73）	有充滿光輝的白雲流過時
			青春的夢想／和純潔的眼瞳在溫柔微笑著的／白雲自在飄游的地方——
〈給冬天〉	白	《守夜的壁虎》（頁84-85）	白天平靜無事／祇加深了冬天的寂靜
〈參拜〉	白	《守夜的壁虎》（頁112-113）	啊 您那認真淒美又蒼白的側臉呀
〈平交道〉	白	《守夜的壁虎》（頁116-117）	像瘋子般蒼白的臉上我露出無言的微笑
〈送別會〉	白	《守夜的壁虎》（頁123）	散布在猶如大海的蒼穹 那些白帆般的雲朵
〈思慕〉	白、墨	《守夜的壁虎》（頁132-133）	只有純白的空間和醒目的墨色
〈大海〉	白	《守夜的壁虎》（頁151）	看不到白帆的影子
〈葬曲〉	翠綠、白、紅	《守夜的壁虎》（頁176-177）	我就會想起早晨連接白晝／白晝連接夜晚的／那往昔相愛的美好日子
〈畫想——伸向未來的雙臂〉	白、紅	《守夜的壁虎》（頁184-185）	要填補空白的第一色彩已定了
〈聲響〉	白	《守夜的壁虎》（頁188-189）	霧……白濛濛的霧
〈歷史〉	白、灰	《守夜的壁虎》（頁190）	伏在厚重的白紙上
〈腳〉	白	《守夜的壁虎》（頁199）	死人的腳是冰涼的／宛如蠟製標本般白皙又苗條
〈迎媽祖〉	黃、白	《守夜的壁虎》（頁203）	行經窗外的 無言的白熾頌歌的氣壓
〈殘障者〉	白	《守夜的壁虎》（頁206）	白色小網球聲爽快地飛響天空的早晨
〈輕夢〉	白	《守夜的壁虎》（頁218-219）	輕輕踩過／淺淺夢境的是／護士小姐的白色布鞋
			跳著仙女之舞的是／門窗的白色窗簾
			展開翅膀的是／病房的白色牆壁
			橫溢著沒有歌聲的是／少女們的白色詩篇
〈瀑布〉	白	《守夜的壁虎》（頁227）	有個白癡在灑水

詩名	使用色彩字	出處	出現「白」字之詩句
〈夏季的一天〉	灰、白	《守夜的壁虎》（頁236-237）	以微白的哀感開始又以微白的哀感結束
〈東園酒家——其二〉	白、紅	《守夜的壁虎》（頁247）	那手指　白白的指尖
〈太陽眼鏡〉	白、青菜色、黃	《守夜的壁虎》（頁250）	漱石的小說「少爺」裡的／臉色蒼白而瘦弱的「瓜子老師」
〈從尊嚴的深處〉	白	《守夜的壁虎》（頁256）	臉色一下子就變得非常蒼白
〈印象——高雄行〉	白	《守夜的壁虎》（頁260）	白天／電燈也亮著的車廂裡
〈眸子〉	黃、白	《守夜的壁虎》（頁276）	幾乎衰弱得變黃的白皙肌膚
〈有個雨天——崎溝子〉	綠、白	《守夜的壁虎》（頁284）	潤濕發亮的這路標的一條白線
〈一剎那〉	白	《守夜的壁虎》（頁290）	讓白紙一直擺在那裡 是白的單色過於強烈的緣故／對謙虛的白色示威感到畏縮的一剎那……
〈那一刻〉	白	《守夜的壁虎》（頁291）	白手帕垂直落下 白雲風雅地在夜遊……
〈舊照片〉	灰、白	《守夜的壁虎》（頁312-313）	妳雪白細嫩的手
〈主人不在家〉	白	《守夜的壁虎》（頁327）	2.小徑（月明之夜的白色溪流）
〈熱的發明——往苗栗途中〉	白	《守夜的壁虎》（頁333）	幽遠的白雲從腳底下湧起
〈劇本〉	白	《守夜的壁虎》（頁334-335）	收場白——突然響起驟雨似的喝采
〈箱子〉	白	《守夜的壁虎》（頁344-345）	我要為自己告白
〈議會〉	白、紅、泥土色	《守夜的壁虎》（頁378-379）	於是帶有傷感顏色的／染過指甲的女人蒼白的手伸過來斟酒
〈海的起源〉	白	《海的起源》（頁1）	白天／情緒的水分必定會蒸發
〈也許〉	白	《海的起源》（頁12-13）	你白費了力氣
〈劇本〉（散文詩）	紅、白銀	《海的起源》（頁28）	在把載滿了秋天裝飾的森林邊緣繞個大圈而來的白銀的鐵軌上
〈逝者如斯乎〉	白	《海的起源》（頁46-47）	那時　我卻坐著山口先生的白色轎車

詩名	使用色彩字	出處	出現「白」字之詩句
〈有個殘廢老兵〉	白、黑、灰	《海的起源》（頁54-56）	你稀疏的頭髮斑白
〈月亮‧太陽‧生存和衰亡〉	紅、藍、白	《海的起源》（頁57-58）	向著藍天白雲吹吹口哨
〈短劇〉	棕、乳白、銀	《海的起源》（頁63-65）	狗在乳白色的跑車旁駐足
〈孤獨〉	白、青	《海的起源》（頁66-67）	孤獨就是獨自呆立於海角／白天默然地思索著什麼
			向幽暗的天空和黝黑的海面投射青白交替的亮光
			那個從病房窗口能遙望的白色燈塔
〈臺灣Discovery〉	白	《海的起源》（頁84）	旁白：眼前正上演著粗暴的　血淋淋的／大自然殘酷的上帝的攝理
〈自言自語〉	紅、白	《海的起源》（頁94-95）	他們的臉定會變蒼白　很快厚厚的臉皮會被嚇破的
〈事實〉	白	《海的起源》（頁111-113）	扔掉武器　躺在草原仰望天空吧　有白雲在浮動！
〈追尋逝去的時光——第二部‧一九四二一一九四三‧臺北經驗〉	白	《海的起源》（頁182-184）	裡頭正對面一張陳舊眠床住著臉色蒼白的老嫗和當女工的養女
〈「詩」的隨想〉	墨、白	《海的起源》（頁185-187）	揮舞諷刺的白刃而不沾血便無法回鞘的詩
〈醫院和菜市場〉	藍、白	《海的起源》（頁192-193）	有鳥兒　有動物　有藍天　有白雲有薰風
〈鞦韆〉	灰、黑、白、藍	《海的起源》（頁212-213）	我真想坐在那鞦韆　向漂浮著白雲的藍天

引用書目

‧ 專書

吳東平，《色彩與中國人的生活》（北京：團結，2000）。

宋澤萊，《宋澤萊談文學》（臺北：前衛，2004）。

李銘龍編著，《應用色彩學》（臺北：藝風堂，1994）。

鄭炯明編，《越浪前行的一代：葉石濤及其同時代作家文學國際學
術研討會論文集》（高雄：春暉，2002）。

李蕭錕，《臺灣色》（臺北：藝術家，2003）。

谷欣伍編，《色彩理論與設計表現》（臺北：武陵，1992）。

林昆範，《色彩原論》（臺北：全華科技，2005）。

林書堯，《色彩認識論》（臺北：三民，1986）。

林素惠，《康定斯基研究》（臺北：臺北市立美術館，1989）。

林磐聳、鄭國裕編著，《色彩計畫》（臺北：藝風堂，1999）。

真理大學臺灣文學系主編，《福爾摩莎文學：錦連詩作學術研討會
論文集》（真理大學臺灣文學系，2004）。

張德本，《臺灣鐵路詩人錦連論》（臺北縣：北縣文化局，2005）。

陳金連，《鄉愁》（彰化：新生，1956）。

曾啟雄，《色彩的科學與文化》（臺北縣：耶魯國際文化，2003）。

黃永武，《詩與美》（臺北：洪範，1987）。

蕭蕭，《青紅皂白》（臺北：新自然主義，2000）。

賴瓊琦，《設計的色彩心理：色彩的意象與色彩文化》（臺北縣：
視傳文化，1997）。

錦連，《挖掘》（臺北：笠詩刊社，1986）。

錦連，《守夜的壁虎》（高雄：春暉，2002）。

錦連，《海的起源》（高雄：春暉，2003）。

錦連，《錦連作品集》（彰化：彰化縣立文化中心，1993）。

Kandinsky, Wassily原著，吳瑪俐譯，《藝術的精神性》（臺北：藝術
　　家，2006）。

廿一世紀研究會原著，張明敏譯，《色彩的世界地圖》（臺北：時
　　報，2005）。

原作者未註明，呂月玉譯，《色彩意象世界》（臺北：漢藝色研，
　　1987）。

‧期刊

王靜祥，〈追尋流轉在鋼軌上的密碼：2005年9月3日No.41　週末
　　文學對談　錦連VS張德本〉，《臺灣文學館通訊》，第9期
　　（2005.10），頁48-54。

李友煌，〈時代的列車──臺灣鐵道詩人錦連〉，《高市文獻》，
　　第18卷1期（2005.03），頁67-99。

阮美慧，〈論錦連在臺灣早期現代詩運動的表現與意義〉，《真理
　　大學臺灣文學研究集刊》，第7期（2004.12），頁23-48。

周華斌，〈寫在生活現場──錦連先生（せんせい）介紹與訪談
　　記〉，《笠》，第241期（2004.06），頁36-47。

岩上，〈錦連和他的詩〉，《文學臺灣》，第54期（2005.04），頁
　　238-247。

林盛彬，〈必也狂狷乎？真性情而已！──專訪錦連先生〉，《文
　　訊》，第233期（2005.03），頁138-144。

陳明台，〈硬質而清澈的抒情──純粹的詩人錦連論〉，《笠》，

第193期（1996.06），頁108-119。

陳采玉，〈錦連青年時期詩語言之特色〉，《高苑學報》，第10期（2004.07），頁187-197。

黃建銘，〈冬日的午後，與詩人錦連在鳳山聚首〉，《臺灣文學館通訊》，第11期（2006.06），頁54-58。

蔡依伶，〈家在鳳山，錦連〉，《印刻文學生活誌》，第22期（2005.06），頁138-145。

薛建蓉紀錄，〈臺灣鐵路詩人——流轉在鋼軌上的密碼〉，《明道文藝》，第357期（2005.12），頁127-139。

謝韻茹，〈夢與土地的詠歎調：錦連小評〉，《笠》，第260期（2007.08），頁143-144。

· 學位論文

李友煌，《異質的存在——錦連詩研究》（臺南：國立成大臺文所碩士論文，2004）。

康原臺語詩的青色美學

一、前言

　　文史工作者康原從囡仔歌出發，1999年《六〇年代臺灣囡仔－童顏童詩童歌》[1]初試啼聲，2001年繼有臺語詩集《八卦山》[2]的問世，揭示了其以母語追憶童年、書寫地方、傳唱文化的新詩美學，而後更有結合雕塑創作的《臺灣囡仔歌謠》（2002）[3]與搭配水彩畫的《不破章水彩畫集》（2005）[4]出版，為臺語詩壇帶來一股新風貌，蕭蕭即曾言：「康原近乎臺語囡子歌的臺語詩，卻是臺灣新詩可能存在的一種雛形。」[5]

　　其次，路寒袖在《八卦山》一書的序言裡也肯定了康原在題材上的創新與突破：

> 第二輯的「野鳥詩抄」突破了臺語書寫於自然生態的貧乏跟
> 單薄，以往，我們在臺語文學作品裡大概只能看到粟鳥仔

[1]　康原，《六〇年代臺灣囡仔－童顏童詩童歌》（彰化：彰縣文化，1999）。
[2]　康原，《八卦山》（彰化：彰縣文化，2001）。
[3]　康原文字、余燈銓雕塑、皮匠音樂，《臺灣囡仔歌謠》（臺中：晨星，2002）。
[4]　沈國仁等編輯，《不破章水彩畫集》（彰化縣：頂新和德文教基金會，2005）。
[5]　蕭蕭，〈囡仔歌：臺灣新詩的舊田土──細論康原與彰化新詩的土地哲學〉，《土地哲學與彰化詩學》（臺中：晨星，2007），頁178。

（麻雀）、白鷺鷥、烏秋、燕子等少數品種，但臺灣的鳥類卻多達四百餘種，這輯的嘗試給了我們開創性的提示。[6]

另一方面，周素珍在《吟唱土地的聲音～～康原臺語詩歌研究》中亦多處論及康原的動物書寫，該文進一步談到：「比起動物歌，康原在植物、器物及地理方面的囝仔歌等知識傳遞，明顯較少。」[7]如就書寫主題來分類，歸類為植物詩的詩作確實不似動物詩多，然而，植物詩雖寡，植物意象在康原詩作中卻屢屢可見，蕭蕭於〈囝仔歌：臺灣新詩的舊田土──細論康原與彰化新詩的土地哲學〉一文中便指出，「豐盛的物產之美」是康原臺語詩的一大特徵。[8]

翻閱康原詩集，不乏以植物入詩的作品，舉凡：〈濁水溪〉的西瓜、〈埔鹽菁个歌〉與〈蔬菜个故鄉－埔鹽〉的各式蔬菜、〈綠繡眼〉的樹林、〈飼牛囝仔〉的草、〈花蓮的豐田〉的椰子樹與水稻、〈安平的紅磚仔厝〉的椰子樹、〈雲林的北港〉與〈里港的菜市〉的青菜、〈板橋的田庄〉的稻穗、〈臺南安平〉的老樹、〈大樹下的菜市場〉的甘藷、〈旗山的老街〉的蕃薯、〈東山的路〉的百果、〈福爾摩沙的崙上〉的檳榔樹、〈媽祖婆〉的荔枝與葡萄、〈菜籽花〉的菜籽花、〈蘿菜〉的蘿菜與結頭菜、〈種菜的阿嬤〉的高麗菜等，植物意象皆清晰可見。有感於現有研究對於康原詩作的動物意象已多有著墨，[9]對植物意象的討論顯得相對匱乏，本文

6　路寒袖，〈動耳的歌謠〉，收錄於康原，《八卦山》（彰化：彰化縣文化局，2001），頁20-21。

7　周素珍，《吟唱土地的聲音～～康原臺語詩歌研究》（臺東：國立臺東大學兒童文學研究所碩士論文，2008），頁47。

8　蕭蕭，〈囝仔歌：臺灣新詩的舊田土──細論康原與彰化新詩的土地哲學〉，《土地哲學與彰化詩學》（臺中：晨星，2007），頁170。

9　除了前述提及的路寒袖與周素珍，曾論及康原動物詩的尚有張榕真，其在〈吟風・采風・馭風－論康原臺語詩中的民間性〉一文裡指出康原臺語詩具有「借用唸謠題材」

嘗試從前行研究者較少處理的植物意象切入，探索康原臺語詩的另一個面向，筆者試圖追問的是，倘若植物意象是康原詩作的一個系列，那麼，有沒有一個切入點，可以從這些詩作管窺康原臺語詩的特徵？

宋澤萊曾於〈論詩中的顏色〉一文裡論及：「在臺灣的北京語詩人中，並沒有人強調詩要有顏色，百分之九十九的詩人都不注重，可說詩人眼中無色。」[10]又言：「臺語詩人也是眼中無色，幾乎沒有人意識到詩可已經營顏色。」[11]儘管宋澤萊感嘆著「詩人眼中無色」，但在風光明媚的現代詩國度裡，仍有創作者運用色彩意象彩繪詩作，比如：康原近期創作的〈馬拉巴栗〉[12]，此詩以「青　青青　青青青」開場，運用象徵生命的綠色，勾勒馬拉巴栗茂盛之姿。此一表現手法其實在康原臺語詩集《八卦山》中即可窺見端倪，〈埔鹽菁个歌〉同樣起始於「青　青青　青青青」，[13]同樣以植物為書寫對象。其次，在《不破章水彩畫集》一書中，〈汐止的景致〉有「山色青青」；[14]〈臺中的東勢〉裡，「夏天時　田園內／青青青」；[15]〈里港的菜市〉則是「青菜　青青青」。[16]此外，2007年吳濁流新詩獎獲獎作品〈西瓜〉裡，亦寫道：「西瓜皮　青

此一民間文學運用特質，並選用動物類題材詩作為佐證。詳參：張榕真，〈吟風・采風・取風論康原臺語詩中的民間性〉，收錄於《第三屆中區研究生臺灣文學研討會暨臺文系學生論文發表會論文集》（臺中縣：靜宜大學，2007），頁168~181。

10　宋澤萊，〈論詩中的顏色〉，《宋澤萊談文學》（臺北：前衛，2004），頁32。

11　宋澤萊，〈論詩中的顏色〉，《宋澤萊談文學》（臺北：前衛，2004），頁32。

12　此詩由康原提供。

13　康原，〈埔鹽菁个歌〉，《八卦山》（彰化：彰縣文化，2001），頁37。

14　康原，〈汐止的景致〉，收錄於沈國仁等編輯，《不破章水彩畫集》（彰化縣：頂新和德文教基金會，2005），此書無頁碼。

15　康原，〈臺中的東勢〉，收錄於沈國仁等編輯，《不破章水彩畫集》（彰化縣：頂新和德文教基金會，2005），此書無頁碼。

16　康原，〈里港的菜市〉，收錄於沈國仁等編輯，《不破章水彩畫集》（彰化縣：頂新和德文教基金會，2005），此書無頁碼。

青青」。

細探康原筆下的「青」，我們可以察覺，其常用於刻畫植物意象，一來導因於綠色是植物本身的色調，二來誠如賴瓊琦對「青色」色彩意涵的闡述：

> 綠色的色名常和青色通用。中文、日文裡，植物的顏色常用青色表達，不講綠色，因為青除了色彩之外，還含有生長的意思，所以講「青青河畔草」時，形容的不只是草色，還形容青草茂盛的樣子。[17]

管見以為，從「青」到「青青」、以至「青青青」，「青」恐怕不只是綠色的表徵或是生命的象徵，在詩人的巧思與經緯下，「青」融入了「心」的色彩，衍生為「情」，蕭蕭在探索古典詩歌的色彩後，即曾指出：「『色』與『情』有著相當巧妙的關連。」[18]

二十世紀英國學者卡爾・波普曾提出「天鵝定律」：

> 當我們發現一百隻白天鵝時，不能定義所有天鵝都是白的。反之，當我們見到一隻黑天鵝時卻可以命題，並非所有天鵝都是白的。從這個意義上講，一隻黑天鵝比一百隻白天鵝增加了人們對這個問題的認知。因為就是這一次，使我們的視野開闊了。[19]

---

17 賴瓊琦，《設計的色彩心理：色彩的意象與色彩文化》（臺北縣：視傳文化，1997），頁179。
18 蕭蕭，《青紅皂白》（臺北：新自然主義，2000），頁198。
19 轉引自：蔣藍，《哲學獸》（臺北縣：八方，2005），頁29。

筆者無意去評斷現代詩人眼中究竟有無色彩，本文之提出，主要是想藉由色彩意象這樣的切入點，提供欣賞現代詩的新視角。基於以上思索，本文擬以康原臺語詩為分析對象，以色彩學說為理論依據，聚焦於植物意象與青色（綠色）[20]意象的交會，期能通過對此一議題的討論，提供另一種閱讀康原詩作的可能，並進而突顯康原臺語詩的特色。

二、從吟風到采風的色彩美學

　　以往論者多以「從吟風到采風」來形容康原作品的風格轉變，認為其早期創作以抒情為主，八〇年代後方轉向書寫鄉土。[21]這樣的改變其實與心境有關，康原曾以〈色彩〉一詩來詮釋個人心境的轉移：

　　　　少年時　　愛佇藍色水中學泅

　　　　海湧　　一波閣一波　　絞滾

　　　　做人　　阮麻真正溫存

　　　　大湧　　溢過來

　　　　阮喝咻

　　　　日頭　　赤炎炎

　　　　隨人　　顧性命

---

[20] 華語的「青」意指「藍色」，但臺語的「青」可指「綠色」也可指「藍色」，康原詩作的「青」幾乎全部意指「綠色」，筆者欲保留康原臺語詩原貌，故本文以「青」表「綠」。

[21] 詳參：王灝，〈從吟風到采風〉，收錄於康原編著，《文學的彰化：彰化縣新文學作家小傳》（彰化：彰縣文化，1992），頁194-209。

中年後　阮佇綠色田園種作

風颱　一擺閣一擺

阮知影　風頭倚乎在

免驚　風尾做風颱

相信家己e5志氣

阮知影　骨力食力

笨彈　吞啄瀾

六十歲以後

阮無愛　花花e5世界

阮無愛　變化無常e5色彩

白色e5滾水　阮尚愛

流浪e5白雲　自由合自在

色彩e5想法　嘛無愛[22]

　　在〈色彩〉一詩裡，首段寫道：「少年時　愛佇藍色水中學泅」，以「藍色」來形容少年時期「為賦新詞強說愁」的創作心情，以「學泅」來描摹自己在文學路上初起步的跌跌撞撞；第二段接著闡述中年的創作心境，詩人言：「中年後　阮佇綠色田園種作」，此處運用「綠色」來形容中年「走入鄉土」的書寫風貌，同時藉由「種作」來表現從土地出發、耕耘文學田的精神；從藍色到綠色的情感轉移，一如王灝對康原作品的評價：「從青春夢土上跨

22　此詩由康原提供。

向了鄉土大地」。[23]第三段則聚焦於六十歲以後的心境，走過世間繁華，詩人的筆不再留戀於五顏六色的調色盤，唯獨鍾情象徵純潔與原點的「白色」，期許自己能回歸到創作的初衷，挖掘土地的真實面貌；[24]再以另一個視角觀之，光的三原色紅、綠、藍混合後，其結果為白色，回歸白色不僅僅是回歸初衷，更是詩人糅合紅、藍、綠三種情感的生命歷練，塑成看似樸素、其實蘊藏各式色彩的純白作品。

其次，有趣的是，對綠色的喜愛隨著年齡增長而增加，這樣的色彩偏好變異也發生在其他人身上，王大空在受訪時曾談到：

> 過去也喜歡各種活潑的顏色與新奇刺激的事物，但年齡愈大，就愈喜歡簡單的事物、單純的綠色。好像又恢復到童年時放眼望去滿目蒼翠的感覺。長大後和綠色疏遠了，如今倒是返璞歸真地渴望回到綠色的世界裡去，這就是從自然中來又回到自然裡去的心情。[25]

誠如王大空所言，綠色常會讓人聯想到大自然，根據林書堯的觀察，「綠色是大部分的植物色彩，大自然之中除了天與海，綠色所佔的面積最大。」[26]綠色是植物生長的顏色，也是自然景觀常見

---

[23] 王灝，〈從吟風到采風〉，收錄於康原編著，《文學的彰化：彰化縣新文學作家小傳》（彰化：彰縣文化，1992），頁201。

[24] 《彰化縣文學發展史》論及康原時曾言：「當他轉型成為土地與民俗民情的走訪者之後，獨特的文學風格便逐漸形成，從《最後的拜訪》開始，康原一步一履，展開永無終止的土地拜訪，穿越歷史時間，為的是尋找土地的素顏。」詳參：施懿琳、楊翠合撰，《彰化縣文學發展史（下）》（彰化：彰縣文化，1997），頁483。

[25] 劉楷南採訪，〈王大空——綠‧心中的秀色〉，收錄於心岱主編，《談色》（臺北：漢藝色研，1989），頁98。

[26] 林書堯，《色彩認識論》（臺北：三民，1986），頁163。

的色調，然而，何以綠色能帶來回歸的安定感？李蕭錕表示：「綠色，……它與山、原野、草木等象徵生命源泉的綠色植物，同屬於人類心靈安頓的歸鄉。」[27]正因綠色具有如斯特質，綠色之於詩人，不僅是植物本身的色澤，更是土地與臺灣生命力的象徵。

　　再者，蕭蕭認為，正因為經過早期那段感性吟風的歷程，方形塑出康原深刻的生命體驗與成熟的生命智慧，也因而促成了康原建構彰化學的能量。[28]值得注意的是，細觀此詩的色彩安排，正與蕭蕭的評論不謀而合，「阮佇綠色田園種作」此一詩句，除了取用「綠色」的色彩意涵外，在色相上，「綠色」是「藍色」與「黃色」的結合，「綠色」可說是以「藍色」為基石產生的，正好可以呈現從第一個時期進入第二個時期的過渡，色彩的轉變不是全然斷裂的，而是漸進性的改變。

　　另一方面，從吟風到采風的色彩變化亦可由政治傾向來理解，章綺霞論及康原的鄉土史書寫時，曾闡述到：

> 康原，一個從抒情散文、報導文學，到鄉土史書寫的作家，他的自我啟蒙與臺灣歷史論述典範的轉移同步進展，見證了民間文史工作者從八〇年代到九〇年代崛起的時代意義。[29]

　　章綺霞指出，康原的文風轉變與臺灣歷史論述的意識轉移並進，其又言：

---

[27] 李蕭錕，《臺灣色》（臺北：藝術家，2003），頁28。
[28] 蕭蕭，〈囝仔歌：臺灣新詩的舊田土──細論康原與彰化新詩的土地哲學〉，《土地哲學與彰化詩學》（臺中：晨星，2007），頁146。
[29] 章綺霞，〈建構烏溪鄉土史－論《一條河的生命史－尋找烏溪》的鄉土史書寫〉，收錄於林明德、康原編著，《照見人生－《總裁的故事》迴響》（臺中：晨星，2005），頁193。

烏溪鄉土史的建構，其終極意義就是以臺灣土地人民為主體
　　的歷史建構。……康原在尋找烏溪的過程中，不僅找到「一
　　條河的生命史」，也找到自己安身立命的依歸。[30]

　　如沿用章綺霞的論點來檢視〈色彩〉一詩，那麼，詩中的「藍
色」可說是中國意識的象徵、或者國民黨的暗喻，「綠色」則是臺
灣意識的表徵、或者是民進黨的隱喻。其次，康原描述甲子之年的
自己：「阮無愛　花花e5世界／阮無愛　變化無常e5色彩」，想必
其已看清政治人物的擺盪與無常，因而選擇跳脫政黨的偏好，從有
色的藍、綠回歸到無色的純白，堅守以臺灣為主體、書寫常民生活
與文化的寫作信念。

　　前述已論及康原寫作風格的色彩轉變，如以臺語詩為例，康
原已出版的臺語詩集包括：《六〇年代臺灣囝仔－童顏童詩童歌》
（1999）、《八卦山》（2001）、《臺灣囝仔歌謠》（2002）、
《不破章水彩畫集》（2005）、《臺灣囝仔的歌》（2006）五
本，[31]此五本詩集恰好都落在康原創作的「綠色」時期，為釐清
「綠色」在此時期展現的風貌，筆者歸納運用綠色此一色彩字的詩
作如下：

---

[30] 章綺霞，〈建構烏溪鄉土史－論《一條河的生命史－尋找烏溪》的鄉土史書寫〉，
　　收錄於林明德、康原編著，《照見人生－《總裁的故事》迴響》（臺中：晨星，
　　2005），頁216。
[31] 而後康原尚為畫家施並錫的畫冊《走巡半線巡禮故鄉：施並錫彰化採風油畫展》撰
　　寫文字，然而，此書出版於2008年，康原已進入「白色」時期，且該書以華語詩為
　　主，故本文未將此書納入討論。詳參：施並錫，《走巡半線巡禮故鄉：施並錫彰化
　　採風油畫展》（彰化：彰縣文化局，2008）。

表1　康原使用「青」字或「綠」字的臺語詩

詩名	詩句	植物意象	出處
〈青翠稻仔園〉	註：此詩標題使用青字，但詩句未用青字。	稻仔園、田岸	《六〇年代臺灣囝仔－童顏童詩童歌》（頁87）
〈姊妹花〉	青山對阮金金看	田岸、青山	《六〇年代臺灣囝仔－童顏童詩童歌》（頁98）
〈騎牛〉	闊茫茫的青草埔	青草埔、草	《六〇年代臺灣囝仔－童顏童詩童歌》（頁102）
〈滾輪圈〉	輪過　青草埔	青草埔、山	《六〇年代臺灣囝仔－童顏童詩童歌》（頁117）
〈八卦山〉	山頂樹木青綠綠	山、樹木、番麥、甘蔗	《八卦山》（頁2-4）
〈埔鹽菁个歌〉	青　青青　青青青／埔鹽鄉　田園青／青菜種甲歸厝邊 青　青青　青青青 青　青青　青青青／埔鹽鄉　青青青／種惦咱个土地努爆青 埔鹽鄉　青青青／千禧年大家好過年／埔鹽鄉青青青／千秋萬世攏青青	田園、青菜、包心白、苦瓜、蒜、稻仔、菜籽、埔鹽菁	《八卦山》（頁37-40）
〈綠繡眼〉	青啼仔　聲好聽 綠繡眼才是／青啼仔个正名	樹林	《八卦山》（頁64）
〈飼牛囝仔〉	闊茫茫的青草埔	青草埔、草	《八卦山》（頁128-130）（註）同《六〇年代臺灣囝仔－童顏童詩童歌》裡的〈騎牛〉
〈涼風吹過山〉	青山對阮金金看	田岸、青山	《八卦山》（頁143-144）（註）同《六〇年代臺灣囝仔－童顏童詩童歌》裡的〈姐妹花〉
〈富士霸王〉	載過青菜佮豬隻	青菜	《臺灣囝仔歌謠》（此書無頁碼）
〈花蓮的豐田〉	青青翠翠的水稻	椰子樹、水稻	《不破章水彩畫集》（此書無頁碼）
〈臺中的東勢〉	夏天時　田園內／青青青	山、林、田園	《不破章水彩畫集》（此書無頁碼）
〈雲林的北港〉	有人　喝青菜兼賣草蓆	青菜	《不破章水彩畫集》（此書無頁碼）

詩名	詩句	植物意象	出處
〈新店的碧潭〉	青翠翠的山	山、樹	《不破章水彩畫集》（此書無頁碼）
〈汐止的景致〉	真嬌款的山色青青	山	《不破章水彩畫集》（此書無頁碼）
〈里港的菜市〉	青菜　青青青	青菜、荔枝	《不破章水彩畫集》（此書無頁碼）
〈埔心的柳溝〉	青令令的溪水　直流	田溝	《不破章水彩畫集》（此書無頁碼）
〈福爾摩沙的崙上〉	藏真濟青春的戀情	檳榔樹、山崙	《不破章水彩畫集》（此書無頁碼）
〈散步〉	綠色的菜股	菜股	《不破章水彩畫集》（此書無頁碼）
〈年節〉	炒青菜，參肉絲	青菜	《臺灣囡仔的歌》（頁16）
〈蕹菜〉	菜園種甲青綠綠 青菜　骨力種	蕹菜、結頭菜、菜園、青菜	《臺灣囡仔的歌》（頁40）
〈日月潭的情歌〉	白白的雲，青青的樹	山、樹、樹仔葉	《臺灣囡仔的歌》（頁68）

　　通過此表，我們可以發現，康原的青色意象與植物意象多有交會，首先，運用「青」字之詩作皆有使用植物意象；再者，「青」字常用於形容植物與自然景觀。此外，值得一提的是，康原對「青」字的經營，主要有兩大表現技法：其一是將「青」置於句首；其二是將「青」以類疊方式呈現。底下擬分作「青色（綠色）意象的開展」以及「青色（綠色）的表現手法」兩道議題，前者著重於詩作中的青色意象，青色本身或許是一種抽象的意念，但通過其與相關意象的連結，「青」隨之具象化，進而推展出更豐沛的詩意；後者則聚焦在「青」的表現手法，期能藉由置於句首與運用疊字此二特徵，一探綠色在康原臺語詩中的藝術技巧及其效果。

三、青色（綠色）意象的開展

當色彩走進詩作，它可能是一抹情緒、一幅風景，也可能是各種日常的人、事、物，經由前文對〈色彩〉一詩的討論，我們可以發覺，綠色既可能是土地與生命力的表徵，也可能是政治關懷的隱喻，這正可驗證色彩象徵的多元性。有鑒於色彩意涵的複雜性，筆者彙整綠色相關意涵為下表：

表2　綠色的色彩意涵[32]

顏色	情感	象徵與聯想	調性／屬性
綠	安詳、親愛、爽快、溫順、善良	和平、生命、新生、自然、環保、健康、成長、長生、平衡、和諧、安穩、安定、安心、正義、理性、沉著、安全、可靠、誠實、安靜、休息、永遠、遙遠、清潔、清爽、輕快、清新、春風、初夏、新鮮、希望、理想、青春、未熟、疾病、嫉妒	中性色

或許色彩象徵充滿了論者的主觀成份，難以蓋棺論定，然而，正因為色彩的象徵與聯想豐碩多元，方提供創作者更寬廣的發揮空間，亦增添了作品的層次與想像。另一方面，蕭蕭曾進一步指出色彩的聯想及其在詩中之作用：

　　色彩的聯想可以分為具體與抽象兩方面來分析，對於色彩在

---

[32] 參見：李銘龍編著，《應用色彩學》（臺北：藝風堂，1994），頁24-25；谷欣伍編，《色彩理論與設計表現》（臺北：武陵，1992），頁183；林昆範，《色彩原論》（臺北：全華科技，2005），頁99-100；林書堯，《色彩認識論》（臺北：三民，1986），頁163-165；林磐聳、鄭國裕編著，《色彩計畫》（臺北：藝風堂，1999），頁66；賴瓊琦，《設計的色彩心理：色彩的意象與色彩文化》（臺北縣：視傳文化，1997），頁178；貝蒂‧愛德華（Betty Edwards）作，朱民譯，《像藝術家一樣彩色思考》（臺北：時報文化，2006），頁175。

詩中的表現，這兩方面同等重要。因為色彩不可能單獨存在詩句中，必定附著於一件具體的事物上，如白雲、黑山、紅燭、綠橋等等，而此一具體事物必然又有它的聯想方向與範圍，因此，色彩由具體事物的聯想，以至於抽象理念的聯想，是循序而進的，為了詩，同樣賦予相當的關懷。[33]

就綠色來說，綠色是植物的顏色，也是自然景象的色澤，常引發對植物與大自然的聯想，誠如林昆範所言：「綠色是人類最親近的色彩之一，大自然的花草樹木、山林平野，無處不充滿著綠色，綠色蘊含著對自然界的豐富聯想力。」[34]康原詩作的青色意象亦多源自自然界的聯想，自然景觀與植物兩大聯想脈絡可謂康原青色美學的開展主軸，試看下表之彙整：

表3　使用「青」字或「綠」字詩作的青色意象與聯想

青色意象	聯想類別	詩作
青菜、蔬菜、水稻或其他農作物	植物的聯想	〈青翠稻仔園〉、〈八卦山〉、〈埔鹽菁个歌〉、〈富士霸王〉、〈花蓮的豐田〉、〈雲林的北港〉、〈里港的菜市〉、〈福爾摩沙的崙上〉、〈年節〉、〈薅菜〉
山、青山、山崙	自然景觀的聯想	〈姊妹花〉、〈滾輪圈〉、〈八卦山〉、〈涼風吹過山〉、〈臺中的東勢〉、〈新店的碧潭〉、〈汐止的景致〉、〈福爾摩沙的崙上〉、〈日月潭的情歌〉
樹、樹木、樹林、樹葉	自然景觀的聯想、植物的聯想	〈八卦山〉、〈綠繡眼〉、〈花蓮的豐田〉、〈臺中的東勢〉、〈新店的碧潭〉、〈福爾摩沙的崙上〉、〈日月潭的情歌〉
田園、田岸、田溝	自然景觀的聯想、植物的聯想	〈青翠稻仔園〉、〈姊妹花〉、〈埔鹽菁个歌〉、〈涼風吹過山〉、〈臺中的東勢〉、〈埔心的柳溝〉
草、青草、青草埔	自然景觀的聯想、植物的聯想	〈騎牛〉、〈滾輪圈〉、〈飼牛囡仔〉
菜股、菜園	自然景觀的聯想、植物的聯想	〈散步〉、〈薅菜〉

---

[33] 蕭蕭，《青紅皂白》（臺北：新自然主義，2000），頁30。
[34] 林昆範，《色彩原論》（臺北：全華科技，2005），頁99。

青色意象	聯想類別	詩作
溪水	自然景觀的聯想	〈埔心的柳溝〉
綠繡眼	動物的聯想	〈綠繡眼〉
青春	抽象的聯想	〈福爾摩沙的崙上〉

上表對詩作中的青色意象與色彩聯想做了粗淺的分類，從中可以窺見，康原筆下的青色意象多屬於具象聯想，其中，值得注意的是，青色引發的植物聯想常常與農作物相關，例如〈花蓮的豐田〉：

> 花蓮的豐田
>
> 日本時代的移民村
>
> 有過去的農舍　倉庫
>
> 親像日本北國的田莊
>
> 南國特產的椰子樹
>
> 青青翠翠的水稻
>
> 若親像向日本人
>
> 喝咻[35]

此詩以花蓮豐田的地方景象為描摹對象，當地至今仍保有日治時期移民村的建築風貌，整齊的田園、日式的建築，乍看之下，宛如是日本北國的農村。然而，不管建築物再怎麼相似，臺灣的田野風光依舊有其特殊性，椰子樹與水稻憑藉著自身的青蔥翠綠，展示

---

[35] 康原，〈花蓮的豐田〉，收錄於沈國仁等編輯，《不破章水彩畫集》（彰化縣：頂新和德文教基金會，2005），此書無頁碼。

出臺灣地景的獨特性；其次，椰子樹塑有「生命之樹」的美稱，水稻則是臺灣鄉間主要農作物，此處的「青青翠翠」明寫綠色土地的豐美，另一方面，亦藉由嶄露「向日本人喝咻」姿態的水稻，暗喻臺灣強韌的生命力。

再者，葡萄是東勢農業特產之一，詩人筆下的〈臺中的東勢〉，同樣佐以農作物來表現地方風貌：

> 深山林內的　東勢
> 入冬時　冷枝枝
> 無注意　葡萄架下
> 來凍死
>
> 夏天時　田園內
> 青青青
> 秋天來　收成好
> 臺中東勢　好過年[36]

首句點出東勢的地理環境「深山林內」，而後著眼於地理位置形成的寒冬氣候，次段有別於前段的寒冷場景，轉以田園為描述對象，「青青青」道出夏季的生機蓬勃，再加上秋季的豐收，勾勒出一片興興向榮的氛圍。

豐衣足食的畫面在〈埔鹽菁个歌〉裡亦可見到：

---

[36] 康原，〈臺中的東勢〉，收錄於沈國仁等編輯，《不破章水彩畫集》（彰化縣：頂新和德文教基金會，2005），此書無頁碼。

青　青青　青青青

埔鹽鄉　田園青

青菜種甲歸厝邊

包心白　苦瓜蒜收袂離

種菜嫂仔生雙生

厝邊頭尾鬥歡喜

快快樂樂過日子

平平安安歸百年[37]

　　〈埔鹽菁个歌〉不僅詩名採用蔬菜意象「埔鹽菁」，詩中更是不乏「田園」、「青菜」等青色意象，值得一提的是，全詩以「青　青青　青青青」開場，透過「青」、「青青」、「青青青」的層層推衍，點出無盡的綠意與生機，不僅青菜種滿家園，到了收成時節，更是有收不完的蔬菜，就連懷孕的種菜婦人，也很有福氣的產下雙胞胎，人的多產與作物的豐收成為一種無形的呼應。

　　《色彩的世界地圖》指出：「綠色是植物的顏色，象徵穀物成熟、豐饒富庶的環境。」[38]通過前述對〈花蓮的豐田〉、〈臺中的東勢〉、〈埔鹽菁个歌〉三首詩作的討論，即可驗證綠色既是植物生命力的象徵，也是農作物豐收的表徵。其次，我們還可以發現，當康原以鄉間景象為書寫題材時，常運用農作物意象來強化地方特色；復次，除了選用農作物入詩外，田園、田岸、田溝等相關意象亦常現身於康原臺語詩中。大體而言，蔬菜意象導因於植物的聯

---

[37] 康原，〈埔鹽菁个歌〉，《八卦山》（彰化：彰縣文化，2001），頁37-38。

[38] 廿一世紀研究會原著，張明敏譯，《色彩的世界地圖》（臺北：時報，2005），頁154。

想，而田園意象則是植物與自然景觀交雜的聯想，兩者其實都屬於具象的景物聯想，在前述的〈臺中的東勢〉與〈埔鹽菁个歌〉兩詩中，即可窺見「田園」此一青色意象；再者，〈青翠稻仔園〉裡尚有稻仔園與田岸；〈埔心的柳溝〉一詩則寫道：

> 無真曠闊的田溝
> 青令令的溪水　直流
> 流落去出名的柳溝
> 遮嘛算是柳仔溝的源頭[39]

　　田溝也許算不上是綠色的，但清冷的溪水為畫面點綴上了青色的筆觸，強化了青色的色彩感覺。另一方面，此詩描寫場景為溪水的源頭，而綠色正是生命泉源的象徵。

　　此外，相關的青色意象還包括菜園、菜股等，試看〈散步〉：

> 綠色的菜股
> 赤色的田土
> 田頭的厝宅
> 庄內有電火柱咧顧路
>
> 手牽手　行過林仔街
> 毋管是大風抑落雨
> 糖甘蜜甜的感情　鬥陣行過

39　康原，〈埔心的柳溝〉，收錄於沈國仁等編輯，《不破章水彩畫集》（彰化縣：頂新和德文教基金會，2005），此書無頁碼。

萬年里　的　愛情路[40]

　　此詩在色彩設計上可謂頗具巧思，前段大膽使用各式色彩，綠色的菜股搭配著紅色的土壤，色彩上已是鮮明的對比，而散步所見的畫面絕不單只有紅綠對比的菜田景象而已，除了菜股、田土這些自然景觀，還有屋舍與電線桿等人造物，這些人造物的出現也豐富了畫面的色澤；然而，進入次段後，作者筆鋒一轉，書寫對象由外在環境的實體道路轉化為內在情感的愛情路程，在色彩選用上也顯得收斂，倘若前段用色的濃暗喻現實環境的升沉起伏，那麼，後段色彩的淡，正隱喻著情感的細水長流。縱觀全詩，作者透過自然景觀與農作物交織而成的田園景色（菜股、田土），進而帶出人造物組成的鄉里風情（電火柱、街），最後將無法從外部窺見的情感呼喊出來。以農作物表現田園風光，繼由田園風光引發內心情感，透過具象的植物和顏色，抒發抽象的情感，此一手法正是康原青色意象詩作的一大特色。

　　康原的青色詩作還有另一道特徵，即山脈意象的使用，舉凡〈汐止的景致〉，屋後有著「山色青青」的美麗，屋旁還有停靠船隻的溪流；[41]〈姊妹花〉裡，姊妹坐在田岸與青山對望；[42]又如〈新店的碧潭〉聚焦於水面的倒影，寫道：「青翠翠的山／倒惦潭底的水面」；[43]而山水美景的意象也表現在〈日月潭的情歌〉中：

---

[40] 康原，〈散步〉，收錄於沈國仁等編輯，《不破章水彩畫集》（彰化縣：頂新和德文教基金會，2005），此書無頁碼。

[41] 康原，〈汐止的景致〉，收錄於沈國仁等編輯，《不破章水彩畫集》（彰化縣：頂新和德文教基金會，2005），此書無頁碼。

[42] 康原，〈姐妹花〉，《六〇年代臺灣囡仔－童顏童詩童歌》（彰化：彰縣文化，1999），頁98。

[43] 康原，〈新店的碧潭〉，收錄於沈國仁等編輯，《不破章水彩畫集》（彰化縣：頂新和德文教基金會，2005），此書無頁碼。

日頭的光，月娘的情

浮惦日月潭的面頂

山清水明，日月潭好光景

駛船入潭心肝清

南投鄉親尚熱情

白白的雲，青青的樹

鳥隻飛過山尾溜

日月潭的姑娘尚溫柔

櫻桃嘴，笑微微

潭水目，金熠熠

春天的時，樹仔葉青

秋天的時，月娘尚圓

阮定定來日月潭邊

唸出美麗的歌詩

姑娘　姑娘阮甲意汝[44]

　　全詩以日月潭的風景為引子，通過美景與美人的交替登場，訴說詩中我對日月潭姑娘的情意。第一段描摹日月潭的湖光山水與鄉親熱情，首先，從日月潭之名出發，衍生作：「日頭的光，月娘的情／浮惦日月潭的面頂」，日之光是實際的景象，月之情是抽象的情意，此處藉由虛實兩面的呈顯，揭示日月潭風光的如詩如畫。接

44　康原，〈日月潭的情歌〉，《臺灣囡仔的歌》（臺中：晨星，2006），頁68。

著娓娓道出置身其中的悠閒與愜意：「山清水明，日月潭好光景／駛船入潭心肝清／南投鄉親尚熱情」。第二段先寫日月潭美景，繼寫日月潭美人，由白雲到青樹，再到群鳥飛越山頭，此處不僅運用色彩烘托日月潭之美，也通過山峰的稜線與飛鳥的姿態來開啟美人的畫面，山脈起伏的弧形、飛鳥動態的弧線，在形狀上正與姑娘微笑的嘴角成為聯繫，此外，以櫻桃與潭水來形容姑娘粉嫩的唇、水波蕩漾的眼睛，亦與日月潭的美景互為呼應。再者，末段以季節的特色為鋪陳背景，傾訴詩中我對姑娘的綿綿情意，「春天的時，樹仔葉青」，日月潭的春天綠意盎然、充滿生機，一如詩中我對日月潭姑娘的愛意濃密、情歌不斷；其次，「秋天的時，月娘尚圓」，詩中我唱著情歌，冀望月娘來相助，日月潭的湖水能照亮自己的戀情。

　　〈日月潭的情歌〉一詩不僅兩度運用青色意象「山脈」，還兩度使用青色意象「樹」，樹木是構成山的一部分，因此，樹與山常常同時現身於詩作中。樹其實也是康原青色詩作的主要意象之一，比如〈八卦山〉的山頂上，充滿青翠的樹木；[45]〈臺中的東勢〉以深山林內形容東勢的地理位置。[46]如將鏡頭由山脈往平地移動，同樣可見青色意象「樹」的蹤跡，例如〈福爾摩沙的崙上〉，崙上雖名為崙上，卻不見山崙，然而其有著深藏青春戀曲的檳榔樹；[47]又如〈綠繡眼〉一詩，校園裡的樹木是綠繡眼的歌唱舞臺；[48]到了

---

[45] 康原，〈八卦山〉，《八卦山》（彰化：彰縣文化，2001），頁2。

[46] 康原，〈臺中的東勢〉，收錄於沈國仁等編輯，《不破章水彩畫集》（彰化縣：頂新和德文教基金會，2005），此書無頁碼。

[47] 康原，〈福爾摩沙的崙上〉，收錄於沈國仁等編輯，《不破章水彩畫集》（彰化縣：頂新和德文教基金會，2005），此書無頁碼。

[48] 康原，〈綠繡眼〉，《八卦山》（彰化：彰縣文化，2001），頁64。

〈新店的碧潭〉，潭邊的樹擬人化為讚許姑娘溫柔的發聲者。[49]除了樹，山與平地還有另一個常見青色景觀「草」，青色意象「草」主要出現在囝仔歌中，如〈飼牛囝仔〉裡，[50]青草是牛的食物，草地則是孩童玩耍的好地方；〈滾輪圈〉內的青草埔則是小朋友滾輪圈經過的路線。[51]

四、青色（綠色）的表現手法

關於色彩象徵的多義性，貝蒂・愛德華（Betty Edwards）認為：「學者專家對於色彩象徵意義的闡釋，並無定於一尊的規則可循；色彩專家對色彩代表的廣泛意義雖有共識，一旦說到明確的特殊意義，便人言言殊。」[52]其實色彩的複雜性不僅表現在象徵意涵上，隨著創作者呈顯方式不同，色彩的情感起伏也會截然不同，當色彩置於句末、句首、句中等不同位置，情意也會隨之產生強弱變化，試看〈涼風吹過山〉與〈八卦山〉兩首作品，兩詩同樣以山為書寫對象，但在色彩經營上卻選用了不同的表現方式，〈涼風吹過山〉寫道：「姊妹兩人坐田岸／青山對阮金金看」，[53]「青山」居

---

[49] 康原，〈新店的碧潭〉，收錄於沈國仁等編輯，《不破章水彩畫集》（彰化縣：頂新和德文教基金會，2005），此書無頁碼。

[50] 收錄在《八卦山》詩集裡的〈飼牛囝仔〉其實同《六○年代臺灣囝仔－童顏童詩童歌》裡的〈騎牛〉，僅在詩名與臺語用字的選用有異。細觀此詩，前段寫放牛吃草的飼牛場景，後半寫飼牛孩童爬上牛背騎牛玩樂的畫面，〈飼牛囝仔〉與〈騎牛〉兩道詩名其實皆能表現詩意。康原，〈飼牛囝仔〉，《八卦山》（彰化：彰縣文化，2001），頁128-130；康原，〈騎牛〉，《六○年代臺灣囝仔－童顏童詩童歌》（彰化：彰縣文化，1999），頁102。

[51] 康原，〈滾輪圈〉，《六○年代臺灣囝仔－童顏童詩童歌》（彰化：彰縣文化，1999），頁117。

[52] 貝蒂・愛德華（Betty Edwards）作，朱民譯，《像藝術家一樣彩色思考》（臺北：時報文化，2006），頁170。

[53] 康原，〈涼風吹過山〉，《八卦山》（彰化：彰縣文化，2001），頁143-144。

於句首位置，不僅青山此一色彩意象躍然而出，青山也因此成為詩中主角，建構出青山為近景的畫面；接著看〈八卦山〉一詩：「彰化古早叫半線／東爿一粒八卦山／山頂樹木青綠綠」，[54]「山」字雖位於句首，但「青綠綠」卻位於句末，色彩感覺自然沒有前述〈涼風吹過山〉那般強烈，再加上青綠綠的描摹對象只有山頂，畫面感覺遂向後拉遠，營造出了山為遠景的畫面。

　　類似的表現手法還可在〈汐止的景致〉中窺見，「厝宅後／真嫷款的山色青青」，[55]「山色青青」的結尾，帶給讀者山脈綿延的視覺聯想，強化了屋舍在前，山色在後的層次感。不過，將「青」置於句首，才是康原青色詩作最常見的手法，比如〈綠繡眼〉：

> 青啼仔　聲好聽
> 叫甲學生無心晟
> 校園个樹林是歌廳
> 老師講課喝大聲
> 綠繡眼才是
> 青啼仔个正名[56]

　　〈綠繡眼〉一詩幾乎句句押韻，唯獨「綠繡眼才是」此句未押韻，然而細探此詩，作者大可將「綠繡眼才是青啼仔个正名」置於一行，何以選擇斷行而放棄韻腳？這樣的形式安排導因於「青啼仔」在詩中的重要性，「青啼仔」其實是本詩主角綠繡眼的別名，

54　康原，〈八卦山〉，《八卦山》（彰化：彰縣文化，2001），頁2。
55　康原，〈汐止的景致〉，收錄於沈國仁等編輯，《不破章水彩畫集》（彰化縣：頂新和德文教基金會，2005），此書無頁碼。
56　康原，〈綠繡眼〉，《八卦山》（彰化：彰縣文化，2001），頁64。

值得注意的是，不論「青啼仔」還是「綠繡眼」，出場時必位於句首，如斯安排突顯了綠繡眼的意象，也發揮了強調作用，讓綠繡眼成為校園裡的主角。

另一方面，〈埔鹽菁个歌〉大量使用「青」字，同時可見置於句首、句中、句末的「青」：

青　青青　青青青
埔鹽鄉　田園青
青菜種甲歸厝邊
包心白　苦瓜蒜收袂離
種菜嫂仔生雙生
厝邊頭尾鬥歡喜
快快樂樂過日子
平平安安歸百年

青　青青　青青青
濁水溪个水甘甜
清朝時祖先來建置
開水圳種稻仔掖菜籽
鄉親為生活拼生死
賺到錢紅瓦厝直直起
夜昏　大大細細尚歡喜
做陣來種埔鹽菁

青　青青　青青青

埔鹽菁　青青青
種惦咱个土地勢爆青
種入咱个心頭萬萬年

埔鹽菁　青青青
千禧年　大家好過年
埔鹽菁　青青青
千秋萬世攏青青[57]

　　其中，「青菜種甲歸厝邊」將「青菜」擺在句首，青菜所佔的畫面比重因而強過了屋舍，進而突顯出青菜滿家園的景象。詩末，詩人寫道：「千秋萬世攏青青」，此處借用象徵長生與永遠的「青」展現生命力；而將「青」置於句尾（且是全詩末句），更傳達出生生不息的期許。再者，此詩連續三段以「青　青青　青青青」開場，儘管詩句的用字與排列相同，但此詩句的內涵卻隨著其後銜接詩句不同而有不同風貌，第一段的「青　青青　青青青」，以田園為描摹對象，透過「青」的單獨存在與複數存在，來表現田園內的各式青菜，「青」、「青青」、「青青青」一來可代表不同色調的綠色以及不同種類的蔬菜，二來也能視為農作物熟成度不同時的相異外貌；第二段的「青　青青　青青青」，以濁水溪為書寫對象，藉由「青」、「青青」、「青青青」的層遞變化，呈現溪流的律動，同時運用「青」的象徵意涵，揭示世代傳承的隱喻；第三段的「青　青青　青青青」，聚焦於本詩主角埔鹽菁，每一個

---

[57] 康原，〈埔鹽菁个歌〉，《八卦山》（彰化：彰縣文化，2001），頁37-40。

「青」字都象徵著叢聚在田園裡的埔鹽菁，「青　青青　青青青」則傳達出了埔鹽菁的盛產。

前述論及的〈汐止的景致〉與〈埔鹽菁个歌〉皆運用疊字來豐碩詩作的想像，而此表現手法正是康原青色詩作的另一個鮮明特色，試看〈里港的菜市〉：

> 來到菜市場
> 這爿看過來　彼爿看過去
> 青菜　青青青
> 荔枝　圓圓圓[58]

此詩連用三個「青」與三個「圓」，一方面以「青」與「圓」來形容蔬果品質的優良，另一方面，也利用圖象暗示來豐富詩作，排列整齊的「青青青」與「圓圓圓」，就好像菜市場裡排放整齊的蔬果。

然而，康原筆下的「青」，並不只有「青青」、「青青青」這樣的疊字使用，尚有「青綠綠」、「青翠翠」、「青令令」等疊字變化，例如〈蔬菜〉，詩人以「菜園種甲青綠綠」來形容菜園的茂盛，[59]「青綠綠」既象徵著豐收，也表現出了菜葉與菜梗的雙重色澤；又如〈八卦山〉：「山頂樹木青綠綠」，[60]臺灣的地理位置有其特殊性，四面環海再搭配上多山的地理條件，造就出了臺灣特有的島嶼色彩，在水氣與光線的組合下，更是形塑出多變的山脈面

---

[58] 康原，〈里港的菜市〉，收錄於沈國仁等編輯，《不破章水彩畫集》（彰化縣：頂新和德文教基金會，2005），此書無頁碼。

[59] 康原，〈日月潭的情歌〉，《臺灣囡仔的歌》（臺中：晨星，2006），頁40。

[60] 康原，〈八卦山〉，《八卦山》（彰化：彰縣文化，2001），頁2。

貌，遠看是深藍，近看是翠綠，[61]此處選用「青綠綠」來形容八卦山山頂的樹木，即是通過「青」與「綠」一深一淺的組合來詮釋山脈色彩；再舉〈新店的碧潭〉為例，「青翠翠的山／倒惦潭底的水面」，[62]山是水面倒影中的一景，山遂由遠景變成近景了，而「青翠翠」正展現出了山脈近看時的色彩，此外，此詩寫的是碧潭之景，碧潭的「碧」亦是綠色的表徵，當青翠翠的山映入水面，水面自然隨之成為青翠翠的潭，恰與「碧潭」成為呼應。

五、小結

以往論者論及康原詩作時，常將焦點放在康原的囝仔歌以及諺語等民間文學脈絡，然而，康原臺語詩的特色並非此兩道論述主軸所能概括的，本文嘗試從青色意象切入，探索康原臺語詩未被論者觸及的另一個面向，通過本文的討論，可以發現，青色在詩中所扮演的角色，時而是美景的表徵，時而是生命的象徵；時而與農作有關，時而和愛情有關，時而又跟休閒有關。縱觀青色意象，這些意象反映出了生活的各種層面，張榕真在〈吟風・采風・馭風－論康原臺語詩中的民間性〉文中曾談到康原詩作蘊含有再現鄉間景象之特徵，其言：

> 從他的詩作中，可以看出他企圖營構的鄉間圖像，如〈菜籽花〉……，臺灣鄉間最常見到的就是油菜花田，花開時黃色

---

[61] 蕭瓊瑞，〈水氣與風土的對話－李澤藩與藍蔭鼎的比較研究〉，新竹教育大學數位藝術教育學習網，http://www.aerc.nhcue.edu.tw/paper/lee/02.pdf

[62] 康原，〈新店的碧潭〉，收錄於沈國仁等編輯，《不破章水彩畫集》（彰化縣：頂新和德文教基金會，2005），此書無頁碼。

的花朵遍佈田野，是一種美麗的田間風光，這首詩雖題為
「菜籽花」，卻將整個鄉間圖像作了一概念性的描述。[63]

　　「油菜花」這樣黃花綠葉的色彩意象，與「樹」、「草」、
「田」等綠色意象有著異曲同工之妙，既是植物的聯想，亦屬於自
然景觀的聯想，此一共性的產生，主要導因於康原「走入民間，向
土地學習」[64]的創作觀，青山、樹木、草埔、田岸、菜園、農作物
都是鄉間常見景物，理所當然成為康原創作時的取材對象，也因
此，在康原的臺語詩中，常可見到選用植物意象來呈顯地方風情的
作品。
　　此外，細探康原青色詩作的表現手法，我們還可察覺，康原
不僅善用青色意涵，其更以青色為基礎，開拓出圖象性的內涵。
書畫家朱振南曾言：「用純淨的心態面對眼前種種，都會產生興
味」，[65]康原懷著對故鄉的愛走進民間，自然景觀遂不再只是翠綠
飽滿的青色景物，轉而蛻變為富涵文化精神的人文景觀，隱含其中
的詩意也因康原的筆找到出口。

---

[63] 張榕真，〈吟風・采風・馭風論康原臺語詩中的民間性〉，收錄於《第三屆中區
　　研究生臺灣文學研討會暨臺文系學生論文發表會論文集》（臺中縣：靜宜大學，
　　2007），頁177。
[64] 陳益源、林愛娥，〈康原作品與民間文學〉，收錄於林明德總策劃，《彰化文學大
　　論述》（臺北：五南，2007），頁483。
[65] 朱振南，《原鄉畫語》（臺北：藝術家，2003），頁18。

引用書目

・專書

心岱主編，《談色》（臺北：漢藝色研，1989）。

朱振南，《原鄉畫語》（臺北：藝術家，2003）。

宋澤萊，《宋澤萊談文學》（臺北：前衛，2004）。

李銘龍編著，《應用色彩學》（臺北：藝風堂，1994）。

李蕭錕，《臺灣色》（臺北：藝術家，2003）。

沈國仁等編輯，《不破章水彩畫集》（彰化縣：頂新和德文教基金會，2005）。

谷欣伍編，《色彩理論與設計表現》（臺北：武陵，1992）。

林昆範，《色彩原論》（臺北：全華科技，2005）。

林明德、康原編著，《照見人生－《總裁的故事》迴響》（臺中：晨星，2005）。

林明德總策劃，《彰化文學大論述》（臺北：五南，2007）。

林書堯，《色彩認識論》（臺北：三民，1986）。

林磐聳、鄭國裕編著，《色彩計畫》（臺北：藝風堂，1999）。

施並錫，《走巡半線巡禮故鄉：施並錫彰化採風油畫展》（彰化：彰縣文化局，2008）。

施懿琳、楊翠合撰，《彰化縣文學發展史（下）》（彰化：彰縣文化，1997）。

康原，《八卦山》（彰化：彰縣文化，2001）。

康原，《臺灣囡仔的歌》（臺中：晨星，2006）。

康原文字、余燈銓雕塑、皮匠音樂，《臺灣囡仔歌謠》（臺中：晨

星，2002）。

康原等撰稿，《六〇年代臺灣囡仔－童顏童詩童歌》（彰化：彰縣
文化，1999）。

康原編著，《文學的彰化：彰化縣新文學作家小傳》（彰化：彰縣
文化，1992）。

張榕真，〈吟風‧采風‧馭風論康原臺語詩中的民間性〉，收錄於
《第三屆中區研究生臺灣文學研討會暨臺文系學生論文發表會
論文集》（臺中縣：靜宜大學，2007），頁168~181。

蔣藍，《哲學獸》（臺北縣：八方，2005）。

蕭蕭，《土地哲學與彰化詩學》（臺中：晨星，2007）。

蕭蕭，《青紅皂白》（臺北：新自然主義，2000）。

賴瓊琦，《設計的色彩心理：色彩的意象與色彩文化》（臺北縣：
視傳文化，1997）。貝蒂‧愛德華（Betty Edwards）作，朱民
譯，《像藝術家一樣彩色思考》（臺北：時報文化，2006）。

廿一世紀研究會原著，張明敏譯，《色彩的世界地圖》（臺北：時
報，2005）。

‧學位論文

周素珍，《吟唱土地的聲音～～康原臺語詩歌研究》（臺東：國立
臺東大學兒童文學研究所碩士論文，2008）。

‧網路資源

蕭瓊瑞，〈水氣與風土的對話—李澤藩與藍蔭鼎的比較研究〉，新
竹教育大學數位藝術教育學習網，http://www.aerc.nhcue.edu.tw/
paper/lee/02.pdf

┃孟樊詩作的藍色美學

一、前言

　　康丁斯基（Wassily Kandinsky）論及色彩的作用時，將之分作「生理的作用」與「心理作用」兩層面，生理作用指觀看者的視覺感覺，心理作用則牽涉到情感經驗與聯想，其言：「生理的感覺只持續片刻，……但如果將這感覺深刻化，引起更深一層，心理的聯瑣反應，那麼，色彩的表面印象可以發展為一種經驗。」[1]色彩不僅是外在物象帶來的感官經驗，更是內在意識開展出的情感想像，當創作者選用色彩為意象，一方面有助於經營作品的情境，另一方面也是作者精神世界的反映，宋澤萊在〈論詩中的顏色〉一文裡，即對色彩意象賦予詩作的美感效果表達肯定，該文同時談到：「詩中的顏色不只是增加詩的價值而已，它同時顯露了詩人的身心狀況與靈魂狀況，我們可以在詩的顏色中洞察到詩人的危機與轉機。」[2]宋澤萊觀察到了作品色彩與創作者的關係，此點黃永武亦曾提及：「色彩常常是在不知不覺中，反映詩人的情緒與精神世

---

[1]　Kandinsky, Wassily原著，吳瑪俐譯，《藝術的精神性》（臺北：藝術家，2006），頁45。
[2]　宋澤萊，《宋澤萊談文學》（臺北：前衛，2004），頁39。

界。情緒起伏及心情改變時，對色彩的選擇自然有所不同。」[3]由此可知，詩人的心境變化牽引著詩作色彩意象的選用，形形色色的色彩意象正是詩人情感調色盤的展現。

孟樊出版於1992年的詩集《S.L.和寶藍色筆記》，以倒敘的編年方式收錄了其1982年至1992年的詩作，在這十年的詩作中，夾雜著色彩意象的蹤跡，舉凡紅色、黃色、綠色、藍色、白色、黑色、灰色等色，皆是孟樊使用過的色彩，審視詩集中的色彩，可以發現，這些顏色多半以原色的型態出現（比如紅色即以「紅色」或「紅」出現），唯獨藍色具有多種變貌，有時是「湛藍色」，有時是「寶藍色」，時而又化作「水色」或「青色」，管見以為，不同的藍色代表著孟樊的不同心境，各式「藍色」的使用或許可視為孟樊詩作的特色之一。其次，觀察使用藍色之詩作的創作時間，亦可發覺藍色有別於其他色彩，多數色彩是在前後期作品中均可見的，「藍色」卻是從〈如果春天再春天些〉一詩起，方出現於孟樊詩作，在1988年之前的詩作，並未見藍色登場[4]，但在1988年到1992年的十九首詩作裡，共有八首詩使用藍色[5]，比例近乎半數，可見藍色之於此時期的孟樊，自有其重要性，而該詩集取用詩作〈S.L.和寶藍色筆記〉之詩名為書名，書名因而亦可見「藍色」，或許「藍色」不只反映了1988年至1992年間的作者心境，更是此詩集的精神核心。

---

[3] 黃永武，《詩與美》（臺北：洪範，1987），頁59。

[4] 1983年的〈象徵主義素描〉一詩曾使用「青翠」、「藍波」二詞，1984年的〈都市印象〉詩中則有「青筋」一詞，然而，兩詩雖出現有「青」或「藍」字，但並非指涉藍色，故筆者認為前期詩作未見藍色。

[5] 使用「藍色」的八首詩作分別是：〈我的書齋〉、〈水色小簡——給S.L.〉、〈感官主義傾斜——再致美麗的哀愁〉、〈城堡〉、〈海邊的落日〉、〈夢境〉、〈S.L.和寶藍色筆記〉、〈如果春天再春天些〉。

再者，孟樊2007年甫出版的第二本詩集《旅遊寫真》，其中亦不乏藍色意象的使用，暫且不論天空、海洋等藍色的常用意象，光是使用藍色此一色彩意象的詩作即有十四首[6]，所佔比例近乎三成，由此可見，藍色意象不只在《S.L.和寶藍色筆記》後期廣泛出現，到了《旅遊寫真》時期仍持續開展。有鑑於「藍色」在孟樊詩作中的特殊性，本文擬聚焦於孟樊詩作中的「藍色」，選用色彩學相關學說為探索方式，一探藍色意象在孟樊詩作中勾勒出的情感世界，研究步驟分成兩個層面，首先討論藍色的色彩意涵，繼而觀察藍色的色彩搭配，期能進一步透視藍色意象背後的深層情感。

二、藍色的情感世界

當色彩以文字的姿態出現，成為詩中意象化的符號時，顏色並不是被讀者親眼看到，而是通過讀者本身的想像，在心中描繪出個人所聯想出的色澤與意涵，林書堯認為：「色彩的聯想基於個人的感性、生活習慣、心理條件以及客觀的區域民族、文化、年齡、性別、經驗等的關係，是有多方向的變化與感情區別。」[7]色彩聯想的形成導因於諸多因素，除了色彩的色調帶來的冷暖感覺外，不能忽略文化層面的問題，誠如曾啟雄所言：「如果色彩被當作是文化或文明的一部分，其衍生的意義是隨之而產生變化，色彩在其間的

---

[6]　使用「藍」的十四首詩作分別是：〈九寨歸來不看水〉、〈北婆羅州行腳〉、〈在民丹島SPA——偕妻同遊記〉、〈關島開門——隱文詩一首贈羅門〉、〈路過海絲湖——紐西蘭之旅有感〉、〈坐看露易絲湖〉、〈瑪琳湖畔唱歌〉、〈在蒙馬特讀夏宇〉、〈巴黎歌劇院旁咖啡館一隅〉、〈在浪漫大道上〉、〈在瑞士皮拉特斯山〉、〈托斯卡尼艷陽下〉、〈夢中布拉格〉、〈初見布達佩斯〉。

[7]　林書堯，《色彩認識論》（臺北：三民，1986），頁150。

作用、功能、要求、意義也會隨之而改變。」[8]色彩意涵受到社會文化的影響，色彩意涵也就隨之不斷衍異，正因為色彩意涵具有此複雜性，管見以為，必須先釐清藍色此一符號的色彩意涵，方能洞悉孟樊詩作的藍色意象，茲彙整色彩學相關資料[9]為下表（請參見表1）：

表1　藍色的色彩意涵

顏色	情感	象徵與聯想	調性／屬性
藍（青）	沉著、冷漠、可憐	青春、年輕、平靜、深遠、貧寒、堅實、希望、理性、涼爽、瀟灑、爽快、清潔、正義、前進、悲傷、憂鬱、孤獨、疲勞、深遠、廣大、過去、憧憬、沉默、靜寂、陰氣、虛偽、自由、冷淡、理想、幸福	冷色調沉靜色消極色

通過表1，我們可以理解色彩意涵的豐富，也可觀察到藍色兼具著正面意涵與反面意涵。

另一方面，《色彩的世界地圖》一書指出：「在基督教社會中，藍色代表『希望』、『虔誠』、『誠實』、『永遠』等意思。此外也表示『憂鬱』。由於現在英語普及全世界，許多文化圈也採用這種表達方式。」[10]前述已論及文化對色彩的影響，以孟樊詩作為例，孟樊筆下的藍色，正是中、西兩道文化脈絡交織下的產物，因而能從中窺見西方文化的軌跡，其中，〈我的書齋〉一詩即以藍

---

[8] 曾啟雄，《色彩的科學與文化》（臺北縣：耶魯國際文化，2003），頁231。

[9] 吳東平，《色彩與中國人的生活》（北京：團結，2000），頁18-24；李銘龍編著，《應用色彩學》（臺北：藝風堂，1994），頁24-27；谷欣伍編，《色彩理論與設計表現》（臺北：武陵，1992），頁183；林昆範，《色彩原論》（臺北：全華科技，2005），頁99-101；林書堯，《色彩認識論》（臺北：三民，1986），頁163-167；林磐聳、鄭國裕編著，《色彩計畫》（臺北：藝風堂，1987），頁66。

[10] 廿一世紀研究會原著，張明敏譯，《色彩的世界地圖》（臺北：時報，2005），頁171。

色表現孤獨與憂鬱的情緒：「有時紅色太多，或者藍色過濃／孤獨是洶湧澎湃的調色盤」[11]，不管是暖色調的紅還是冷色調的藍，都處於太多與過濃的過度狀態，隱喻著不論是興奮或者悲傷之情，都是相當濃烈的，就連孤獨都是洶湧澎湃的。

此外，值得一提的是〈感官主義傾斜──再致美麗的哀愁〉：

向右靠一點，再彎一些
被古典囚禁的慾望們
解放之后紛紛出籠
在湛藍色的筆記本上
來回舞動，個個精神抖擻

始終敏感於藍調的感官
堂堂皇皇進入稠密的森林中
探索，原屬於神祕又淒迷的女孩
那一點點可愛的原始象徵
像解語的花蕾惹人憐愛
慾望佔據感官裡的每一株
神經，電擊般靈魂被雲霧浮起
這片未開發的處女地
神奇又壯麗[12]

---

[11] 孟樊，〈我的書齋〉，《S.L.和寶藍色筆記》（臺北：書林，1992），頁15。
[12] 孟樊，〈感官主義傾斜──再致美麗的哀愁〉，《S.L.和寶藍色筆記》（臺北：書林，1992），頁60-61。

以往多以黃色來象徵肉慾[13]，此處選用黃色的對比色藍色來烘托慾望，一來有突顯作用，二來卻也為慾望鋪陳出憂傷的情境，正如詩名所言「美麗的哀愁」。其次，詩作中還出現過「藍調」一詞，此一詞彙也與西方文化有關，賴瓊琦探討西方文化中的藍色時，即曾闡述到：「用blue比喻憂鬱的用法很普遍，例如：blues是藍調音樂，源自美國南部黑人的爵士音樂，風格緩慢憂鬱。」[14]由此觀之，「始終敏感於藍調的感官」所散發出的憂傷基調，亦回應著詩名「美麗的哀愁」。

西方文化的藍色，除了是憂鬱的象徵外，更與宗教密切相關，比如聖母瑪莉亞的畫像，總是描繪著藍色衣袍，用以表現她的「聖潔」[15]，孟樊詩作也曾使用類似的象徵手法，〈S.L.和寶藍色筆記〉以「精靈的膚色」[16]來形容筆記封面的寶藍色色澤，便是認為寶藍色帶有高雅、聖潔的意味。

再者，歐洲著名童話「青鳥」賦予了藍色「幸福」的象徵[17]，翻開《S.L.和寶藍色筆記》，亦可從中尋獲「幸福」的藍色，在〈水色小簡──給S.L.〉一詩中，詩人寫道：

　　我遺留的小簡輕輕

　　問候一聲

　　關懷兩句

---

[13] 李銘龍認為「肉慾的」是黃色的抽象意象之一，該文更進一步提到：「一向被中國人視為高貴的黃色，近來卻成為含有色情意味的字眼，主要是受了西方文化的影響，逐漸成為一種約定俗成的意象。」（李銘龍編著，1994：22）
[14] 賴瓊琦，《設計的色彩心理：色彩的意象與色彩文化》（臺北縣：視傳文化，1997），頁201。
[15] Victoria Finlay原著，周靈芝譯，《藍色》（臺北：時報，2005），頁6。
[16] 孟樊，《S.L.和寶藍色筆記》（臺北：書林，1992），頁74。
[17] 廿一世紀研究會原著，張明敏譯，《色彩的世界地圖》（臺北：時報，2005），頁172。

背著神祕的月光

偷偷地　偷偷地

溜進妳精心設防的

藍色的夢中[18]

　　詩名已點出小簡為水色，而這張水藍色的小簡正是幸福的信
箋，承載著詩中我的關心，悄悄送進入S.L.幸福的夢中。藍色雖然
是一個抽象的視覺意象，但藍色與物象結合後，則具象化為鮮明的
意象，除了「水色小簡」外，《S.L.和寶藍色筆記》裡以「藍」形
容物象的情形，尚有：「湛藍色的筆記本」、「紫藍色的床頭燈
暈」、「藍天」、「寶藍色的筆記本」等。

　　通過以上對《S.L.和寶藍色筆記》中藍色詩作的討論，我們不難
察覺，孟樊的藍色意象深受西方文化影響，然而，孟樊的藍色美學
絕非「深受西方文化影響」八個字可以概括的，如將焦點轉向詩集
《旅遊寫真》，則可窺見有別於《S.L.和寶藍色筆記》的藍色運用，
《旅遊寫真》裡的「藍」，是天空、是雷雨、是水色也是湖面倒
影，是花田景象也是建築景觀，李蕭錕在《臺灣色》一書裡談到：

　　　藍色，屬於天空、屬於海洋、屬於宇宙、屬於太虛。

　　　藍色，象徵一種大氣與大器、無際與無邊、無垠與無限。

　　　在西洋人眼中，生命與海洋有關，生命來自海洋，藍色
　　是海洋的表徵，因此，藍色象徵著生命、生意與繁殖。聖母
　　子都穿海水般藍色衣飾，意味著人類生命的源起，同時向藍

---

[18]　孟樊，〈水色小簡——給S.L.〉，《S.L.和寶藍色筆記》（臺北：書林，1992），頁57。

色致敬。

在臺灣，和中國傳統文化同源，藍色被稱作青色，青色代表新生、新鮮、萌芽、初生、新手、新人。[19]

天空與海洋都是常見的藍色意象，藍色不僅是自然景物的色澤，同時表徵著生命力與廣闊感。比如：在〈托斯卡尼豔陽下〉，「像不小心打翻的靚藍顏料／水兵藍一撒野竟遍地開花」[20]，此詩以翻落靚藍顏料來形容滿地鮮花，靚藍一來是花卉色相的描摹，二來也是生命力的隱喻。又如：〈在瑞士皮拉特斯山〉，「記憶卻隨風愈吹愈長／長到腳下藍綠混合的／曼陀羅」[21]，不斷蔓延的記憶就好像不停生長的植物，此詩同樣以藍色調象徵生命力。

除了以藍表現生命力，《旅遊寫真》裡還有不少以藍色描摹天色、水色的詩句，舉凡：〈北婆羅州行腳〉裡，「京那巴魯咬向蒼茫的青空」[22]；〈關島開門——隱文詩一首贈羅門〉中，「天藍成印象派潑在普羅旺斯的油彩」[23]；〈瑪琳湖畔唱歌〉寫道，「水微微的泣，／天藍成一半。」[24]；〈坐看露易絲湖〉裡則有「藍藍的天藍藍的海／藍藍的心情和著瘦瘦的思緒」[25]；到了〈托斯卡尼豔陽下〉，「此時，整片藍天早已攝入我／記憶的底片，倘若數位相機不說話」[26]，五首詩作皆使用藍色來形容天空的色調。又如：

---

[19]　李蕭錕，《臺灣色》（臺北：藝術家，2003），頁54。

[20]　孟樊，〈托斯卡尼豔陽下〉，《旅遊寫真》（臺北：唐山，2007），頁175-176。

[21]　孟樊，〈在瑞士皮拉特斯山〉，《旅遊寫真》（臺北：唐山，2007），頁170。

[22]　孟樊，〈北婆羅州行腳〉，《旅遊寫真》（臺北：唐山，2007），頁99。

[23]　孟樊，〈關島開門——隱文詩一首贈羅門〉，《旅遊寫真》（臺北：唐山，2007），頁110。

[24]　孟樊，〈瑪琳湖畔唱歌〉，《旅遊寫真》（臺北：唐山，2007），頁135。

[25]　孟樊，〈坐看露易絲湖〉，《旅遊寫真》（臺北：唐山，2007），頁130。

[26]　孟樊，〈托斯卡尼豔陽下〉，《旅遊寫真》（臺北：唐山，2007），頁176。

〈路過海絲湖──紐西蘭之旅有感〉裡，「驚醒的是海絲湖那張／迎風招展的藍晶的臉」[27]；而〈坐看露易絲湖〉，先有「讓下凡的仙女傾倒白雲入湛藍」[28]，後有「藍藍的天藍藍的海／藍藍的心情和著瘦瘦的思緒」[29]；〈瑪琳湖畔唱歌〉中，則是「藍中帶綠的湖光山色」[30]；〈在浪漫大道上〉寫道，「在藍色多瑙河上奏起貝多芬」[31]，四首詩雖描述著不同的湖泊、河流，卻同樣包裹著藍色的外衣。

其中，藍色意象兼寫天空與湖泊的有〈坐看露易絲湖〉與〈瑪琳湖畔唱歌〉兩首詩，詩人在〈瑪琳湖畔唱歌〉裡悠悠寫著：「水微微的泣，／天藍成一半。」[32]作者在此以哭泣的動作來形容水波粼粼的律動感，同時使用了修辭學的轉品，將「藍」轉化為動詞，「天藍成一半」意指水面的天空倒影被水波裁切開了，這樣的書寫方式，一方面強化了景物色調的描繪，另一方面也跳脫了水面是主角、倒影是配角的寫法，讓天空的形象更加立體化；此外，此詩的藍色意涵在某種程度上屬於憂鬱象徵的延伸，水傷心得哭了，天也就跟著傷心得分為兩半了。至於〈坐看露易絲湖〉：

> 湖泊是幸福的吟唱詩人
> 枕靠著蓊鬱的山巒
> 讓下凡的仙女傾倒白雲入湛藍

[27] 孟樊，〈路過海絲湖──紐西蘭之旅有感〉，《旅遊寫真》（臺北：唐山，2007），頁114。
[28] 孟樊，〈坐看露易絲湖〉，《旅遊寫真》（臺北：唐山，2007），頁129。
[29] 孟樊，〈坐看露易絲湖〉，《旅遊寫真》（臺北：唐山，2007），頁130。
[30] 孟樊，〈瑪琳湖畔唱歌〉，《旅遊寫真》（臺北：唐山，2007），頁136。
[31] 孟樊，〈在浪漫大道上〉，《旅遊寫真》（臺北：唐山，2007），頁163。
[32] 孟樊，〈瑪琳湖畔唱歌〉，《旅遊寫真》（臺北：唐山，2007），頁135。

洗牛奶浴梳她的纖纖秀髮[33]

　　此處以「幸福的吟唱詩人」形容湖泊，湖泊本是藍色調，而藍色本身也有幸福的意涵，無形中成為一種呼應，而仙女所傾倒下的朵朵白雲，其實是水面倒影的描繪，湖面映照著天空，白雲便一一飄進湛藍湖面，成為湖光映像了；〈坐看露易絲湖〉一詩後半又寫道：「藍藍的天藍藍的海／藍藍的心情和著瘦瘦的思緒」[34]，藍色的不只是天空與海水，更包含著詩中我的情緒。

　　以藍色書寫心情的尚有〈夢中布拉格〉：

　　　　我們是兩尾自在優游的魚
　　　　讓淚珠兒不由自主地
　　　　滴落自夢的眼瞼
　　　　有一點點鄉愁的鹹味
　　　　和著些許藍色的憂傷[35]

　　「自在優游」、「憂傷」都是藍色意涵之一，在一連串藍色背景中，有著灑著鄉愁與憂傷的滴滴淚水，淚水似乎也形成一抹淺淺的藍。

---

[33]　孟樊，〈坐看露易絲湖〉，《旅遊寫真》（臺北：唐山，2007），頁129。
[34]　孟樊，〈坐看露易絲湖〉，《旅遊寫真》（臺北：唐山，2007），頁130。
[35]　孟樊，〈夢中布拉格〉，《旅遊寫真》（臺北：唐山，2007），頁187。

三、藍色的配色美學

　　前述已對藍色在詩作中的象徵意涵予以析論，以下將觀察同時運用了藍色與其他色彩的詩作，探究孟樊如何調配各種色彩來強化色彩在詩中的效用，鄭國裕與林磐聳認為：「色彩是不能單獨存在的，當我們觀看某一色彩時，必受該色彩周圍的其他色彩所影響，而產生比較的關係。」[36]不同的色彩搭配方式會帶給讀者不同的色彩感覺，一旦配色得宜將有助於開啟詩作的想像。在孟樊使用藍色的詩作中，可見到的配色方式包括對比色彩的搭配、兩種色調的調和以及多種色彩的並置，根據筆者整理，孟樊的藍色詩作之色彩使用情形如下表（請參見表2）：

表2　孟樊藍色詩作的色彩使用

詩名	使用的色彩	出處
〈我的書齋〉	紅、藍、綠、白、黑、青	《S.L.和寶藍色筆記》（頁15-17）
〈水色小簡──給S.L.〉	藍色、水色	《S.L.和寶藍色筆記》（頁57-59）
〈感官主義傾斜──再致美麗的哀愁〉	湛藍色、藍、酡紅、白、黃、紫藍色	《S.L.和寶藍色筆記》（頁60-63）
〈城堡〉	墨綠、白、湛藍	《S.L.和寶藍色筆記》（頁64-65）
〈海邊的落日〉	黑、墨綠、寶藍、白、黃	《S.L.和寶藍色筆記》（頁66-69）
〈夢境〉	白、黑、藍	《S.L.和寶藍色筆記》（頁70-72）
〈S.L.和寶藍色筆記〉	黃、白色、黑色、寶藍色	《S.L.和寶藍色筆記》（頁73-75）
〈如果春天再春天些〉	藍、紅、黃	《S.L.和寶藍色筆記》（頁79）
〈九寨歸來不看水〉	藍	《旅遊寫真》（頁63）
〈北婆羅州行腳〉	青、紅、	《旅遊寫真》（頁99-104）
〈在民丹島SPA──偕妻同遊記〉	水色、米黃色、森綠色、紅、乳白色	《旅遊寫真》（頁108-109）

---

[36] 林磐聳、鄭國裕編著，《色彩計畫》（臺北：藝風堂，1987），頁68。

詩名	使用的色彩	出處
〈關島開門——隱文詩一首贈羅門〉	藍、白	《旅遊寫真》（頁110-111）
〈路過海絲湖——紐西蘭之旅有感〉	白、金黃、綠、藍、紅	《旅遊寫真》（頁114-115）
〈坐看露易絲湖〉	紅、白、湛藍、藍	《旅遊寫真》（頁129-131）
〈瑪琳湖畔唱歌〉	藍、綠、白	《旅遊寫真》（頁135-137）
〈在蒙馬特讀夏宇〉	藍	《旅遊寫真》（頁150-152）
〈巴黎歌劇院旁咖啡館一隅〉	藍、緋紅	《旅遊寫真》（頁153-155）
〈在浪漫大道上〉	乳色、酒紅色、黑、藍色	《旅遊寫真》（頁163-164）
〈在瑞士皮拉特斯山〉	白、水兵藍、綠	《旅遊寫真》（頁168-171）
〈托斯卡尼豔陽下〉	綠、靚藍、水兵藍、金黃、藍	《旅遊寫真》（頁175-177）
〈夢中布拉格〉	白、古銅色、紅、藍色	《旅遊寫真》（頁185-189）
〈初見布達佩斯〉	藏青、寶藍、酒紅、香檳黃、秋香色、黃、綠	《旅遊寫真》（頁190-193）

　　檢視上表，我們可以發覺，並置多種色彩是其最常使用的表現手法，比如〈初見布達佩斯〉：「該給這莊嚴著上什麼顏色／藏青寶藍酒紅香檳黃或秋香色」[37]，一連並置了五種顏色來書寫多瑙河岸的皇宮景貌，沿著色彩出現的順序讀下，一如順流而下所見的河岸風光。

　　多用色彩的詩作還有〈巴黎歌劇院旁咖啡館一隅〉：

　　沉默其實是——

　　飄著咖啡香的景泰藍；

　　已枯萎半日的一束鬱金香；

　　巴黎大學女生緋紅的酒窩；

　　還有巴哈低泣的無伴奏；

---

[37] 孟樊，〈初見布達佩斯〉，《旅遊寫真》（臺北：唐山，2007），頁190。

男男女女說著我不懂的法語。[38]

　　景泰藍是彩繪藍色花紋的瓷器，盛在這器皿裡的是咖啡，一旁還有乾枯的鬱金香花束與年輕女生的緋紅酒窩，詩中未點明的色彩則是景泰藍瓷器上的其他色澤、鬱金香實際花色（乾枯與未乾枯的花朵又有不同色澤）等，但已點明的顏色有藍色、咖啡色、緋紅色，已可見咖啡館內的色彩斑斕，然而，這些繽紛的色彩所欲烘托的主角是「沉默」，因而此段詩句在鮮明的色彩詞彙中穿插著「枯萎」、「低泣」等負面詞彙，促使全詩導向沉默的氛圍。

　　其次，〈我的書齋〉同樣以色彩來抒發孤寂感：「有時紅色太多，或者藍色過濃／孤獨是洶湧澎湃的調色盤」[39]，紅色是暖色調，屬於能引發興奮感的顏色；藍色是冷色調，屬於能帶來沉靜感的顏色。而紅色象徵著熱情、快樂、憤怒；藍色則象徵著冷漠、沉著、憂鬱，然而，不管是暖色還是冷色，不論是興奮或者悲傷，都處於太多與過濃的過度狀態，就連孤獨都是洶湧澎湃的，而孤獨也正如調色盤般的調和了冷與熱、憂與喜的心情，此詩雖運用了暖與冷的對比，卻不是要強調兩者的差異性，而是調和兩者以表現孤獨的情緒；此詩到了後半部，又出現更多色彩：

> 橫面而來，理論白，批評黑
> 文學紅，歷史青，無言背對
> 政治社會則不分青紅皂白[40]

---

[38]　孟樊，〈巴黎歌劇院旁咖啡館一隅〉，《旅遊寫真》（臺北：唐山，2007），頁153-154。

[39]　孟樊，〈我的書齋〉，《S.L.和寶藍色筆記》（臺北：書林，1992），頁15。

[40]　孟樊，〈我的書齋〉，《S.L.和寶藍色筆記》（臺北：書林，1992），頁16-17。

理論給人比較崇高的感覺，所以「白」；批評總是給人負面的印象，所以「黑」。此外，文學長紅，史書為青，而政治社會則往往不識黑白、不分青紅，作者在此不僅為每個書種搭配上符合特性的顏色，更巧妙地運用「青紅皂白」回扣前面的「白」、「黑」、「紅」、「青」，就連顏色順序都恰好顛倒，而政治社會不也常常是顛三倒四的嗎?!

　　此外，孟樊所經營的色調常常是充滿律動感的，例如〈城堡〉一詩的後半段：

> 　山是詭譎多幻的海
> 　　一樣縹緲的山
> 　　相思遂浮出雲
> 　　繫著伊的綿延
> 　　　銀河的穹際
> 　　　逶邐地流瀉
> 　　悠遠的白鍊
> 　　飛逸出一尾
> 像紙鳶般攀升翱翔
> 自被孤寂封鎖的臉
> 　　以伊的湛藍
> 　　大海飛起來[41]

　　此處由山寫起，繼而寫雲、寫海，看似寫景，其實寫的是海面

---

[41]　孟樊，〈城堡〉，《S.L.和寶藍色筆記》（臺北：書林，1992），頁65。

倒影，在這片水色倒影裡，雲影隨波蕩漾，交織出藍、綠、白三色錯落的美麗。藍綠白交錯的湖光雲影也出現在〈瑪琳湖畔唱歌〉，瑪琳湖畔有著「藍中帶綠的湖光山色」與「被八方回聲漂白的遊雲」[42]。

〈在民丹島SPA——偕妻同遊記〉則展示出閒適的海灘風光：

> 纏繞的水色雙人舞一旋開
> 自甫開的天國之門
> 一對信鴿即以純白之姿
> 悠悠落腳在米黃色沙灘留連[43]

水色雙人舞形容的是海天共色的景貌，大片的藍色表現出天地遼闊之感，在這一片碧海青空的美麗裡，作者緊接著點綴上純白的鴿子與米黃色的沙灘，一幅悠閒的海灘風情畫隨之浮現。

再者，並置多樣顏色寫景的尚有〈路過海絲湖——紐西蘭之旅有感〉：

> 秋光是上帝的雕刀
> 從白楊木夾道的兩旁一劃
> 金黃的繽紛色彩隨即渲染
> 午睡中的綠野平疇
> 驚醒的是海絲湖那張

---

[42] 孟樊，〈瑪琳湖畔唱歌〉，《旅遊寫真》（臺北：唐山，2007），頁136。
[43] 孟樊，〈在民丹島SPA——偕妻同遊記〉，《旅遊寫真》（臺北：唐山，2007），頁108。

迎風招展的藍晶的臉[44]

　　金黃色的秋光貫串全景，在秋光下，有白楊木、綠色原野與藍色湖泊，作者運用了黃、褐、綠、藍四種色彩，拼貼出了紐西蘭的美景。

四、小結

　　康丁斯基曾言：「符號變成一種習慣後，往往把象徵的意義隱藏了。內在的意義因之被外在的意象隱藏。」[45]「藍色」作為一個普遍的符號，似乎常常被理解為憂鬱的象徵或自由的表徵，因而忽略了其中更深層的意涵，本文選用「藍色」意象為切入點，試圖探索「藍色」在孟樊詩作中的作用，期能辨明藍色意象的內涵，及其如何運用藍色意象來增添詩作的情感，通過前文對《S.L.和寶藍色筆記》與《旅遊寫真》兩部詩集的討論，可以發現，孟樊筆下的「藍色」擁有豐富的象徵意涵，在《S.L.和寶藍色筆記》中，藍色意涵多源自西洋文化的影響，到了《旅遊寫真》，雖也能見到負載西方文化象徵的藍色意象，但此詩集的藍色意涵多以自然意象的形態出現，此點是異於前一本詩集的，這樣的差異性其實與詩集本身的定位有關，陳仲義曾評價《S.L.和寶藍色筆記》詩集可見孟樊「早期鍾情於浪漫情愫和堅持現代骨質」[46]的特徵，林燿德亦認

---

[44] 孟樊，〈路過海絲湖——紐西蘭之旅有感〉，《旅遊寫真》（臺北：唐山，2007），頁114。

[45] Kandinsky, Wassily原著，吳瑪俐譯，《點線面》（臺北：藝術家，2000），頁19。

[46] 陳仲義，〈鑲嵌：取消「踪跡」和「替補」本文〉，《文訊》，革新第91期（1996.07），頁9。

為：「《S.L.和寶藍色筆記》也收錄了不少抒情寫意的詩章」[47]，正因此一詩集收錄有諸多浪漫情懷之作，《S.L.和寶藍色筆記》中的藍色象徵才會如此豐富，時而是幸福，時而是希望，時而是憂鬱；《旅遊寫真》則是孟樊理念先行的旅遊詩集，所收錄的作品全是旅遊詩，在如斯的背景下，當中自然不乏天光雲影與山水風光，也因而此詩集的藍色意象以自然意象居多。另一方面，並置多種色彩是孟樊詩作的常見表現手法，在這些詩作中，不論題材上寫景或是寫情，不論形式上使用冷色調還是暖色調，孟樊均能運用語境來調和色彩意象，讓該詩的色彩情感指向一致的氛圍，詩作的精神內涵也就在色彩意象的調和中獲得彰顯。

---

[47] 林燿德，〈孟樊論〉，《期待的視野——林燿德文學短論選》（臺北：幼獅，1993），頁231。

附錄

附表　孟樊使用「藍色」的詩作

詩名	詩句	出處
〈我的書齋〉	有時紅色太多，或者藍色過濃	《S.L.和寶藍色筆記》（頁15）
	文學紅，歷史青，無言背對	《S.L.和寶藍色筆記》（頁17）
	政治社會則不分青紅皂白	《S.L.和寶藍色筆記》（頁17）
〈水色小僧——給S.L.〉	溜進妳精心設防的／藍色的夢中	《S.L.和寶藍色筆記》（頁57）
	鋪滿星晶的水色軀體	《S.L.和寶藍色筆記》（頁58）
〈感官主義傾斜——再致美麗的哀愁〉	在湛藍色的筆記本上	《S.L.和寶藍色筆記》（頁60）
	始終敏感於藍調的感官	《S.L.和寶藍色筆記》（頁60）
	紫藍色的床頭燈暈	《S.L.和寶藍色筆記》（頁62）
〈城堡〉	以伊的湛藍／大海飛起來	《S.L.和寶藍色筆記》（頁65）
〈海邊的落日〉	伊的眼眸是寶藍的星晶閃在天河	《S.L.和寶藍色筆記》（頁67）
〈夢境〉	一邊藍天一邊星空	《S.L.和寶藍色筆記》（頁72）
〈S.L.和寶藍色筆記〉	寶藍色的，S.L.喜歡，恰巧被打開的夜的星幕也是這般的顏色，那，柴可夫斯基第四號豈不也是？	《S.L.和寶藍色筆記》（頁74）
	我方特意買了本筆記予你，封面是寶藍色的像精靈的膚色，頎瘦的長度則酷似我眼中所見你透明的胴體。	《S.L.和寶藍色筆記》（頁74）
	寶藍色的女體一次又一次寫滿了我的字；其實，S.L.你並不滿意，不滿意我愛吹噓的美學觀點，只因你維多利亞似的涵養把那群蝌蚪樣的精靈音符一行一行天衣無縫底依序排列在柴氏寶藍色的筆記本上。	《S.L.和寶藍色筆記》（頁74-75）
〈如果春天再春天些〉	以及資本家的資金為藍領階級的違章建築而留	《S.L.和寶藍色筆記》（頁79）
〈九寨歸來不看水〉	九面藍水晶是海仙子下凡來築藏式瑤寨	《旅遊寫真》（頁63）
〈北婆羅州行腳〉	京那巴魯咬向蒼茫的青空	《旅遊寫真》（頁99）

詩名	詩句	出處
〈在民丹島SPA──偕妻同遊記〉	湛藍的雷雨卻在森綠色的午後／橫掃經年累月鼠灰發霉的心扉	《旅遊寫真》（頁108）
〈關島開門──隱文詩一首贈羅門〉	天藍成印象派潑在普羅旺斯的油彩	《旅遊寫真》（頁110）
〈路過海絲湖──紐西蘭之旅有感〉	驚醒的是海絲湖那張／迎風招展的藍晶的臉	《旅遊寫真》（頁114）
〈坐看露易絲湖〉	讓下凡的仙女傾倒白雲入湛藍	《旅遊寫真》（頁129）
	藍藍的天藍藍的海／藍藍的心情和著瘦瘦的思緒	《旅遊寫真》（頁130）
〈瑪琳湖畔唱歌〉	水微微的泣，／天藍成一半。	《旅遊寫真》（頁135）
	藍中帶綠的湖光山色，	《旅遊寫真》（頁136）
〈在蒙馬特讀夏宇〉	上述順序像街頭那位大鬍子／畫家的臉／非常的藍調	《旅遊寫真》（頁152）
〈巴黎歌劇院旁咖啡館一隅〉	沉默其實是──／飄著咖啡香的景泰藍；	《旅遊寫真》（頁153）
〈在浪漫大道上〉	在藍色多瑙河上奏起貝多芬	《旅遊寫真》（頁163）
〈在瑞士皮拉特斯山〉	她有我眸子的顏色／是水兵藍的那種，我欺身去聞	《旅遊寫真》（頁169）
	記憶卻隨風愈吹愈長／長到腳下藍綠混合的／曼陀羅	《旅遊寫真》（頁170）
〈托斯卡尼豔陽下〉	像不小心打翻的靚藍顏料／水兵藍一撒野竟遍地開花	《旅遊寫真》（頁175-176）
	此時，整片藍天早已攝入我／記憶的底片，倘若數位相機不說話	《旅遊寫真》（頁176）
〈夢中布拉格〉	有一點點鄉愁的鹹味／和著些許藍色的憂傷	《旅遊寫真》（頁187）
〈初見布達佩斯〉	該給這莊嚴著上什麼顏色／藏青寶藍酒紅香檳黃或秋香色	《旅遊寫真》（頁190）

引用書目

・專書

吳東平，《色彩與中國人的生活》（北京：團結，2000）。

宋澤萊，《宋澤萊談文學》（臺北：前衛，2004）。

李銘龍編著，《應用色彩學》（臺北：藝風堂，1994）。

李蕭錕，《臺灣色》（臺北：藝術家，2003）。

谷欣伍編，《色彩理論與設計表現》（臺北：武陵，1992）。

孟樊，《S.L.和寶藍色筆記》（臺北：書林，1992）。

孟樊，《旅遊寫真》（臺北：唐山，2007）。

林昆範，《色彩原論》（臺北：全華科技，2005）。

林書堯，《色彩認識論》（臺北：三民，1986）。

林磐聳、鄭國裕編著，《色彩計畫》（臺北：藝風堂，1987）。

林燿德，〈孟樊論〉，《期待的視野——林燿德文學短論選》（臺北：幼獅，1993），頁228-232。

曾啟雄，《色彩的科學與文化》（臺北縣：耶魯國際文化，2003）。

黃永武，《詩與美》（臺北：洪範，1987）。

賴瓊琦，《設計的色彩心理：色彩的意象與色彩文化》（臺北縣：視傳文化，1997）。

Kandinsky, Wassily原著，吳瑪俐譯，《點線面》（臺北：藝術家，2000）。

Kandinsky, Wassily原著，吳瑪俐譯，《藝術的精神性》（臺北：藝術家，2006）。

Victoria Finlay原著，周靈芝譯，《藍色》（臺北：時報，2005）。

廿一世紀研究會原著，張明敏譯，《色彩的世界地圖》（臺北：時報，2005）。

・期刊

陳仲義，〈鑲嵌：取消「踪跡」和「替補」本文〉，《文訊》，革新第91期（1996.07），頁9-11。

卷二

臺灣新詩標點符號運用

日治時期臺灣新詩標點符號運用
——以賴和、楊守愚、翁鬧、王白淵為例

一、前言

　　綜觀日治時期臺灣文學研究成果，似乎多聚焦於「社會寫實」或「現代性」兩大面向，如以彰化詩人為例，論及賴和、楊守愚等中文書寫作家，論者多關注於現實主義的弱勢關懷與反抗精神；論及王白淵、翁鬧等日文書寫作家，則多言現代主義思潮的影響。然而，日治作家所面對的是新舊文學交接、書寫語言選用種種問題，以思維觀之，除了左翼思想，還有儒家傳統與浪漫主義等支流；以形式觀之，「現代性」一方面來自日本文學的影響，另一方面也來自世界文壇，在「現代主義」此一大傘下，更可細分出象徵主義、意象派、新感覺派、超現實主義等，由是可知，日治時期的文學面貌恐非寫實／現代主義所能二分與概括的。本文嘗試在「社會寫實」與「現代性」兩道議題外，提出另一個探索日治新詩的可能，從論者較少觸及的標點符號運用出發，重新詮釋彰化詩人作品，進而挖掘彰化詩人的形式設計美學。

　　丁旭輝在〈現代詩中的標點符號〉（2006）一文闡述了標點符號之於新詩的功能性，包含：標示意義的意義功能、標示語氣停頓

的節奏功能、表現圖象效果的圖象暗示功能、傳達抽象情感的情意暗示功能。[1]上述概念並非2006年才提出的新觀點，早在《臺灣現代詩圖象技巧研究》（2000）一書，丁旭輝即曾論述標點符號運用在新詩中的圖象功能與情意作用。[2]就這兩筆資料而言，一以「現代詩」為觀察對象，一以「圖象技巧」為論述核心，在取樣標準的篩選下，日治新詩皆未能躋身其列。然而，標點符號之於新詩的特殊性與功能性，並非戰後詩人的專利，而是可向前追溯到日治時期的。況且，日治新詩有著三道語言脈絡同時存在、相互糾葛的複雜性，更是形塑出風格獨具的標點符號運用，比如：以漢文書寫的日治新詩常大量使用驚嘆號來強調語氣；以日文書寫的日治新詩則不見逗號、常見刪節號與破折號。又如：漢文書寫的日治詩作有些句中、句末皆使用標點符號，有些詩人句中使用標點符號、句末不用；日文書寫的詩作則幾乎不用標點符號，僅有少數詩句會在句末接上標點。如斯面貌多元卻乏人問津，怎不令人感到可惜？有鑒於此，本文試圖聚焦於日治時期臺灣新詩，探索標點符號運用此一形式技巧，於詩作中開拓出怎樣的內涵，繼而彰顯標點符號作為新詩形式設計美學的效用與價值。

　　復次，標點符號作為新詩形式設計美學，看似共性，其實涵蓋著諸多獨特性，基此，在文本的取材上，選用賴和、楊守愚、翁鬧、王白淵四位彰化詩人，期能通過同質詩人的並置討論，[3]揭示

---

[1]　丁旭輝，〈現代詩中的標點符號〉，《淺出深入話新詩》（臺北：爾雅，2006），頁199-222。

[2]　丁旭輝，《臺灣現代詩圖象技巧研究》（高雄：春暉，2000），頁267-291。

[3]　筆者之所以認為此四位詩人同質，可分作三個面向解釋，一是創作時間同屬日治階段；二是同樣具有彰化詩人身分；三是在風格表現上，賴和與楊守愚兩位漢文書寫作家同質，翁鬧與王白淵兩位日文書寫作家同質，蕭蕭在《臺灣新詩美學》裡即曾言：「渡海日本、上海的王白淵、翁鬧，勇於嘗試新藝術手法；固守家園的楊守愚則追隨在賴和之後，揭露醜惡，同情貧困，為弱勢族群仗義直言，為危機年代的臺

日治新詩標點符號運用的共生殊相。其中，值得注意的是，相較於其他三位彰化詩人，翁鬧儼然是淹沒於日治新詩史裡的名字，不僅在臺灣新詩史相關論述中罕見，詩選集中也相當少見，本文之提出，亦試圖對翁鬧新詩作一評價。[4]

另一方面，趙天儀認為：「詩的要素，可以說是包括了情感、意象、節奏與意義。」[5]丁旭輝所歸納的標點符號四大功能與此四要素可謂不謀而合，[6]然而，管見以為，情感、意象、節奏與意義雖為詩的基本元素，但情感的生成有其複雜性，「情意暗示」此一功能其實亦涵括於語義作用、音韻節奏、圖象效果之中，不易單獨切割為一類；其次，趙天儀在探索現代詩美學時，亦非以情感、意象、節奏與意義此四議題分而論之，而是選用意義性、音樂性、繪畫性三道切入點予以著墨。[7]前行研究者的研究成果，為本文提供

灣農村刻畫現實。」詳多：蕭蕭，《臺灣新詩美學》（臺北：爾雅，2004），頁16。

[4] 翁鬧在臺灣新詩史上儼然是邊緣的存在，不僅在臺灣新詩史相關論述中不見蹤跡，詩選集中也甚為罕見，或許這跟詩作數量少有關，也或許還有其他因素。相較於其他日治時期的彰化詩人，他不似賴和、陳虛谷、王白淵積極投入文化運動，也不像其他彰化詩人有參加文學社群。賴和、陳虛谷、楊守愚都是應社成員，賴和、陳虛谷還參與了「臺灣文化協會」；王白淵則先後參與了「臺灣文化同好會」、「臺灣藝術研究會」；其他如林亨泰、錦連等跨越語言一代的詩人，則隸屬「銀鈴會」。根據張良澤的考察，翁鬧曾與張文環等人組織臺灣藝術研究會，創辦福爾摩沙雜誌的說法，與事實並不相符，因此翁鬧並無明確的文學社團歸屬。然而，弔詭的是，翁鬧雖沒有加入文學社群，卻曾兩度出席文聯東京支部舉辦的座談會，可見其與文聯東京支部仍有某種程度的交集。本文受限於研究主題，對此議題未能予以深論，留待後續研究繼續努力。詳多：張良澤，〈關於翁鬧〉，《臺灣文藝》，第95期（1985.07），頁182-183。

[5] 趙天儀，〈現代詩的繪畫性－心象的構成〉，《現代美學及其他》（臺北：東大，1990），頁202。

[6] 此處將趙天儀的「情感、意象、節奏、意義」與丁旭輝的「情意、圖象、節奏、意義」相提並論，並非筆者認為「意象」即「圖象」，而是參酌趙天儀〈論意象〉一文，該文指出：「用視覺捕捉意象，是詩的繪畫性，建築性的創造。」由此推論趙天儀筆下的意象涵蓋了詩的圖象性。詳多：趙天儀，〈論意象〉，《笠詩刊》，第248期（2005.08），頁42-43。

[7] 《現代美學及其他》一書裡，收錄有〈現代詩的意義性〉、〈現代詩的音樂性〉、〈現代詩的繪畫性－心象的構成〉三文，詳多趙天儀，《現代美學及其他》（臺

了可貴的研究基石，筆者將其調整為「音樂性」、「語義性」與「圖象性」，底下將採用新批評為主要析論方式，佐以視覺傳播相關理論，[8]依序觀察標點符號作為「音素」、「字素」、「圖素」時，於新詩中發揮了何種作用，又如何建構出詩作的情感世界，期能釐清日治新詩標點符號運用風貌。

二、音樂性：點與標的聲情音韻

　　新式標點符號由胡適等人在1919年提議頒布，〈請頒行新式標點符號議案（修正案）〉一文將標點符號分作「點」的符號與「標」的符號：

> 「點」即是點斷，凡用來點斷文句，使人明白句中各部分在文法上的位置和交互的關係的，都屬於「點的符號」，又可叫做「句讀符號」。……句號，點號，冒號，分號，四種屬於此類。「標」即是標記。凡用來標記詞句的性質種類的，

北：東大，1990），頁179-210。

[8] 標點符號看似文字書寫的輔助工具，其實也是一個視覺符號，本文並用文學理論與視覺傳播理論為研究取徑，乃是有感於文學與其他藝術擁有諸多對話空間，期能進一步探索新詩的多面向。比如：1923年，東方文學家徐志摩讚嘆著「數大就是美」；1928年，西方建築界則有密斯・凡德洛（Ludwing Mies van der Rohe）提出「少即是多」，兩個看似衝突的美學理念其實充滿交集的可能，廖偉民即曾撰文論述。此外，廖新田在《臺灣美術四論》一書中曾提及，日治時期臺灣詩人水蔭萍感受到「福爾摩沙南方熱帶的色彩和風不斷地給我蒼白之額、眼球、嘴唇以熱氣」，運用超現實主義表現臺灣風景的蒼白與頹廢；此時來臺的日本畫家，卻正驚艷著臺灣特有的島嶼色彩，大量選用明亮飽和的色彩描繪臺灣風景。此一例證展現了殖民者與被殖民者的視點差異，也揭示著文學與其他藝術相互對話的可能。詳參：廖偉民，〈「數大便是美」與「少即是多」〉，《幼獅文藝》，第643期（2007.07），頁32-35；廖新田，《臺灣美術四論》（臺北：典藏藝術家庭，2008），頁161；楊熾昌著，呂興昌編訂，《水蔭萍作品集》（臺南：南市文化，1995），頁128。

都屬於「標的符號」。如問號是表示疑問的性質的，引號是表示某部分是引語的，私名號是表示某名詞是私名的。[9]

　　舊式標點符號僅有表示停頓的點號與用於句子完結處的圈號，新式標點則延續了舊式標點的斷句功能，一方面依分句情形與文法關係細分出點號（，或、）、分號（；）、冒號（：）與句號（。或‧）四類「點的符號」；另一方面也參酌西方標點符號用法，增加了具有標示與強調作用的「標的符號」，即問號（？）、驚嘆號（！）、引號（「」與『』）、破折號（——）、刪節號（……）、夾注號（（）與〔〕）、私名號（＿＿＿）、書名號（﹏﹏）。[10]

　　到了1930年，教育部頒布〈教育部劃一教育機關公文格式辦法〉，對標點符號亦有所規定與說明，此時「點號」進一步區分為「逗號」與「頓號」。[11]觀察《臺灣新民報》刊載的新詩作品，同樣可窺見「點號」到「逗號」與「頓號」的演變，比如：賴和1930年9月到1932年1月發表的詩作，刊載於《臺灣新民報》時，以「、」表示停頓，然而，參照賴和手稿卻可發現，賴和選用的符號並非「、」，而是「，」。[12]由此可知，《臺灣新民報》此一時期使用的「、」仍是「點號」，尚未區分為頓號與逗號。再者，楊

---

[9]　胡適，〈請頒行新式標點符號議案（修正案）〉，收錄於袁暉主編，《標點符號詞典》（山西：書海，2000年），頁347。

[10]　此處對「點」與「標」的分類依據〈請頒行新式標點符號議案（修正案）〉之內容而來，另有論者認為，冒號、驚嘆號、問號是兼具點、標作用的符號。詳參：田哲益，〈談「標點符號」及使用方法〉，《中國語文》，第379期（1989.01），頁30。

[11]　〈教育部劃一教育機關公文格式辦法〉（節錄），收錄於袁暉主編，《標點符號詞典》（山西：書海，2000年），頁354-355。

[12]　《臺灣新民報》，第329-396號（1930.09.06～1932.01.01）；林瑞明編，《賴和手稿集新文學卷》（財團法人賴和文教基金會、臺灣省文獻委員會，2000），頁333-483。

守愚自1930年11月至1932年3月發表於《臺灣新民報》的新詩，皆以「、」表示詩中停頓，直到1932年4月9日刊登的〈雨中田舍〉，詩中方同時存在「、」與「，」。[13]此外，楊守愚的〈可憐的少女喲！〉先假1934年10月刊載於《新高新報》，[14]後修改若干文詞，1935年12月發表在《臺灣新文學》，題名亦改作〈可憐的少女喲珍重！〉，[15]如將兩篇詩作加以比對，可以發現，〈可憐的少女喲！〉的逗號到了〈可憐的少女喲珍重！〉，又變回頓號了，究竟是刊物編者的更動，亦或楊守愚本人的修改，目前無從得知，但此例恰可說明頓號、逗號具備類似的停頓作用。[16]

儘管頓號、逗號都能營造停頓節奏，然而，就節奏來說，逗號所產生的停頓時間比頓號長，句號的停頓效果又比逗號強。而「停頓」正是呈顯詩作音樂性的一大要素，方祖燊在〈論中國詩的音樂性〉一文便指出：「『停頓』，形成了詩句間一種節奏美。」[17]賴和的〈流離曲〉[18]即是善用停頓節奏的詩例，試看前四段：

---

[13] 《臺灣新民報》，第337-410號（1930.11.01～1932.04.09）。

[14] 睦生，〈可憐的少女喲！〉，《新高新報》，第447號（1934.10.26）。

[15] 瘦鶴，〈可憐的少女喲珍重！〉，《臺灣新文學》，創刊號（1935.12.28），頁91-92。

[16] 筆者必須說明的是，將日治報刊原典與日治作家選集相互對照後，可以發現，不少詩作的標點符號或空格都被編者酌以修改，就漢文書寫詩作來說，以頓號形態出現的點號多半被改作逗號，或者刪去；句首空格的詩作，則有多空一格或少空一格等變異。為忠於詩作原貌，下述引用詩作時，一律優先引用日治報刊原典，必要時搭配詩選集參酌。

[17] 方祖燊，〈論中國詩的音樂性〉，《中國現代文學理論季刊》，第6期（1997.06），頁177。

[18] 賴和的〈流離曲〉分作四部分連載於《臺灣新民報》，第329-332期（1930.09.06～1930.09.27），其中原欲發表於332期的詩作全數禁刊，當期曙光欄只見一片空白，欲讀〈流離曲〉全文，可參見賴和著，林瑞明編，《賴和全集：新詩散文卷》（臺北：前衛，2000），頁93-114。

（一）生的逃脫

淵淵！湃湃！
窸窸！窣窣！
湃湃的真像把海吹來、
窸窣地甚欲併山捲去、
溪水也已高高漲起、
淼茫茫一望無際。

猛雨更挾著怒風、
滾滾地波浪掀空。
驚懼、匆惶、走、藏、
呼兒、喚女、喊父、呼娘、
牛嘶、狗睅、
混作一片驚唬慘哭、
奏成悲痛酸悽的葬曲、
覺得此世界的毀滅、
就在這一瞬中。

　死！死！死！
在死的恐怖之前、
生之慾念愈是執著不放、
到最後的一瞬間、
尚抱有萬一的希望。

慘痛地、呼！喊！

無意識地、逃！脫！

還希望著可能幸免。

死神已伸長他的手臂、

這最後的掙脫實不容易。[19]

　　「淜淜！湃湃！／窸窸！窣窣！」通過疊字與驚嘆號的組合，形塑出四句鏗鏘有力的短句。以旋律來說，驚嘆號提高了文字的聲調，讓此詩甫開端即將音調拉高，展現了面對水災的驚惶；就節奏而論，驚嘆號強化了音節的力道，傳達了水災的凶猛。繼而登場的是四行長句，相對於前兩行的多次停頓，此處一連四句句中無標點的長句，節奏遂顯得急促，而這樣的急促似乎也暗示著天災的來勢洶洶。第二段同樣通過短句與長句的交替出現來傳情達意，方耀乾曾言此段是「用足多短辭俗具體的列舉交織成一首狂飆的交響樂，非常有力道營造出殖民地農民的流離慘狀。」[20]首兩句承接前段描述天災狀況，開場的兩個長句皆押ㄥ韻，押韻的形式安排加快了詩句節奏，快節奏之後緊接著出現三行大量使用點號（頓號）的詩句，錯落其間的點號不斷為詩作帶來停頓，詩作節奏自此轉為緩慢，而緩慢節奏也讓意象越顯鮮明。眾多短詞組成的三行詩句其實隱藏著詩人的巧思，此段第三行既呈現內在的情緒、也表現外在的行動，第四行則聚焦於尋找親人的場景，第五行將焦點從人群中抽離，特寫農村動物的反應，標點的出現並不只是促成緩慢節奏形成

---

[19]　甫三，〈流離曲（一）〉，《臺灣新民報》，第329號（1930.09.06）。

[20]　方耀乾，〈反帝、反殖民拼圖──論賴和的事件詩〉，《海翁臺語文學》，第36期（2004.12），頁8。

而已，同時更將每一個短句劃分為一道場景，發揮了聚焦作用，宛如一幕幕的電影特寫鏡頭。第二段後四行節奏看似平淡，卻為第三段的激情作了合宜的鋪陳，相對於第二段只有表示停頓的點號與句號，第三段開頭連用三次驚嘆號的「死！死！死！」，彷彿猛力敲打的鼓聲，既言死的可怕、也意味著生的想望，表述了對生命的吶喊，詩作音調與情緒隨之達到最高點。其中，值得一提的是，此段首句句首使用了一個空格，韓叢耀在《圖像傳播學》中曾指出：「一幅畫面通常只能交代一個主題，表現最主要的被攝體，要使主體清爽、突出、凸現。能達到這種畫面效果的，空白的使用可以說是最有效的手段。」[21]文學作品中的空格與藝術創作的留白有著相似效用，均發揮了突顯意象的作用，此一詩行的空格是聲調高點出現前的短暫沉默，正因存在有片刻的無聲，其後的高音遂更顯突出。第四段可謂刻意多用標點的例子，「慘痛地、呼！喊！／無意識地、逃！脫！」運用標點將「慘痛地呼喊」與「無意識地逃脫」斷句為三個音節，首先，點號為副詞製造了停頓，驚嘆號則增強了動詞的語氣；再者，詩人刻意將「呼喊」與「逃脫」斷句為一字一頓，讓一個意象增添為兩個同質意象，於詩中同時發聲，進而揭示了奮力一搏的求生意念。

　　除了前述詩段外，〈流離曲〉其他段落亦可見到類似手法，舉凡：「行！行！」、「墾墾！闢闢！」、「鋤鋤！掘掘！」、「開開！鑿鑿！」、「哈！哈！」、「那刁頑？那活潑？那乖呆？」、「靜肅！莊嚴！」、「天道？公理？」、「悲愴！戰慄！」、「沈下去！沈下去！」、「粉碎了！粉碎了！」、「痛哭罷！痛哭

---

[21]　韓叢耀，《圖像傳播學》（臺北：威仕曼，2005），頁305。

罷！」、「羞！羞！」、「趨趨！集集！」等，都是使用疊字或相似句式佐以標點符號來表現節奏的例子。[22]此外，「唉！死？真要活活地餓死？」以標點加強語氣，同時透過標點形塑長句、短句展現節奏與情緒。其他如「　餓！餓！」、「　賣！賣！」、「去！去！」等詩行，則是利用空格營造焦點的例子。林瑞明曾肯定道此詩是「形式與內容之間，達成了完美的結合」。[23]從這些詩句中還可察覺一個特色，驚嘆號出場比例相當高，此一特徵其實是賴和事件詩的共通特徵，詩人藉由驚嘆號或問號的呼告與吶喊，表露內在情感，傳達無法置身其外的信念。例如〈南國哀歌〉第五段：

> 「一樣是呆命人！
>
> 趕快走下山去」！
>
> 這是什麼言語？
>
> 這有什麼含義？
>
> 這是如何地悲悽！
>
> 這是如何地決意！[24]

---

[22] 除了句式的重複，〈流離曲〉也多用疊字來強化意象與音韻，李魁賢論及〈流離曲〉第二部分時，即指出：「賴和使用了大量重疊的動詞，使勞動者的形象突出」；方耀乾亦言：「賴和用六組複合詞來歌頌臺灣農民的勤勞拍拚，宛然一首美麗的旋律，合奏著性命的律動」；楊宗翰則認為：「用了大量短句與疊詞（如『鑿鑿！鬧鬧！』、『鋤鋤！掘掘！』、『開開！鑿鑿！』），既能表現農民工作時的急迫，也有強化與調整節奏的功效」。詳參：李魁賢，〈賴和詩中的反抗精神〉，《笠》，第111期（1982.10），頁31；方耀乾，〈反帝、反殖民拚圖──論賴和的事件詩〉，《海翁臺語文學》，第36期（2004.12），頁9；楊宗翰，〈冒現期臺灣新詩史〉，《創世紀詩雜誌》，第145期（2005.12），頁156。

[23] 林瑞明，〈賴和與臺灣新文學運動〉，《臺灣文學與時代精神：賴和研究論集》（臺北：允晨文化，1993），頁115。

[24] 安都生，〈南國哀歌（上）〉，《臺灣新民報》，第361號（1931.04.25）。

表示斷句的點號與圈號已不足以表現詩人面對霧社事件的激動情緒，因此此處句末全用具有標示語氣與增強情緒功能的驚嘆號與問號，藉以展現作者的不平之鳴；其後陸續出現的「兄弟們！來！來／來和他們一拼！」[25]等詩句，運用了修辭學的「呼告」，呼籲群眾奮起，同樣是透過驚嘆號來高聲疾呼的例證。此外，〈覺悟下的犧牲〉、〈生與死〉、〈滅亡〉、〈思兒〉、〈低氣壓的山頂〉、〈是時候了〉、〈兒歌〉、〈溪水漲〉等詩亦是多次使用驚嘆號的作品。

　　然而，大量運用驚嘆號並非賴和的專利，在楊守愚詩中也可窺見，比如〈孤苦的孩子〉，詩人不斷對著孤苦的孩子喊道：「孤苦的孩子、／別悲哀吧！」、「孤苦的孩子、／想開吧！」、「孤苦的孩子、／膽子壯點吧！」、「孤苦的孩子、／笑笑吧！」。[26]又如：〈哭姊〉反覆呼喊「姊喇！」；[27]〈輓歌〉一再感嘆「可憐的陳君喇！」；[28]〈女給之歌〉則是再三出現「哥兒們喇！」。[29]前述詩句皆屬於呼告句，文句一開頭即呼喊對方名稱，進而達到吸引注意力的效果，其中，驚嘆號促成了音調的上揚，為詩句帶來加強語氣的作用。其次，賴和詩作中常見短句與類疊的技巧，此一表現手法在楊守愚詩作中亦未缺席，賴和在〈流離曲〉中寫著「死！死！死！」；楊守愚則在〈無題〉寫道：「一顆創傷的心、／裂、

---

[25]　〈南國哀歌〉原發表於《臺灣新民報》361、362號（1931年4月25日、1931年5月2日），其中362期詩作約有四分之三遭禁刊，全詩可參見賴和著，林瑞明編，《賴和全集：新詩散文卷》（臺北：前衛，2000），頁136-141。此處引文即引自《賴和全集：新詩散文卷》。

[26]　村老，〈孤苦的孩子〉，《臺灣新民報》，第344號（1930.12.20）。

[27]　守愚，〈哭姊〉，《臺灣新民報》，第358號（1931.04.04）。

[28]　守愚，〈輓歌〉，《臺灣新民報》，第368、369號（1931.06.13、1931.04.29）。

[29]　守愚，〈女給之歌〉，《新高新報》，第417、422號（1934.03.23、1934.06.20）。

裂、裂！」[30]。重複三次的「裂」雖是一字一頓的節奏，卻因字間選用的標點符號不同，而有不同的聲音表情，最末的驚嘆號彷彿重音標記，為詩作旋律帶來猛力一擊，從點號到驚嘆號的音調變化，無形中也象徵著「裂」由弱到強的漸進。

再者，許俊雅曾評價楊守愚的分段詩：「創作時尤其注意到文句的流暢、全詩的節奏與氣氛也掌握得很好，尤其作者有意的在句末安排叶韻，使得全詩朗誦時頗有節奏感」。[31]楊守愚的分段詩不只是藉由押韻建構音樂性，其選用的標點亦牽動著聲情起伏，試看〈頑強的皮球〉最後一段：

> 越是用力的拍、越是強烈地反抗、越是起勁地踢、越是活躍地暴動、拍拍、踢踢、反抗、暴動、非等到拍斷你的手臂、踢折你的腳腿、嘿！永不會止住我的衝鋒。[32]

前八句可見作者對節奏的經營，前四句是六個字、七個字、六個字、七個字的相似句式，接著連續四句兩字音節，帶來如歌的旋律。其中，五到八句進一步抽取出前四句的重要詞彙，藉由再次出現的手法予以強調，而點號帶來的停頓正扮演著分鏡與特寫的效用，「拍拍、踢踢、反抗、暴動」因此獲得突顯。其次，此詩雖然也使用驚嘆號，但跳脫出反覆運用驚嘆號吶喊的寫法，最末的「嘿！永不會止住我的衝鋒。」句尾不見表達激昂之情的驚嘆號，反採用表徵語意完結的句點，以內斂冷靜的音調揭櫫堅定反抗的精神。

30 洋，〈無題〉，《臺灣新民報》，第387號（1931.10.24）。
31 許俊雅，〈日治時期臺灣白話詩的起步〉，收錄於封德屏主編，《臺灣現代詩史論》（臺北：文訊，1996），頁43。
32 洋，〈頑強的皮球〉，《臺灣新民報》，第370號（1931.06.27）。

賴和與楊守愚的臺灣話文新詩，詩作的音樂性同樣從相似句式與韻腳的基礎出發，比如楊守愚的〈貧婦吟〉前半：

　　　出世做查媒、
　　　　實在真艱苦、
　　　天也未光就起來、
　　　　梳頭煮飯洒衫褲、
　　　双手拭干即卜閒（閒讀榮）
　　　　日頭對中鷄報午、
　　　　打草鞋、編草笠、
　　　　養鴨母、飼豬舖、
　　　　鹹菜根、酸又澀、
　　　　破衫褲、補又補、
　　　不辭艱難甘受苦、
　　　　望卜勤儉有補所、
　　　那知影、勤勤儉儉、
　　　　也是飢腸甲餓肚。[33]

　　施懿琳、許俊雅、張雙英均曾肯定此詩句末押韻產生的音樂性，[34]除了韻腳之外，句式亦是此詩音樂性的推手，〈貧婦吟〉多

---

[33]　靜香軒主，〈貧婦吟〉，《臺灣新民報》，第353號（1931.02.28）。〈貧婦吟〉刊載於《臺灣新民報》時，應是以「靜香軒主」為名發表，目前出版的楊守愚相關詩集皆誤植為「靜香軒主人」，本文研究過程另察覺楊守愚年表有幾處錯誤，相關補正請參見本文附錄「楊守愚年表補正（新詩部分）」。
[34]　施懿琳，〈試論日治時期楊守愚的新舊體詩〉，《中國學術年刊》，第20期（1999.03），頁523；許俊雅，〈以詩筆行俠仗義的楊守愚〉，《聯合文學》，第188期（2000.06），頁36；張雙英，《二十世紀臺灣新詩史》（臺北：五南，2006），頁47-48。

以兩字與三字的音節組成，鄭慧如曾針對臺灣新詩的音樂性提出：「兩字頓和三字頓如果錯落布置，此呼彼應，節奏就從容；一行詩中全用兩字頓，節奏就徐緩；一行詩有兩個以上的三字頓，節奏就急促。」[35]以此觀之，〈貧婦吟〉的節奏經營先是從容，繼而急促，後復歸從容。其中，值得注意的是，自「打草鞋」起、「補又補」迄，一連串急促的三字頓節奏，正與詩中主角馬不停蹄的忙碌相契合；又，此段採用七言形式的詩句多句中無標點，唯獨「那知影、勤勤儉儉」句中有點號，此處點號帶來了停頓，進而突出終日勞苦仍無法脫離貧困的感嘆。另一方面，〈貧婦吟〉其實略有古典文學的影子，不僅押韻，句式上多處選用的五言、七言，且多句偶數句較奇數句低一格，表示該句從屬於前句，這些都可謂傳統詩文的影響。再者，古典詩文只有點號與圈號，這樣的特性也展現在〈貧婦吟〉一詩裡，另外，賴和的臺灣話文新詩〈農民謠〉[36]也保留有傳統詩文的標點特色，全詩一路使用點號斷句，直到最末句方畫上圈號表示完結。

再看日文新詩部分，張我軍曾發表〈日本的文章記錄法與標點符號〉，該文對日文標點符號使用有所討論，根據張我軍的說法，日文標點符號計有「。」、「、」、「‧」、「「」」、「『』」五種，其他符號如「？」、「！」、「……」、「──」等則是模仿西洋標點符號而來的。[37]觀察日治臺灣新詩的日文書寫作品，常有刪節號、破折號出現，由此可見，日文新詩的標點符號使用顯然不是五種日文標點可以涵蓋的，反而西洋標點符號運用的影響更

---

[35] 鄭慧如，〈新詩的音樂性──臺灣詩例〉，《當代詩學》，第1期（2005.04），頁9。
[36] 甫三，〈農民謠〉，《臺灣新民報》，第345號（1931.01.01）。
[37] 張我軍，〈日本的文章記錄法與標點符號〉，收錄於秦賢次編，《張我軍評論集》（臺北縣：北縣文化，1993），頁206-211。

大，這可能跟西洋思潮的引介有關，當時的東京是日本文學主流與歐美前衛文藝思潮與作品的匯集地，臺灣赴日留學的學生因而與世界文壇接軌。復次，也可能受到中文書寫的影響，多數人透過閱讀翻譯詩作來認識日文寫作詩人，然而，日文新詩的標點符號運用又牽涉到譯者的偏好，如將翻譯詩作與日文原文加以參照，不難發現，詩作的標點符號多數遭到譯者更動，修改為較符合中文書寫習慣的用法。例如翁鬧的〈在異鄉〉，[38]此詩目前可見兩個譯本，一是《廣闊的海》，譯者為月中泉；[39]二是《翁鬧作品選集》，由陳藻香、許俊雅翻譯。[40]此詩日文原文完全無標點符號，句中斷句一律以空格呈現，但經過譯者的潤澤，〈在異鄉〉中譯版的標點符號顯得不同於日文版，前者為四處句中空格加了逗點；後者為多句句中空格填入逗號，並在多處語助詞後接上驚嘆號，另有一處加上引號、一處使用冒號。

　　此外，縱使是作者自己翻譯的詩作，對斷句與標點符號的選用亦有更動，王白淵自行翻譯為中文的〈地鼠〉與日文詩集《荊棘之道》所收錄的〈地鼠〉，[41]便有幾處標點符號差異，在分行上的處理也不相同。[42]舉凡：日文原有兩處使用破折號，譯作中文後兩處皆改作驚嘆號；日文多用長句，中文則以短句為主，因此中文版

---

[38] 翁鬧，〈在異鄉〉，《臺灣文藝》，第2卷第4號（1935.04），頁35-36。

[39] 翁鬧原著，月中泉譯，〈在異鄉〉，收錄於羊子喬、陳千武編，《廣闊的海》（臺北：遠景，1982），頁215-216。

[40] 翁鬧原著，許俊雅、陳藻香編譯，〈在異鄉〉，《翁鬧作品選集》（彰化：彰縣立文化中心，1997），頁7-11。

[41] 王白淵，〈地鼠〉，《政經報》，第1卷第5期（1945.12.25）；王白淵，〈地鼠〉，《荊棘之道》（日文詩集），收錄於河原功編，《臺灣詩集》（日本：綠蔭書房，2003），頁20-21。

[42] 已有論者針對王白淵作品的不同翻譯予以討論，可參見：高梅蘭，《王白淵作品及其譯本研究——以《蕀之道》為研究中心》（臺北：國立臺北教育大學語文教育學系碩士班碩士論文，2006）。

〈地鼠〉的行數明顯多於日文。其次，〈地鼠〉一詩多次喊道「地鼠呀！」中日文均保留了加強呼喊語氣的驚嘆號，但中文不只是在「地鼠呀」之後用了驚嘆號，連「地鼠呀」的下一句詩句也接上驚嘆號，對語氣的加強因而更勝日文，值得注意的是，前文曾論及漢文書寫詩作有多用驚嘆號的特徵，中文版〈地鼠〉似乎無形間也展示出漢文書寫的共性。再換另一個角度來看，除了〈地鼠〉，王白淵尚有其他運用驚嘆號以示呼告的詩作，如〈孩子啊！〉、〈少女喲！〉、〈看吧！〉、〈蝴蝶啊！〉等詩，都是標題即加入驚嘆號，內文亦使用驚嘆號反覆呼喊的例子。其中，音樂性較強的是〈看吧！〉：

夜幕敞開之際
小鳥啼囀時分
看吧！
朝日昇入中天

雨停止之際
風靜止時分
看吧！
東天掛著五色橋

夕陽西下之際
田野蟲鳴時分
看吧！

西天出現一隻黑鳥[43]

　　蕭蕭曾言：「造成語言結構的方法要以『重複』最為重要，而『重複』又是『節奏』最重要的因素」，[44]〈看吧！〉一詩正是以重複表現音樂性的例證。首兩句緩和，第三句相較於其他詩句的句末無標點，標示語氣的驚嘆號一如節奏的重音標記，為原先平和的音調增添了高音起伏，到了第四句，音調則復歸平緩。全詩分作三段，採用相似句式而成，因此三段的音響節奏相同，迴旋的音韻結構帶給整首詩如歌的旋律。

　　翁鬧筆下的驚嘆號同樣左右著詩作的音樂性，〈勇士出征去吧！〉一詩多次出現驚嘆號的蹤跡：

　　　夜光晃眼的○○車站

　　　忽然湧出喇叭的響聲

　　　瞅了一下，僅是一片旗海

　　　人牆圍繞著旗海

　　　不知不覺地脫帽止步

　　　莊嚴的區域！

　　　你看，在人牆裡，有個站立不動的勇士

　　　在他前面列隊吹喇叭的是少年們

　　　勇士的臉上充滿著決心與熱情

　　　早已為祖國竭盡獻出生命的姿態

---

[43] 王白淵，〈看吧！〉，收錄於陳才崑譯，《王白淵－荊棘的道路》上冊（彰化：彰化縣立文化中心，1995），頁76-77。

[44] 蕭蕭，〈結構與節奏〉，《現代詩學》（臺北：東大，2006），頁295。

如今他在國民的送別下就要出征去

決心與熱情使他臉頰變得通紅

祝福他光榮出發的少年們的喇叭聲

氣勢沖天彷彿破曉的吶喊

雄姿英發的勇士！

英勇的少年們！

被送行的人和送行的人

崇高的熱情如斯結合在一起還會再現於世嗎？

喇叭的響聲歇息了

國民聲嘶竭力地呼叫

「萬歲！萬歲！萬歲！」

勇士簡短而用力地回答

「謝謝！」

勇士出征去吧！

為了祖國的光榮出征去打勝仗吧！

勝不了就不要活著回來！

這就是你的祖先世世代代流傳的教訓

你的祖先用了劍和詩

創造了這個美麗的神的國度

將永久繁榮的大八州傳承給子子孫孫

你也是為了祖國而成為英雄的國民之一[45]

長短錯落的前五句無形中呼應了車站現場的人潮來去，第六句

[45] 此詩為新出土資料，轉引自：杉森藍，《翁鬧生平及新出土作品研究》（臺南：國立成功大學臺灣文學研究所碩士論文，2007），頁123-124。

「莊嚴的區域！」通過驚嘆號達到聚焦作用，此句也是本詩音韻的第一道高音，其後詩作內容隨之轉以勇士為核心，後續出現的「雄姿英發的勇士！」、「英勇的少年們！」、「『萬歲！萬歲！萬歲！』」、「勇士出征去吧！」、「為了祖國的光榮出征去打勝仗吧！」、「勝不了就不要活著回來！」等詩句，皆以驚嘆號讚嘆亦或呼籲勇士的奮起，大量出現的驚嘆號，促使詩作節奏更加強烈，加上此詩幾乎全是長句，長句與驚嘆號建構出此詩急促而激動的音韻。

〈勇士出征去吧！〉是翁鬧多用長句經營節奏的詩例，〈鳥兒之歌〉則是翁鬧多用短句形塑旋律的例子：

> 鳥兒
> 牠在黎明與黑暗之際叫著
> 吱吱　吱吱　吱吱
> 妳是否在悲泣
> 悲泣妳飛出了漆黑
> 或是在高興
> 高興妳迎接了光明
> 吱吱　吱吱　吱吱
> 從天空到山谷
> 從山谷到原野
> 在這世上
> 竟沒有妳憩息的地方
> 午晝太亮了
> 子夜太暗了

只在晨曦

那短短的一剎那間

你是幸福的

對人類

雖是一段最不幸的時刻

吱吱　吱吱　吱吱

鳥兒啊

妳的故鄉究竟在何方

是山嗎

是海嗎

當方形的窗口肚白時

山的靈氣

與海的潮香

吱吱　吱吱　吱吱

隨著妳的歌聲

飄揚過來

想來瞧瞧

只為純粹而活的

你的哀思

鳥兒啊

在世界要揭開

喧囂的序幕之前

吱吱　吱吱　吱吱

我將帶著妳

登上那天庭

把妳當做

心靈的回音[46]

　　此詩雖然也有長句形式出現，但作者顯然刻意多用短句，比如「山的靈氣／與海的潮香」、「隨著妳的歌聲／飄揚過來」、「只為純粹而活的／你的哀思」等詩句，其實可寫作一行，詩人卻刻意分割為兩行。陳啟佑論及新詩節奏設計時，指出：「切割語句給予分行排列，絕對足以降低節奏的流動速度。」[47]刻意分行拉緩了詩句的節奏，隨著長句與短句的交替登場，詩作節奏迴盪在急與慢之間。如斯安排導因於詩作內容，此詩採取對鳥兒訴說的視角開展，長句、短句組成的快慢交織節奏，象徵著詩中我思想流動的或疾或徐。其次，詩中反覆出現的「吱吱　吱吱　吱吱」是音樂性生成的關鍵，杉森藍即曾指出：「鳥兒的叫聲讓這一首詩有濃厚的音樂性」[48]。「吱吱　吱吱　吱吱」的疊字與重複句式讓詩作節奏顯得輕快，加上此詩完全無分段，錯落其間的「吱吱　吱吱　吱吱」不僅在節奏上有換氣作用，在前後文的脈絡中，其實也有總結上文、開啟下文的功能。

---

[46] 此詩引自《翁鬧作品選集》，對照日文原作後，刪去譯者增加的標點符號。詳參：翁鬧，〈鳥ノ歌〉，《臺灣文藝》，第2卷第6號（1935.06），頁32-33；許俊雅、陳藻香編譯，〈鳥兒之歌〉，《翁鬧作品選集》（彰化：彰縣立文化中心，1997），頁18-23。

[47] 陳啟佑，《新詩形式設計的美學》（臺中縣：臺灣詩學季刊雜誌社，1993），頁246。

[48] 杉森藍，《翁鬧生平及新出土作品研究》（臺南：國立成功大學臺灣文學研究所碩士論文，2007），頁120。

三、語義性：具形標點與隱形標點的多元表現

　　前文已述及，標點符號運用對詩作音樂性的營造有所影響，細觀前面討論的詩例，還可發現另一個現象，標點符號與斷句相關，斷句的同時不僅製造了停頓，亦表現了語氣與情感，因而標點的選用往往也牽動著詩意，如果說展現音樂性是標點符號之於新詩的基礎作用，那麼，掌控表情達意的語義性就是標點符號在新詩中的進階作用。試看翁鬧〈淡水海邊寄情〉（寄淡水海邊），末段有一句：「肉をひさがねばならぬ君！」張良澤譯為：「不得不出賣肉體的妳！」陳藻香與許俊雅則將其譯作：「妳為什麼要步上鬻身的命運？」[49]驚嘆號與問號雖然同樣用來標示語氣，情意上卻有所不同，驚嘆號表徵著感嘆或者驚訝，問號意味著詢問、質疑或是感嘆。由此可見，新詩中的標點符號往往不只有幫助閱讀的功能，同時還影響著音調和語意，誠如丁旭輝所言，現代詩中的標點符號「往往超越了原先幫助理解與表達節奏的基本功能，而產生了超乎想像、出乎意料的表現。」[50]

　　接著來看賴和的臺灣話文詩作〈相思歌〉：

　　　前日公園會著君、
　　　　怎會即溫存、

---

[49] 翁鬧，〈淡水の海邊に〉，《福爾摩沙》，創刊號（1933.07），頁35-36；張良澤，〈關於翁鬧〉，《臺灣文藝》，第95期（1985.07），頁185；翁鬧原著，許俊雅、陳藻香編譯，〈淡水海邊寄情〉，《翁鬧作品選集》（彰化：彰縣立文化中心，1997），頁2-6。

[50] 丁旭輝，〈現代詩標點符號之圖象效果研究〉，《中國現代文學理論季刊》，第20期（2000.12），頁541。

害阮心頭拿不定、
　　歸日亂紛紛。

飯也懶食茶懶吞、
　　睏也未安穩、
怎會這樣想不伸、
　　敢是為思君。

批來批去討厭恨、
　　夢是無準信、
既然兩心相意愛、
　　哪怕人議論？

幾回訂約在公園、
　　時間攏無準、
相思樹下獨自坐、
　　等到日黃昏。

黃昏等到七星出、
　　終無看見君、
風冷露涼雞苦忍、
　　堅心來去睏。[51]

[51] 此處選用《臺灣新民報》版本，然而，此詩收錄於《賴和全集：新詩散文卷》時，形式上與《臺灣新民報》有所差異，幾乎全詩都採齊尾形式。筆者受限於無此詩手稿可供比對，未能辨明原貌，但筆者對此詩有另一點思考：以往論述齊足不齊頭的詩作，論者多言方莘〈膜拜〉一詩開啟此一形式嘗試，如能證實賴和此詩原作即是

施懿琳認為，賴和作品中存在新舊文學相互滲補的現象，有時雖以白話為之題名，內容卻實為文言，亦有文言為題、白話為內容的情況。[52]管見以為，〈相思歌〉在題名上即有幾分舊詩詞的味道，內容上則採用七言、五言交錯的句式呈現，亦隱約呈顯出傳統詩文的形式影響，然而，其在標點運用上，並非全盤使用點號與圈號，還引進了新式標點中的問號。此詩主要寫情人相約，一方癡癡等待、對方終未赴約的心情，康原認為：「『既然兩心相意愛、哪怕人議論？』點出兩人沒見面的原因，是怕談情說愛被人議論紛紛。」[53]細看這段使用問號的詩句，問號可謂發揮畫龍點睛之效，就視覺傳播觀點而言，此詩文句多用點號與句號，相形之下，問號不禁顯得引人注目，視覺在擷取訊息時，往往會去注意特殊處，唯一的問號因而成為詩作焦點。再以修辭學來看，「設問」分作懸問、提問、激問，[54]此一問句可由此作多方解讀，首先，問號表徵著反詰語氣，表現了女子追求愛情的理直氣壯；此外，問號之後的第四段以述說男子多次失約為主，因此第三段末句的問句除了可解讀為女方對男方的詢問，也可當成女子對男子失約的指責。

　　在楊守愚的詩作中，問號也多用於問句之末，然而，其不僅有著問句的基本作用，還屢屢兼具問與嘆的功能，開拓出更深層的文意，譬如〈孤苦的孩子〉：

　　齊尾格式，那麼，句尾對齊的形式創新便可向前推至日治時代。詳參：懶雲，〈相思歌〉，《臺灣新民報》，第396號（1932.01.01）；賴和著，林瑞明編，《賴和全集：新詩散文卷》（臺北：前衛，2000），頁160-161；楊宗翰，〈詩少年——方莘及黃荷生〉，《臺灣現代詩史：批判的閱讀》（臺北：巨流，2002），頁96。

[52]　施懿琳，〈賴和漢詩的新思想及其寫作特色〉，《中正大學中文學術年刊》，第2期（1999.03），頁35。

[53]　康原，〈臺語新詩的奠基者——兼談賴和的臺語詩歌〉，《臺灣新文學》，第5期（1996.08），頁302。

[54]　黃慶萱，〈設問〉，《修辭學》（臺北：三民，2005）頁47-65。

孤苦的孩子、

想開吧！現在、

他們那有眼睛、

看到你的酸淚？

他們那有耳朵、

听到你的哭聲？[55]

在兩道問句提出的同時，詩人對病態社會的感嘆與批判亦表露無遺；又如〈長工歌〉，句末言：「我的頭家呀、／猶是嫌我不勤勞？」[56]藉由問句的感嘆，表述了弱者的悲鳴；〈詩〉則是一連四段段末寫道：「唉！穿著單衫短褲的貧民喲！／能不凍倒？」、「唉！硬著飢腸肚餓的貧民喲！／能不凍傷？」、「唉！倒在街頭廟角的貧民喲！／能不凍僵？」、「唉！這樣一個萬惡的社會呀！／誰不懷恨？」[57]通過嘆號與問號的先後出現、反覆設問，闡述了其對貧民的關懷，以及對貧富差距的不平之鳴。這三首詩的問句皆非出於疑惑的發問，而是導因於內心不平的激問，發問者內心早有答案、卻不直言，反用問句形式來逼問讀者，問句所帶來的衝擊其實更甚於直述句，詩人為弱者而鳴的企圖亦從中可見。

另一方面，丁旭輝曾指出，標點符號具有「具形標點」與「隱形標點」兩種形式，[58]仇小屏在〈新詩藝術論之五——從分行、圖象與標點符號切入〉一文也談到：

---

[55] 村老，〈孤苦的孩子〉，《臺灣新民報》，第344號（1930.12.20）。

[56] 守愚，〈長工歌〉，《臺灣新民報》，第349號（1931.01.31）。

[57] 翔，〈詩〉，《臺灣新民報》，第350號（1931.02.07）。

[58] 丁旭輝，〈標點符號在現代詩中的意義與節奏功能〉，《國文天地》，第197期（2001.10），頁74。

在新詩中，標點符號可以分成兩種：具形標點符號和隱形標
點符號；前者是指一般應用性的、有形體可見的標點符號，
後者則指利用詩行中的空格留白，取代標點符號，也就是說
在應該有標點符號的地方並未使用標點符號，而是空出一格
留白作為標示。[59]

大抵而言，日文標點符號因無逗號，故詩中常用隱形標點表示
斷句，前文曾論及的日文書寫詩作多具此一特色，而空格在詩中常
有精彩的表現，有時雖非用於替代標點，卻同樣發揮停頓功能，進
而開啟更豐碩的想像世界，例如翁鬧〈搬運石頭的人〉：

> 在陣陣強風暴雨中
> 襤褸而疲憊的人在搬運著石頭………
> 　　臉色黯淡無光
> 　　指甲裂開，甲縫充塞污泥
> 　　脛腿削瘦無肉，卻如鋼骨般的堅硬
> 在白晝如黑暗，慘酷的世界中
> 他們蹌踉著，幾乎要仆倒
> 多少歲月，出賣著這低微的努力！
> 　　在黑暗之中
> 　　他們蹣跚地搬運著石頭
> 　　同伴的額頭，幾乎要在跟前相碰
> 　　卻辨不出他們的臉容………

---

[59] 仇小屏，〈新詩藝術論之五——從分行、圖象與標點符號切入〉，《國文天地》，
第221期（2003.10），頁95。

暴風雨在狂嘯著

隱約地聽到了呻吟之聲

似是前往屠場的小羊之悲鳴…………

　　我屏息仆伏在泥濘的地面

　　當我站起來時，在腳邊

　　發現了他搬運的石頭

啊！驅趕暴風雨

長時間被虐待的他們

黑暗的夜晚逝去不久即將天明

這時候

來哀悼抱著空腹倒下去的朋友之前

他必須抱住即將要倒下的人們[60]

　　林金台在《美感形式機能的作用與發展》一書談到：「『形式』（Form）在藝術表現中具有決定其美感表徵與價值的雙重作用：一方面它聯繫了美感的內在意象；再者，又建立了一種完全自足的表現脈絡。」[61]〈搬運石頭的人〉正是運用形式展現美感，進而開啟內涵的例證。翁鬧在某些句子的句首使用空格，形塑出高低區塊的詩句，每一個區塊就像一道鏡頭的特寫，簡政珍曾言：「詩

[60] 此詩主要引自《翁鬧作品選集》，然而，該書所翻譯的〈搬運石頭的人〉，缺少末六行的中譯，此處後六行的中譯引自杉森藍碩論《翁鬧生平及新出土作品研究》，另外，此詩有兩處日文原為刪節號，被譯者改作驚嘆號，此處引文將之修改回刪節號。詳參：翁鬧，〈石を運ぶ人〉，《臺灣文藝》，第3卷第2號（1936.01），頁38；翁鬧原著，許俊雅、陳藻香編譯，〈搬運石頭的人〉，《翁鬧作品選集》（彰化：彰縣立文化中心，1997），頁24-27；杉森藍，《翁鬧生平及新出土作品研究》（臺南：國立成功大學臺灣文學研究所碩士論文，2007），頁120。

[61] 林金台，《美感形式機能的作用與發展》（高雄：高雄復文，2006），頁1。

節間的空白猶如鏡頭的交替」，[62]多數作家會用分段來營造這種效果，此詩則是刻意不分段，改用句首高低來建構畫面，達到了異曲同工之效。其次，完形心理學有一論點，視覺在觀看擁有類似性的事物時，會將其予以群化，看作同一個群組，[63]此詩的高低區塊無形中為詩作帶來分段的作用。復次，詩中曾三次使用刪節號，三處都是段落中的最末，刪節號一來表徵著這些段落語意未完，二來隱喻著搬運石頭的人勞苦尚未結束，三來代表著文字難以形容的畫面（無法辨明的面容）與音響（如悲鳴的呻吟之聲）。

王白淵筆下的標點符號，則屬破折號使用頻率最高，負載的文本性也最多元，試看〈無題〉：

　　飄零落葉
　　我聽——
　　陌生人的心聲

　　樹蔭啼囀小鳥
　　我聽——
　　奇妙的自然音樂

　　片羽不飛的蒼穹
　　我看——
　　神無表現的藝術

---

[62] 簡政珍，〈詩和蒙太奇〉，《詩心與詩學》（臺北：書林，1999），頁56。
[63] 劉思量，《藝術心理學－藝術與創造》（臺北：藝術家，2004），頁156-157。

路旁綻放無名花

我看──

一顆生命的珍貴

風依稀吹拂著大地

我上路──

禮讚自然的旅程[64]

此詩由相似句式開展而成，每段皆為三行，破折號固定出現在第二行句尾。位於句尾的形式設計，讓破折號產生雙重的解讀空間，一來可看成前面文字的附屬，表徵節奏的拉長，或是語意未完；二來可將其視為夾註，開啟後面文字的插入。前述技巧還表現在〈零〉、〈孩子啊！〉、〈我的歌〉、〈遐想什麼〉、〈茶花〉、〈吾家似遠又近〉、〈仰慕基督〉等詩作中。

此外，除了多義性的展現，王白淵筆下的破折號尚有另一道特色，即常用於句尾，可惜部分詩作的譯作將破折號被提至句首，因而侷限了破折號的意涵，舉凡〈生命的歸路〉：

百花繚亂的花園

飛掠蝴蝶二三隻

悲哀今日又匆忙

將去何處

---

[64] 王白淵，〈無題〉，收錄於陳才崑譯：《王白淵─荊棘的道路》上冊（彰化：彰化縣立文化中心，1995），頁96-97。

啊！魂嚮往者

——希望的花園

鳴蟬聲朗朗

林蔭亦清涼

悲哀快樂一日

沒入晚鐘

啊！魂憧憬者

——自由的樹蔭

忘卻時光　歌詠雜草

秋蟲歌聲亦多樣

悲哀過往雁聲

破空靜

啊！魂歸去者

——自然的胸膛

吹來岡上枯木

小鳥不出巢

悲哀飄零細砂

鼠匿穴

啊！魂歸去者

——生命的歸路[65]

---

[65] 王白淵，〈生命的歸路〉，收錄於陳才崑譯，《王白淵—荊棘的道路》上冊（彰化：彰化縣立文化中心，1995），頁124-125。

漢文書寫習慣將破折號置於句首，表示夾註或是總結前文，不過，此詩日文寫作「希望の花園に－」、「自由の木蔭に－」、「自然の御胸に－」、「生命の家路に－」，[66]如將破折號還原至句末，破折號就不單只是插入與說明的作用了，更是語意未完的表徵，仇小屏曾言，標點符號「具有幫助理解詩意的功能，甚至有時候還可以取代語言文字，以表達複雜的內容」，[67]句末的破折號正是以符號替代未完的故事。以標點符號取代文字表述的手法，也出現在〈佇立空虛的絕頂〉一詩最末：「我闔眼陷入沈思──」[68]詩人不明寫詩中我腦海湧現的思緒，僅以破折號代表陷入沈思後的一切，提供讀者更多想像空間。

　　日文書寫詩作常於句末或句中使用空格表示斷句，然而，觀察中文書寫詩作，雖繼承了古典文學點號斷句、圈號作結的傳統，卻仍不乏刻意使用空格的形式經營，比如賴和〈飼狗頷下的銅牌〉：

　　　飼狗頷下的銅牌
　　　　丁丁冬冬丁冬
　　　得意地矜誇起來　　他自誇地說
　　　教我不敢相信我自己　丁冬
　　　能力有這麼偉大　丁冬冬
　　　因得到我的保護
　　　牠的狗命始能存在

66　王白淵，〈生命の家路〉，《荊棘之道》（日文詩集），收錄於河原功編，《臺灣詩集》（日本：綠蔭書房，2003），頁82-83。
67　仇小屏，《放歌星輝下──中學生新詩閱讀指引》（臺北：三民，2002），頁40。
68　王白淵，〈佇立空虛的絕頂〉，收錄於陳才崑譯，《王白淵－荊棘的道路》上冊（彰化：彰化縣立文化中心，1995），頁24-25。

丁丁冬冬丁冬

纔免被殘暴的人們

橫受著虐殺的悲哀

丁丁冬冬丁冬

終究我相信著自己　丁冬

能力是這麼偉大　丁丁冬

下賤的東西　勿狂妄

珍瑯瑯珍瑯瑯

那麼樣──自誇自大

可不識人世間　珍瑯

有了多少人們　珍瑯

因為我　珍瑯瑯珍瑯

得到多大的榮譽光彩

那拖牛做馬的人們

始終不能得到我　珍瑯

眼角一睞　珍瑯瑯珍瑯

看得到聽得著　珍瑯

被虐殺的無辜　珍瑯

刑訊場的死屍　草原上的殘骸　珍瑯

雖說是死得應該

珍瑯瑯珍瑯瑯

亦為著他的衣襟上

沒有我許他配帶　珍瑯

一塊赤銅青綬的丸章

珍璫璫　　珍璫璫

　　嫉妒地辯駁起來

　　丁丁冬　珍璫璫　熱烈的爭論

　　丁丁冬珍璫璫　　忽溢滿了一個海島內

　　丁冬丁珍璫珍　　溢滿了渺小的海島內[69]

　　此詩僅有一處使用具象的破折號，其他部分全以隱形標點來表
示斷句。值得一提的是，前兩段只要出現聲音詞（丁冬、丁丁冬、珍
璫、珍璫璫），賴和必定會先填上一格空格，讓節奏些許停頓後再接
上聲音詞，不同於〈流離曲〉、〈南國哀歌〉狀聲詞多用驚嘆號的熱
處理，這首詩對聲音詞採取冷處理，前方加以空格、後方加以空格，
聲音因此退位為背景，到了第三段，作者筆鋒一轉，句首不再有空
格為聲音詞製造停頓，僅在斷句處使用空格表示句中停頓，置於句
首的聲音詞隨之由背景躍為主體，進而揭示了時局的眾聲喧嘩。

　　楊守愚以臺灣話文書寫的〈拜月娘〉也是透過空格營造主體、
客體的詩例：

　　　　中秋冥　　月團圓

　　　　拜月娘　　排果子

　　拜拜拜　　拜卜父母添福氣

　　拜拜拜　　拜卜阿兄大賺錢

　　月娘啊　保庇　保庇我勿呆痴

---

[69]　賴和，〈飼狗頜下的銅牌〉，收錄於賴和著，林瑞明編，《賴和全集：新詩散文
　　卷》（臺北：前衛，2000），頁5-7。

中秋冥　月團圓

　拜月娘　排果子

拜拜拜　拜卜阿姊賢針指

拜拜拜　拜卜後胎招小弟

月娘啊　保庇　保庇我賢讀書

　中秋冥　月團圓

　拜月娘　排果子

拜拜拜　拜卜過日攏歡喜

拜拜拜　拜卜一家團團圓

月娘啊　保庇　保庇我會成器[70]

〈拜月娘〉分作三段，三段形式相同，全詩未見具形標點，斷句一律以隱形標點示之。比較特別的是，「　　中秋冥　月團圓／　　拜月娘　排果子」這兩行詩句在三段開頭反覆出現，刻意的重複不但有助於音樂性的生成，亦發揮了語義作用。以文意來說，第一行點出時間，第二行描述行動，具有場景說明的作用；再看這兩句的排列方式，採取句首低兩格的位置，退位為背景，進而突顯了主體——對月亮（神明）說的話。復次，此詩並未選用驚嘆號來強調祈求的想望，反採取隱形標點傳達訴說的內斂，增加了此詩的歧義性，一方面可以讀作說出口的心願，另一方面也可視為心中的默念。

---

[70]　Y生，〈拜月娘〉，《臺灣文藝》，第2卷第2號（1935.02），頁124。

四、圖象性：類圖象詩的技巧實驗

　　丁旭輝在〈現代詩中的標點符號〉一文指出，只有現代詩對標點符號有使用或不使用的選擇權，對其他文類的文學作品來說，使用標點符號都是必要的。[71]前文曾論及運用隱形標點的詩例，正可應證標點符號之於新詩的特殊性，新詩除了具有用與不用標點符號皆可的特權外，新詩中的標點符號運用也較其他文類多元，大抵而言，標點符號在小說與散文中的功用以斷句為主，但標點符號在新詩的運用具有其獨特性，用與不用皆能成詩，此其一也；新詩中的標點符號有別於其他文類，展現出更豐富的意涵與功能，除了前述指出的「音樂性」與「語義性」，新詩中的標點符號還發揮了圖象作用，此其二也。

　　丁旭輝在《臺灣現代詩圖象技巧研究》一書提出「類圖象詩」的概念，並將標點符號納入其中討論，根據其對「類圖象詩」的界定：

> 「類圖象詩」指的是在一般的非圖象詩中，引入圖象詩的創作技巧，透過文字排列，造成一種視覺上的圖象暗示。相對於圖象詩的實物仿擬，「類圖象詩」乃是利用視覺暗示技巧，提供讀者一個想像空間，並藉此豐富詩歌的意蘊。[72]

---

[71] 丁旭輝，〈現代詩中的標點符號〉，《淺出深入話新詩》（臺北：爾雅，2006），頁199-222。

[72] 丁旭輝，《臺灣現代詩圖象技巧研究》（高雄：春暉，2000），頁207。

該文並進一步指出，「類圖象詩」的產生來自「圖象詩」對現代詩的技巧滲透。[73]「圖象詩」的出現確實為臺灣新詩提供了更多形式技巧的思考，然而，除了關注「圖象詩」帶來的影響，筆者更願意將時序往前推進，探索在「圖象詩」登場前，詩壇即存在的類圖象技巧嘗試。

詹冰是最早創作圖象詩的詩人，他的圖象詩〈雨〉以刪節號表現落下的雨滴，[74]楊守愚詩作亦曾使用類似手法，〈雨中田舍〉開頭寫道：「淅瀝，淅瀝……／絲絲的雨，／淋漓地下滴，」[75]此詩作發表時為直書，[76]順著文字順序往下看，刪節號就像一排向下移動的點，康丁斯基（Wassily Kandinsky）在《點線面》一書裡談到，線是點移動的軌跡，[77]以此觀之，由六個小黑點組成的刪節號，在視覺上構成了一條向下移動的細線，正契合了雨滴從天而降的視覺畫面。

楊守愚的刪節號不只用於雨的形體暗示，也用於淚，〈洗衣婦〉詩末言：「『天喇……』／滴滴酸淚已滾湧如珠。」[78]刪節號一來表徵話語尚未說完，二來也是淚珠緩緩滴落的圖象暗示。到了〈一個恐怖的早晨〉，刪節號負載更多意涵，試看詩作第四段：

血和淚在交流并

呻吟與哀嚎

---

[73] 丁旭輝，《臺灣現代詩圖象技巧研究》（高雄：春暉，2000），頁208。

[74] 詹冰原作，莫渝主編，《詹冰詩全集（一）新詩》（苗栗：苗縣文化局，2001），頁54。

[75] 村老，〈雨中田舍〉，《臺灣新民報》，第410號（1932.04.09）。

[76] 本文引用詩作在日治時期皆為直書發表，本文受限學術體例，改以橫書呈現。然而，破折號與刪節號在橫書時，圖象性不似直書強烈。

[77] Kandinsky, Wassily著，吳瑪悧譯，《點線面》（臺北：藝術家，2000），頁47。

[78] 守愚，〈洗衣婦〉，《臺灣新民報》，第405號（1932.03.05）。

百倍於秋夜裡的鳴虫與哀蟬

更有那失了依傍的小孩

媽　媽啊………底帶嚇的哭聲

一聲聲　夠碎斷人底心弦[79]

　　首先，刪節號是滾滾淚珠的圖象表徵；其次，搭配整段文字來看，刪節號還可延伸解釋為血淚交流的形體暗示，亦或哀鳴之聲。蕭蕭認為，「以圖象模擬聲音的作品」可謂象聲圖象詩，[80]「媽媽啊………底帶嚇的哭聲」此一詩句即蘊藏聲音暗示，可作類圖象詩觀，「媽」與「媽啊」之間的空格，傳達了哭聲的哽咽與斷斷續續，空格帶來的停頓也增加了「媽啊」的爆發性，讓斷人心弦的哭聲更顯震撼，尾隨其後的刪節號不僅是小孩哭聲未完的表示，更代表著聲聲啼哭。〈可憐的少女喲！〉的標點符號同樣兼具聲與形的暗示：

你傷心的聲和淚，──

十七八、未出嫁…………

啊！是歌聲，是悲啼？[81]

　　破折號是淚流、也是啼哭，刪節號是未盡的歌聲、也是哭聲與淚珠。〈冬夜〉也以標點符號表達淚水滑落，不同的是，此詩選用破折號來展現：「饑、又怎樣忍受？」──／淚、不由得簌簌地

---

[79]　守愚，〈一個恐怖的早晨〉，《臺灣新文學》，第1卷第2號（1936.03.03），頁94。

[80]　蕭蕭，〈圖象詩：多種交疊的文類〉，《現代新詩美學》（臺北：爾雅，2007），頁312。

[81]　睦生，〈可憐的少女喲！〉，《新高新報》，第447號（1934.10.26）。

流。」[82]破折號不僅發揮了補充說明的基礎作用，由直線構成的破折號在視覺上就像直直落下的淚水。再看〈農忙〉一詩：「刈稻機都在旋轉衝動／刈、曝、送飯、擔筐⋯⋯／來－往－[83]」破折號的形狀正表徵著刈稻機與農民來往穿梭的動作。

歷來的文學研究，對於「形式」往往給予較低的評價，認為其是玩弄技巧，或是流於空泛，然而，筆者以為，「形式」不單是作品的外在表現手法，更與內容密不可分，康丁斯基即曾言：「形式是內涵的表達。」[84]形式設計的最終目的仍是傳達文意，楊守愚的〈長工歌〉，便是通過詩句排列形式強化內涵的例子：

　　竭盡牛馬的氣力、

　　　一任、

　　　　風吹、

　　　　雨打、

　　　　日炙、

　　　　　到病倒、[85]

詩人刻意多用點號，將「一任風吹雨打日炙到病倒」切割為多行，並於句首加入不同數量的空格，使「一任風吹雨打日炙到病倒」此一詩句成為三塊區塊。風吹、雨打、日炙的等高，表徵著不斷循環的外在環境折磨；到了「到病倒」此一詩句，句首空格再增

[82]　翔，〈冬夜〉，《臺灣新文學》，創刊號（1935.12.28），頁90。
[83]　守愚，〈農忙〉，《臺灣文藝》，第2卷第4號（1935.04）。
[84]　Kandinsky, Wassily著，吳瑪悧譯，〈關於形式的問題〉，《藝術與藝術家論》（臺北：藝術家，1998），頁19。
[85]　守愚，〈長工歌〉，《臺灣新民報》，第349號（1931.01.31）。

一格，越來越低的句式鋪排則隱喻著長工的日漸消殞。蕭蕭曾言：
「將人的內心世界、抽象思維，以圖象的方式鋪展的詩，就是象
意圖象詩。」[86]〈長工歌〉通過從高到低的句式傳達長工的飽受勞
苦，隱約有幾分象意圖象詩的味道。

　　賴和詩作的圖象性並不似楊守愚強烈，卻仍可發覺幾枚具備圖
象暗示的標點符號，試看〈草兒〉第二段：

> 含蓄著無限生機的
> 草兒──依依地蓬蓬地──
> 覺悟似的發出芽來！[87]

　　如以標點符號既定用法來檢視，破折號發揮夾註功能，為「草
兒」此一意象進行了補充說明；段末的驚嘆號展現強調作用，強化
了植物從地底破土而出的氣勢。然而，標點符號之於此詩，不但具
備標點符號的基礎功能，更蘊涵著圖象象徵，乍看之下，破折號就
如同蓬勃生長的草，驚嘆號的姿態則類似發芽的種子，與詩作的文
字描述不謀而合。

　　漢文書寫的圖象性多以刪節號與破折號為主，日文書寫的圖象
性亦是如此，翁鬧〈詩人的情人〉一詩寫道：「在那兒，只有謝肉
祭的花車、火炬、無氣息的舞蹈、海底光的搖曳……」[88]詩中的刪
節號不只是語意未完的標示，更是「海底光的搖曳」之形體暗示。

---

[86] 蕭蕭，〈圖象詩：多種交疊的文類〉，《現代新詩美學》（臺北：爾雅，2007），頁307。

[87] 賴和，〈草兒〉，收錄於賴和著，林瑞明編，《賴和全集：新詩散文卷》（臺北：前衛，2000），頁28-29。

[88] 翁鬧原著，許俊雅、陳藻香編譯，〈詩人的情人〉，《翁鬧作品選集》（彰化：彰縣立文化中心，1997），頁15-17。

前文在語義性一節曾論及〈搬運石頭的人〉三處使用刪節號，同樣可作圖象解讀，刪節號的詩句分別為「在陣陣強風暴雨中／襤褸而疲憊的人在搬運著石頭………」；「他們蹣跚地搬運著石頭／同伴的額頭，幾乎要在跟前相碰／卻辨不出他們的臉容………」；「暴風雨在狂嘯著／隱約地聽到了呻吟之聲／似是前往屠場的小羊之悲鳴…………」[89]此詩可謂以刪節號象形又象聲，一排排的刪節號是多數的表徵，可說是陣陣暴風雨的形體暗示，也可說是一群搬運石頭的人或被搬運的石頭，更可說是弱者內心的悲鳴。

莫渝在〈嗜美的詩人－王白淵論〉中提及，在王白淵的新詩裡，「蝴蝶意象出現的比例相當高」，[90]值得注意的是，使用蝴蝶意象的詩作多半可見破折號的蹤影，其中，不乏以破折號表現視覺暗示的例證，比如〈蝴蝶啊！〉：「越過山野渡過河川／直到消失於地平線的彼方－」[91]破折號宛如一道線條的體態，在此正好作為地平線的象徵。又如〈蝴蝶對我私語〉：「歸去──／搭著五月的微風投入自然溫馨的懷抱」，[92]以破折號展現乘風歸去的形影。〈打破沉默〉則在句尾接上破折號，「於黑暗的樹蔭──」、「從象牙之塔──」、「永無盡頭的彼方──」，[93]破折號可說是來自

[89] 此詩有兩處日文原為刪節號，被譯者改作驚嘆號，此處引文將之修改回刪節號。詳參：翁鬧，〈石を運ぶ人〉，《臺灣文藝》，第3卷第2號（1936.01），頁38；翁鬧原著，許俊雅、陳藻香編譯，〈搬運石頭的人〉，《翁鬧作品選集》（彰化：彰縣立文化中心，1997），頁24-27

[90] 莫渝，〈嗜美的詩人──王白淵論〉，《臺灣文學評論》，第1卷第2期（2001.10），頁95。

[91] 中譯文字引自《王白淵－荊棘的道路》上冊，對照日文原作後，將破折號還原為置於句尾的形式。詳參：王白淵，〈蝴蝶啊！〉，收錄於陳才崑譯，《王白淵－荊棘的道路》上冊（彰化：彰化縣立文化中心，1995），頁98；王白淵，〈蝶よ！〉，《荊棘之道》（日文詩集），收錄於河原功編，《臺灣詩集》（日本：綠蔭書房，2003），頁69。

[92] 王白淵，〈蝴蝶對我私語〉，收錄於陳才崑譯，《王白淵－荊棘的道路》上冊（彰化：彰化縣立文化中心，1995），頁56。

[93] 中譯文字引自《王白淵－荊棘的道路》上冊，對照日文原作後，將破折號還原為置

某處或面對某處的視覺表徵。〈四季〉一詩的破折號同樣意味著方向性，不論是「昇起的炊煙──」、「灑落的水銀──」、「飛逝的蝴蝶──」，還是「照耀地面不可思議的月亮──」，[94]句末都加上破折號以代表物件移動的軌跡。

五、小結

　　以往論述標點符號，多著眼於標點符號的正確使用方式，如逗號是停頓，句號表示完結、問號用於問句等等。然而，與其泛論標點符號幫助閱讀，增添情感表述的作用，毋寧將議題聚焦於標點符號在新詩中展現的特殊性。標點符號作為一種形式設計手法，到了新詩此一文類，如何跳脫常規、隨詩人創意而另闢蹊徑，正是本文意圖探索的課題。陳啟佑表示：「標點符號絕非微不足道的雕蟲小技，它已成為文字表達上的生力軍，確有舉足輕重的地位，不容許以文章之外的附屬裝飾品看待。」[95]通過前述的詩作評析，正可應證標點符號的形式美學價值與效用。在新詩的國度裡，標點符號不僅發揮原有的功能，更帶來諸多突破與可能，除了斷句的基礎作用，本身也能負載意義，甚至成為視覺暗示的表徵。

　　另一方面，本研究觀察了賴和、楊守愚、翁鬧、王白淵四位詩人，並涵蓋了三種語言書寫的標點符號運用，不論以詩人特色觀

於句尾的形式。詳參：王白淵，〈打破沉默〉，收錄於陳才崑譯，《王白淵－荊棘的道路》上冊（彰化：彰化縣立文化中心，1995），頁60-61；王白淵，〈沉默が破れて〉，《荊棘之道》（日文詩集），收錄於河原功編，《臺灣詩集》（日本：綠蔭書房，2003），頁48-49。

[94] 王白淵，〈四季〉，收錄於陳才崑譯，《王白淵－荊棘的道路》上冊（彰化：彰化縣立文化中心，1995），頁86-87。

[95] 陳啟佑，《新詩形式設計的美學》（臺中縣：臺灣詩學季刊雜誌社，1993），頁241。

之、或以詩作面貌論之，都可見共性與特性的交錯。就詩人而言，賴和著重詩作的音樂性經營，或用驚嘆號、或用問號、或用換行，為詩作建構了特有的音韻節奏；楊守愚詩作看似文字質樸，卻不乏圖象性的試驗；翁鬧少用標點符號、多用空格，其筆下的空格既牽動詩作節奏、亦影響著文意；王白淵則是具形標點與隱形標點並用，技巧與內涵兼具。以書寫語言來說，漢文詩作的標點符號運用分作三道面向，其一是承襲古典文學的舊式標點使用習慣，其二出自修辭學脈絡，如呼告、設問等，其三為空格與新式標點的形式創新；臺灣話文詩作不多，較難論證其風貌，但形式上明顯可見來自傳統文學的影響，常用五言、七言的句式，並利用句首空格表示文句從屬關係；日文書寫則同時接受日文標點符號與西方新式標點，且借力隱形標點開拓新風貌。此外，不管是漢文、臺灣話文或日文，都可見到詩作分為多段，每段採用相同句式的詩作，然而，此一特色雖表現在賴和、楊守愚、王白淵詩作，卻未呈顯於翁鬧新詩中。康丁斯基曾言：「同個時代應有許多不同的形式，它們一樣好。」[96]此言正可作為日治臺灣新詩多元面貌的總評價。

[96] Kandinsky, Wassily著，吳瑪俐譯，〈關於形式的問題〉，《藝術與藝術家論》（臺北：藝術家，1998），頁19。

附錄

◎楊守愚年表補正（新詩部分）

2009.3.21初編

作品	說明
守愚：〈時代的巨輪〉，《臺灣新民報》340期，1930年11月22日。	許俊雅：〈楊守愚先生生平著作年表初稿〉，《楊守愚作品選集（補遺）》（彰化：彰縣文化，1998年），頁281將「340期」誤植為「339期」。 許俊雅：〈楊守愚生平著作年表初編〉，《臺灣文學家年表六種》（臺北縣：北縣文化局，2006年），頁72將「340期」誤植為「339期」。
靜香軒主：〈貧婦吟〉，《臺灣新民報》353期，1931年2月28日。	施懿琳：〈楊守愚生平及新文學作品寫作表〉，《楊守愚作品選集——詩歌之部》（彰化：彰縣文化，1996年），頁158將「靜香軒主」誤植為「靜香軒主人」。 許俊雅：〈楊守愚生平著作年表初編〉，《臺灣文學家年表六種》（臺北縣：北縣文化局，2006年），頁73將「靜香軒主」誤植為「靜香軒主人」。
靜香軒主人：〈一個夏天的晚上〉，《臺灣新民報》378期，1931年8月22日。	許俊雅：〈楊守愚先生生平著作年表初稿〉，《楊守愚作品選集（補遺）》（彰化：彰縣文化，1998年），頁283將「22日」誤植為「20日」。 許俊雅：〈楊守愚生平著作年表初編〉，《臺灣文學家年表六種》（臺北縣：北縣文化局，2006年），頁76將「22日」誤植為「20日」。 【註：雖然年表有列，但《楊守愚作品選集（補遺）》並未收錄。此詩可參見許俊雅編：《楊守愚詩集》（臺北：師大書苑，1996年），頁148-152。】
慕：〈格鬥〉，《臺灣新民報》390期，1931年11月14日。	許俊雅：〈楊守愚生平著作年表初編〉，《臺灣文學家年表六種》（臺北縣：北縣文化局，2006年），頁77有列出此詩作，但已出版的楊守愚相關詩集，皆未收錄此詩。
守愚：〈洗衣婦〉，《臺灣新民報》405期，1932年3月5日。	許俊雅：〈楊守愚先生生平著作年表初稿〉，《楊守愚作品選集（補遺）》（彰化：彰縣文化，1998年），頁284將「3月5日」、「405期」誤植為「1月1日」、「396期」。 【註：此錯誤在《臺灣文學家年表六種》裡已更正。】

作品	說明
守愚：〈同樣是一個太陽〉，《臺灣文學》1卷2號，1948年10月。	施懿琳：〈楊守愚生平及新文學作品寫作表〉，《楊守愚作品選集──詩歌之部》（彰化：彰縣文化，1996年），頁164誤將此新詩作品歸類為「小說」。 【註：彰化縣立文化中心分別在1995年出版《楊守愚作品選集──小說・民間文學・戲劇・隨筆》、1996年出版《楊守愚作品選集──詩歌之部》，兩書皆未收錄〈同樣是一個太陽〉，此錯誤應是文本尚未出土造成。】 此錯誤在1998年許俊雅編的《楊守愚作品選集（補遺）》裡已更正，然而，該書雖在手稿書影裡收錄有〈同樣是一個太陽〉之書影，內文卻未收錄此新出土作品。 【註：此詩有收錄於許俊雅：《楊守愚詩集》（臺北：師大書苑，1996年），頁235-237。】

※ 〈我不忍〉一詩情況類似，施懿琳編《楊守愚作品選集──詩歌之部》時未收錄，許俊雅編《楊守愚作品選集（補遺）》時年表有列、內文未收，但師大書苑出版的《楊守愚詩集》有收錄。

引用書目

・文本

《臺灣文藝》，第2卷第2號～第3卷第2號（1935.02月～1936.01）。

《臺灣新文學》，創刊號（1935.12.28）。

《臺灣新民報》，第329～410號（1930.09.06～1932.04.09）。

《政經報》，第1卷5期（1945.12.25）。

《新高新報》，第417～447號（1934.03.23～1934.10.26）。

《福爾摩沙》，創刊號（1933.07）。

王白淵，《荊棘之道》（日文詩集），收錄於河原功編，《臺灣詩
　　集》（日本：綠蔭書房，2003），頁7-196。

羊子喬、陳千武編，《廣闊的海》（臺北：遠景，1982）。

呂興昌編訂，《水蔭萍作品集》（臺南：南市文化，1995）。

林瑞明編，《賴和手稿集　新文學卷》（財團法人賴和文教基金
　　會、臺灣省文獻委員會，2000）。

林瑞明編，《賴和全集：新詩散文卷》（臺北：前衛，2000）。

許俊雅、陳藻香編譯，《翁鬧作品選集》（彰化：彰縣立文化中
　　心，1997）。

陳才崑編譯，《王白淵－荊棘的道路》上冊（彰化：彰化縣立文化
　　中心，1995）。

詹冰原作，莫渝主編，《詹冰詩全集（一）新詩》（苗栗：苗縣文
　　化局，2001）。

‧ 專書

丁旭輝，《淺出深入話新詩》（臺北：爾雅，2006）。

丁旭輝，《臺灣現代詩圖象技巧研究》（高雄：春暉，2000）。

仇小屏，《放歌星輝下——中學生新詩閱讀指引》（臺北：三民，2002）。

林金台，《美感形式機能的作用與發展》（高雄：高雄復文，2006）。

林瑞明，《臺灣文學與時代精神：賴和研究論集》（臺北：允晨文化，1993）。

袁暉主編，《標點符號詞典》（山西：書海，2000）。

秦賢次編，《張我軍評論集》（臺北縣：北縣文化，1993）。

張雙英，《二十世紀臺灣新詩史》（臺北：五南，2006）。

封德屏主編，《臺灣現代詩史論》（臺北：文訊，1996）。

陳啟佑，《新詩形式設計的美學》（臺中縣：臺灣詩學季刊雜誌社，1993）。

黃慶萱，《修辭學》（臺北：三民，2005）。

楊宗翰，《臺灣現代詩史：批判的閱讀》（臺北：巨流，2002）。

廖新田，《臺灣美術四論》（臺北：典藏藝術家庭，2008）。

趙天儀，《現代美學及其他》（臺北：東大，1990）。

劉思量，《藝術心理學－藝術與創造》（臺北：藝術家，2004）。

蕭蕭，《現代詩學》（臺北：東大，2006）。

蕭蕭，《現代新詩美學》（臺北：爾雅，2007）。

蕭蕭，《臺灣新詩美學》（臺北：爾雅，2004）。

韓叢耀，《圖像傳播學》（臺北：威仕曼，2005）。

簡政珍，《詩心與詩學》（臺北：書林，1999）。

Kandinsky, Wassily著，吳瑪俐譯，《藝術與藝術家論》（臺北：藝術家，1998）。

Kandinsky, Wassily著，吳瑪俐譯，《點線面》（臺北：藝術家，2000）。

・期刊

丁旭輝，〈現代詩標點符號之圖象效果研究〉，《中國現代文學理論季刊》，第20期（2000.12），頁541-560。

丁旭輝，〈標點符號在現代詩中的意義與節奏功能〉，《國文天地》，第197期（2001.10），頁74-77。

仇小屏，〈新詩藝術論之五──從分行、圖象與標點符號切入〉，《國文天地》，第221期（2003.10），頁93-96。

方祖燊，〈論中國詩的音樂性〉，《中國現代文學理論季刊》，第6期（1997.06），頁176-194。

方耀乾，〈反帝、反殖民拼圖──論賴和的事件詩〉，《海翁臺語文學》，第36期（2004.12），頁4-16。

田哲益，〈談「標點符號」及使用方法〉，《中國語文》，第379期（1989.01），頁29-41。

李魁賢，〈賴和詩中的反抗精神〉，《笠》，第111期（1982.10），頁26-34。

施懿琳，〈試論日治時期楊守愚的新舊體詩〉，《中國學術年刊》，第20期（1999.03），頁505-534；614-615。

施懿琳，〈賴和漢詩的新思想及其寫作特色〉，《中正大學中文學術年刊》，第2期（1999.03），頁151-189。

康原，〈臺語新詩的奠基者──兼談賴和的臺語詩歌〉，《臺灣新文學》，第5期（1996.08），頁296-304。

張良澤，〈關於翁鬧〉，《臺灣文藝》，第95期（1985.07），頁172-186。

莫渝，〈嗜美的詩人──王白淵論〉，《臺灣文學評論》，第1卷第2期（2001.10），頁85-99。

許俊雅，〈以詩筆行俠仗義的楊守愚〉，《聯合文學》，第188期（2000.06），頁35-37。

楊宗翰，〈冒現期臺灣新詩史〉，《創世紀詩雜誌》，第145期（2005.12），頁148-171。

廖偉民，〈「數大便是美」與「少即是多」〉，《幼獅文藝》，第643期（2007.07），頁32-35。

趙天儀，〈論意象〉，《笠詩刊》，第248期（2005.08），頁42-43。

鄭慧如，〈新詩的音樂性──臺灣詩例〉，《當代詩學》第1期（2005.04），頁1-33。

· 學位論文

杉森藍，《翁鬧生平及新出土作品研究》（臺南：國立成功大學臺灣文學研究所碩士論文，2007）。

高梅蘭，《王白淵作品及其譯本研究──以《蕀之道》為研究中心》（臺北：國立臺北教育大學語文教育學系碩士班碩士論文，2006）。

林亨泰新詩標點符號運用

一、前言

　　本文聚焦於林亨泰詩作的標點符號，試圖探究林亨泰對標點符號的經營，及其在詩中展現的效果。此研究議題的生成，主要導因於下述思考：首先，選擇新詩為研究範圍，在於標點符號在新詩的特殊性。丁旭輝在〈現代詩中的標點符號〉一文指出，只有現代詩對標點符號有使用或不使用的選擇權，對其他文類的文學作品來說，使用標點符號都是必要的。[1]新詩除了具有用與不用標點符號皆可的特權外，新詩中的標點符號運用也較其他文類多元，概括來說，標點符號在小說與散文中的功用以斷句為主，然而，新詩中的標點符號往往不只是幫助閱讀的功能，誠如仇小屏於《放歌星輝下——中學生新詩閱讀指引》中所言，標點符號「具有幫助理解詩意的功能，甚至有時候還可以取代語言文字，以表達複雜的內容。」[2]此外，丁旭輝的〈現代詩標點符號之圖象效果研究〉一文也表示：

---

[1]　丁旭輝，〈現代詩中的標點符號〉，《淺出深入話新詩》（臺北：爾雅，2006），頁199。

[2]　仇小屏，《放歌星輝下——中學生新詩閱讀指引》（臺北：三民，2002），頁40。

以現代詩而言，標點符號雖非絕對必須（有些現代詩並未使用標點符號），但在詩中，它卻往往超越了原先幫助理解與表達節奏的基本功能，而產生了超乎想像、出乎意料的表現。[3]

　　以上相關論述，揭示了標點符號在新詩的運用具有其獨特性，用與不用皆能成詩，此其一也；新詩中的標點符號有別於其他文類，展現出更豐富的意涵與功能，此其二也。本研究即有感於新詩此一特殊性，因而選擇以新詩為觀察對象，期能進一步挖掘標點符號在新詩中的豐碩意涵與多元表現。

　　其次，選擇林亨泰詩作為研究範圍，則有感於標點符號之於林亨泰新詩的美學價值仍待開發。紀弦在〈談林亨泰的詩〉一文談到，林亨泰的符號詩「是由於詩的內容之在表現上的有必要而才使用一些適當的符號以代文字」；[4]岩上的〈淺論詩與畫的語言交集與分歧〉亦言：「林亨泰的符號詩就用了很多語言之外的符號。」[5]在林亨泰的符號詩中，除了特殊符號的運用外，還可見到以標點符號入詩的例子，比如〈第20圖〉：

---

[3]　丁旭輝，〈現代詩標點符號之圖象效果研究〉，《中國現代文學理論季刊》，第20期（2000.12），頁541。

[4]　紀弦，〈談林亨泰的詩〉，收錄於呂興昌編，《林亨泰研究資料彙編（上）》（彰化：彰縣文化，1994），頁22。

[5]　岩上，〈淺論詩與畫的語言交集與分歧〉，收錄於《詩的創發：現代詩評論》（南投：投縣文化局，2007），頁74。

電燈

是夜之書上的，

　　　　　　。

　　　　，

　　　　。[6]

　　關於這首詩的表現手法，紀弦的〈談林亨泰的詩〉、丁旭輝的〈林亨泰符號詩研究〉、陳義芝的《聲納：臺灣現代主義詩學流變》、張文彥的〈後現代主義文論與後現代詩〉、林巾力的〈想像「現代詩」：以林亨泰五〇年代的「現代主義」建構為例〉、蕭蕭的〈曹開：挺直臺灣的新詩脊梁──曹開數學詩的哲學思考與史學批判〉等前行研究皆論及此詩運用標點符號的變化表現電燈，以靜態觀，「，／。／，／。」是排列整齊的燈；以動態觀，是不斷點亮與熄滅的燈火；再進一步延伸，正如蕭蕭所言，意指「文化發展的『閃閃爍爍』」。[7]

　　林亨泰不僅在符號詩運用藏身其間的標點符號取代文字表意，符號詩之外的詩作裡亦不乏具備特殊意涵的標點符號，比如〈村戲〉[8]，阮美慧的《笠詩社跨越語言一代詩人研究》及柯崧伶的

---

[6]　林亨泰，〈第20圖〉，收錄於呂興昌編訂，《林亨泰全集（二）》（彰化：彰縣文化，1998），頁106。

[7]　紀弦，〈談林亨泰的詩〉，收錄於呂興昌編，《林亨泰研究資料彙編（上）》（彰化：彰縣文化，1994），頁22-23；丁旭輝，〈林亨泰符號詩研究〉，《國立編譯館館刊》，第30第1.2期合刊（2001.12），頁357-358；陳義芝，《聲納：臺灣現代主義詩學流變》（臺北：九歌，2006），頁93；張文彥，〈後現代主義文論與後現代詩〉，《問學》，第10期（2006.06），頁165；林巾力，〈想像「現代詩」：以林亨泰五〇年代的「現代主義」建構為例〉，《中外文學》，第410期（2006.07），頁124-125；蕭蕭，〈曹開：挺直臺灣的新詩脊梁──曹開數學詩的哲學思考與史學批判〉，《臺灣詩學學刊》，第10號（2007.11），頁320-321。

[8]　林亨泰，〈村戲〉，收錄於呂興昌編訂，《林亨泰全集（二）》（彰化：彰縣文

《林亨泰新詩研究》都觀察到此詩以刪節號強化熱鬧的場景，[9]反覆出現的刪節號可謂象聲又象形，是鑼鼓聲響、歡笑聲與炮聲的聲音暗示，也是親戚歸來、人群湧現的形體暗示。儘管前述研究已注意到標點符號於林亨泰詩作中的特殊性，至今卻尚無探索林亨泰新詩標點符號運用之專論，不免可惜。基此，本文將聚焦於林亨泰詩作，檢視詩人如何透過標點符號入詩的手法，創造新的意象與詩作對話。

　　丁旭輝在〈現代詩中的標點符號〉一文闡述了標點符號之於新詩的功能性，包含：標示意義的意義功能、標示語氣停頓的節奏功能、表現圖象效果的圖象暗示功能、以及傳達抽象情感的情意暗示功能四大項。[10]趙天儀在《現代美學及其他》一書中則表示：「詩的要素，可以說是包括了情感、意象、節奏與意義。」[11]丁旭輝所歸納的標點符號四大功能與此四要素可謂不謀而合，然而，管見以為，情感、意象、節奏與意義雖為詩的基本元素，但情感的生成有其複雜性，「情意暗示」此一功能其實亦涵括於語義作用、音韻節奏、圖象效果之中，不易單獨切割為一類；且趙天儀在探索現代詩美學時，亦非以情感、意象、節奏與意義此四議題分而論之，而是選用意義性、音樂性、繪畫性三道切入點予以著墨。[12]前行研究者

<hr>

9　阮美慧，《笠詩社跨越語言一代詩人研究》（臺中：東海大學中國文學研究所碩士論文，1997），頁132-133；柯玟伶，《林亨泰新詩研究》（臺南：國立成功大學中國文學研究所碩士論文，1999），頁149-150。

10　丁旭輝，〈現代詩中的標點符號〉，《淺出深入話新詩》（臺北：爾雅，2006），頁199-222。

11　趙天儀，《現代美學及其他》（臺北：東大，1990），頁202。

12　《現代美學及其他》一書裡，收錄有〈現代詩的意義性〉、〈現代詩的音樂性〉、〈現代詩的繪畫性——心象的構成〉三文。可參見趙天儀，《現代美學及其他》（臺北：東大，1990），頁179-210。

的研究成果，為本文提供了可貴的研究基石，筆者將其調整為「音樂性」、「語義性」、「圖象性」，底下將依序觀察標點符號作為「音素」、「字素」、「圖素」時，於詩作中發揮了何種作用，又如何建構出詩作的情感世界。另一方面，標點符號不僅是文字書寫的輔助工具，同時也是一種視覺符號，可謂兼具「文字」與「圖像」的特質，本文除了採用新批評（new criticism）為主要析論方式，亦將借力視覺傳播理論為輔助工具，試圖通過視覺傳播的切入點，釐清標點符號於林亨泰詩作中的隱藏意涵。

二、音樂性：具形標點與隱形標點交錯的聲情音韻[13]

收錄在《長的咽喉》中的林亨泰詩作〈擁擠〉，初版與再版有著標點符號更動的差異，由此可見作者對詩作標點符號經營的精益求精：

《長的咽喉》五五版	《長的咽喉》七二版、八四版[14]
我擁擠 在車上， 而心碎了……	我擁擠 在車上， 而心碎了……

---

[13] 「具形標點」與「隱形標點」二詞非筆者自創，仇小屏在〈新詩藝術論之五——從分行、圖象與標點符號切入〉一文即談到：「在新詩中，標點符號可以分成兩種：具形標點符號和隱形標點符號；前者是指一般應用性的、有形體可見的標點符號，後者則指利用詩行中的空格留白，取代標點符號，也就是說在應該有標點符號的地方並未使用標點符號，而是空出一格留白作為標示。」此外，丁旭輝也在〈標點符號在現代詩中的意義與節奏功能〉一文中指出，標點符號具有「具形標點」與「隱形標點」兩種形式。仇小屏，〈新詩藝術論之五——從分行、圖象與標點符號切入〉，《國文天地》，第221期（2003.10），頁95；丁旭輝，〈標點符號在現代詩中的意義與節奏功能〉，《國文天地》，第197期（2001.10），頁74。

[14] 五五版、七二版、八四版之資料乃參照《林亨泰全集（二）》而來，兩個版本不僅標點有異，文字也略有更動。

但， 馬路上， 是更擁擠的。 所以， 何處， 有我下車的地方？[15]	但， 馬路上， 更是擁擠的。 所以， 何處？ 有我下車的地方！[16]

　　此詩的標點變動處為最末兩句，原先問號接在最後一句詩行「有我下車的地方」之後，後出的版本改將問號提前至倒數第二行詩句「何處」後，並在末句「有我下車的地方」句尾打上驚嘆號。句末的點號改作標號，在斷句方面產生的停頓節奏幾乎沒有差別，反倒是內在情感節奏有所不同，五五版的逗號將兩句詩句串連，「何處，／有我下車的地方？」成為一個問句，參照詩作前文點出的「心碎」，問號帶來的聲響是低沉的、哀傷的；七二版則利用問號與驚嘆號的組合，先質疑、再感嘆，傳達了吶喊式的聲音，尋求立足之地的企盼也就更顯強烈。此外，若再對照《林亨泰集》所收錄的〈擁擠〉，可發現此詩尚有第三種標點版本，差異處亦在最末兩句：「何處？／有我下車的地方？」[17]接連拋出兩道問句，是疑問也是激問，為詩作營造出呼喊式的音響。

　　林亨泰的〈擁擠〉運用了問號與驚嘆號來經營情感節奏，林亨泰的〈默許的日子〉則藉由隱形標點與驚嘆號為詩作加入輕重標記：

---

[15] 林亨泰，〈擁擠〉，收錄於呂興昌編訂，《林亨泰全集（二）》（彰化：彰縣文化，1998），頁26-27。

[16] 林亨泰，〈擁擠〉，收錄於呂興昌編訂，《林亨泰全集（二）》（彰化：彰縣文化，1998），頁28-29。

[17] 林亨泰，〈擁擠〉，收錄於林亨泰著，陳昌明編，《林亨泰集》（臺南：臺灣文學館，2008），頁28。

你得原諒我

你那美麗的信箋

我誠心誠意地吻了它

我高興地流出了眼淚

流出我所有的缺陷

流出你所有的優點

我的唇　我的手　我的身體

不自禁地顫抖著

因為祕而不宣的心聲發出了聲響

戀人啊！心愛的人啊！

我早就希望如此地呼喚

現在，我為什麼不喊出來呢！[18]

　　前兩段以分行來形塑節奏，並沒有使用具象的標點符號，一方面可視為句首到句末就是完整的一個句子，有著一句一頓的平緩節奏；另一方面可看成每一段落的第一行直到最後一行，都是一種連續節奏。第三段則是分行加上空格營造停頓，「我的唇　我的手　我的身體」因空格斷句為三個短句，此處的多次停頓無形中呼應著詩句所點出的「顫抖」。第四段是「祕而不宣的心聲」的發聲，第

---

[18] 對照《林亨泰全集（一）》收錄的日文原作，此詩華文版較日文版多了最末句的逗號，其他標點不變。林亨泰，〈默許的日子〉，收錄於呂興昌編訂，《林亨泰全集（一）》（彰化：彰縣文化，1998），頁9-10。

三段與第四段之間用換行的方式省略了冒號，第四段亦不加引號，直接以內心獨白為主角，加上其中反覆出現的驚嘆號，情感更加濃烈，音調也隨之上揚。

　　類似的手法也出現在〈你的名字〉[19]一詩，全詩分作三段，前兩段皆不見具形標點的蹤跡，直至末段的最後一行「啊！我完全不知你的名字」，此詩唯一的標點符號才現身，此處的驚嘆號不僅以吶喊式的高音打破了詩作原本沉靜的節奏，亦藉由驚嘆號的停頓與聚焦，強化了詩中我驚覺自己不知道你名字時的激動情緒。如果說驚嘆號是文字的高音記號，那麼，破折號就是拆解文字呼吸的重要標記，破折號本身即有表現聲音延長與間斷的功能，林亨泰筆下正可見到此一表現技巧，比如〈賣瓜者的季節〉：「而叫喊著：／西瓜──西瓜──」，[20]破折號展現了叫賣聲的音節延長與連續。又如〈浪漫主義者〉：「要是買隻蟬／就貼近耳邊聽它『知──了』『知──了』的叫著吧」，[21]破折號為蟬鳴的節奏做了長短音的標記，「知──」為長音、「了」為短音，其次，「知──了」

---

[19]　《林亨泰全集（一）》收錄之詩作原文為日文，由呂興昌翻譯作華語和臺語，經林亨泰核對確認後方出版。對照《林亨泰全集（一）》收錄的日文原作，此詩日文版並無標點符號，華文版則是末句多了驚嘆號，標點符號的變異或許可從語文書寫習慣來理解，根據張我軍〈日本的文章記錄法與標點符號〉一文的說法，日文標點符號計有：「。」、「、」、「・」、「「」」、「『』」五種，其他符號如「？」、「！」、「……」、「──」等是模仿西洋標點符號而來的，而〈你的名字〉正屬於林亨泰日文書寫時期之作，此詩的標點符號使用習慣自然較接近日文詩作。另一方面，也牽涉到譯者的偏好，譯者通常會選用較符合中文書寫習慣的用法來呈現，因此比對日治時期臺灣新詩的日文原文與中文譯作時，常可發現存在標點變異。林亨泰，〈你的名字〉，收錄於呂興昌編訂，《林亨泰全集（一）》（彰化：彰縣文化，1998），頁36-37；張我軍，〈日本的文章記錄法與標點符號〉，收錄於秦賢次編，《張我軍評論集》（臺北縣：北縣文化，1993），頁206-211。

[20]　林亨泰，〈賣瓜者的季節〉，收錄於呂興昌編訂，《林亨泰全集（二）》（彰化：彰縣文化，1998），頁64。

[21]　林亨泰，〈浪漫主義者〉，收錄於呂興昌編訂，《林亨泰全集（一）》（彰化：彰縣文化，1998），頁30。

連續兩次以相同形式出現，其所構成的反覆旋律，也意味著蟬鳴陣陣的重複音響。

　　不只是破折號能夠發揮音節拉長的效果，刪節號同樣有牽動音韻節奏的作用，楊遠的《標點符號研究》即指出，破折號與刪節號「表示延長、斷續，或中止時，就可相互通用」，[22]試看林亨泰的〈夜曲〉：

> 喋不休的　我的筆
> 我的筆　該擱置的時候
> 一……ㄦˋ……ㄙㄢ……
> ㄨˇ……ㄕˊ……一ˋㄅㄞˇ……
> 聽聽
> 那些我心臟之跳動的深落於
> 死寂之中的活生生的聲音
> 一……ㄦˋ……ㄙㄢ……
> ㄨˇ……ㄕˊ……一ˋㄅㄞˇ……
> 聽聽
> 那些繼續不斷地來找尋我的
> 那些活生生的鳴動著的聲音[23]

　　〈夜曲〉一詩除了標示有刪節號的詩行外，其餘詩行斷句處皆以隱形標點表示，相對於其他詩行的無標點，刪節號的存在不僅在

---

[22]　楊遠，《標點符號研究》（臺北：東大，2003），頁131。
[23]　林亨泰，〈夜曲〉，收錄於呂興昌編訂，《林亨泰全集（二）》（彰化：彰縣文化，1998），頁14-15。

視覺上顯得格外突出，在音樂性的表現上亦相當亮眼。詩中的「一二三」不採國字書寫，轉而選用注音符號書寫，當「二」寫成「ㄦˋ」、「三」寫成「ㄙㄢ」，轉換為讀音時雖無差別，但寫作為文字所佔的空間卻有差異，注音符號所佔用的空間比國字更長，視覺閱讀的時間因文字空間的變長而拉長了，其所形塑出的音節節奏自然隨之延長。勞瑞（Bates Lowry）談到視覺秩序時，曾言：「在我們視覺運動中體會到一種秩序感，猶如音樂所引起的節奏意識。只要一幅藝術作品中具有形態的反覆或變化，就能引起這種經驗。」[24]〈夜曲〉一詩通過注音符號與刪節號的組合與連用，組織出獨特的聲音畫面，變動的注音符號延長了字詞的節拍，不變的刪節號傳達了綿延的旋律，展現出斷斷續續、延伸再延伸的聲音流動。

三、語義性：點號與標號的意欲象徵

根據1919年提議頒布的〈請頒行新式標點符號議案（修正案）〉，標點可分成：點斷文句的點號，以及標註語句性質的標號。[25]文則明於1965年出版的《最新標點符號使用法》則進一步將標點符號分為點號、標號、標點號三類，其中，點號的主要作用是製造停頓、為文章段落斷句，句號、頓號、逗號、分號、冒號屬之；標號的功能為標示文句性質與種類，包括私名號、書名號、引號、刪節號、破折號、夾註號、音界號；標點號兼具點號與標號的特性，既可表示斷句也能標明語句屬性，僅問號和驚嘆號歸於此類。[26]

---

[24] Bates Lowry著，杜若洲譯，《視覺經驗》（臺北：雄獅，1981），頁74。

[25] 胡適，〈請頒行新式標點符號議案（修正案）〉，收錄於袁暉主編，《標點符號詞典》（山西：書海，2000年），頁347。

[26] 文則明，《最新標點符號使用法》（臺南：陳國弘發行，成功書局總經銷，1965），

就標點符號的一般用法來看，點號是文字節奏的主宰，然而，觀察前文所論及的詩例，可以發現，在林亨泰筆下，點號的使用多半被隱形標點所取代，隨著點號的淡出，標點號與標號的保留與連用，譜出有別以往的音響。

值得注意的是，隱形標點替代點號表示停頓雖已成為通則，但綜觀林亨泰詩作，仍可見到刻意使用點號以表現特殊意義之詩例，例如〈思慕〉：

> 以火燒雲的莊嚴為背景的
> 郊外。我。是戀愛的幼蟲。
> 我。匍匐。我。環繞。環繞。那
> 戀的都市。那灰色的光。那夢的燈。[27]

頓號跟逗號用於標示語句停頓但未完，而句號一般用於標示語句完足，此詩選用大量的句號，句號賦予每一小段句子完整性，一來將文字完全切割、成為獨立畫面，二來展現了意識流的書寫手法，畫面交替一如思緒的湧現。再者，句號或許製造了斷裂感，卻也帶來鍛接的可能，誠如約翰‧伯格（John Berger）所言：「我們所習慣的可見秩序不是唯一」，[28]這些句號所分割出的畫面，除了依序觀看外，亦存在著其他可能的秩序，可以將順序重新排列組合，讓畫面彼此為場景交替的瞬間填空，更可以將一切畫面視為同時發生。此外，詩作中的「我」反覆被夾在句號之間，一方面是聚

頁4-5；13；81；141。（此書出版頁無標註出版者，故標記發行人與經銷商。）

[27] 林亨泰，〈思慕〉，收錄於呂興昌編訂，《林亨泰全集（二）》（彰化：彰縣文化，1998），頁19。

[28] John Berger著，何佩樺譯，《另類的出口》（臺北：麥田，2006），頁13。

焦與強調，另一方面也是孤獨的隱喻，思慕之情的箇中滋味，終究只有自己明白。

　　談到林亨泰的點號運用，不少論者都曾關注到林亨泰的〈第20圖〉，該詩透過點號變化表現了燈光的明滅。標點符號之於〈第20圖〉的圖象性固然精采，既有研究卻已多有論及，筆者在此更願意去探索〈第20圖〉中較少被討論的引號：

機械類的時代
充滿著
　易於動怒的電氣

＋＋＋＋＋＋
────────

笨重的「世界文化史」
在第20圖上的原料
已有美麗的配合了
在「　」之內
電燈
是夜之書上的，
　　　　。
　　　　，
　　　　。[29]

───────────

[29]　本文所引用的〈第20圖〉，出自呂興昌編訂的《林亨泰全集（二）》，該版本的「世界文化史」是有加上引號的。然而，筆者參酌前行研究時發現，不少研究者引用此

丁旭輝認為：「"「"」表徵天地（我們即生存在上天下地之間的空間內）」，[30]陳義芝同樣將引號看作「某種空間的象徵」。[31]除了空間的表徵外，「」還可搭配文中另一處引號來理解，看似書名的「世界文化史」，可解釋為一本實體的書；也可以當成是一本正在進行的書（比如未誕生、正在誕生的歷史）；其次，本詩選用引號而非書名號，「世界文化史」一詞因而可不作書籍解讀，改以「世界文化史」這個時空概念來看待。第一次出現的引號框住了「世界文化史」，第二次出現的引號框起了空白，引號的加入讓「世界文化史」與「」產生了連結，倘若「世界文化史」意指正在書寫中的歷史，那麼，不加文字的引號就是仍在思考、未成言語的表徵。此外，引號一方面發揮了強調與聚焦的作用，另一方面也暗示著世界文化史是人為框架下的產物。

　　接著來看〈山的那邊〉系列的第九首〈我〉：

　　我以文明人的感覺
　　找到這深山裡的百合

　　但……

　　我以文明人的感覺

詩時，「世界文化史」是無引號的，究竟其他詩集與詩選集中是否收錄世界文化史不加引號的詩版本，仍待查證，但「世界文化史」未加引號版本的普遍被引用，或許正是引號意義在討論中被忽略的原因。參見：林亨泰，〈第20圖〉，收錄於呂興昌編訂，《林亨泰全集（二）》（彰化：彰縣文化，1998），頁105-106。

[30]　丁旭輝，〈林亨泰符號詩研究〉，《國立編譯館館刊》，第30第1、2期合刊（2001.12），頁358。

[31]　陳義芝，《聲納：臺灣現代主義詩學流變》（臺北：九歌，2006），頁93。

又扔掉這深山裡的百合[32]

第一段的情緒是開心的，第三段的情緒顯然有所轉折，第二段的刪節號可謂前後態度轉變的串連，刪節號原就有語意未完的暗示，此處選用刪節號來取代文字，一來是文詞省略的表示；二來通過刪節號的停滯感表現了詩中我的思緒流動與時間流動；三來也是內心思索尚未成言，亦或不能明言的表徵。

標點符號除了有助於展示詩作多義性外，也用於區分文句主客位置與強化反諷，例如〈國會變奏曲〉：

讓我為大眾說一句話
讓我為公理說一句話
「正確的是我
　而你是錯了」

不經過幾分鐘的思慮
經不起幾分鐘的辯論
「正確的是我
　而你是錯了」

即使不發言而在打盹
即使不出席而在家裡
「正確的是我

---

[32] 林亨泰，〈我〉，收錄於呂興昌編訂，《林亨泰全集（一）》（彰化：彰縣文化，1998），頁24。

而你是錯了」[33]

〈國會變奏曲〉以「萬年國代」為批判對象，引號的強調功能加上文字的重複使用，反諷著社會的權力關係。引號出現時較其他詩句低一格，是其從屬於前文的表示；引號中的「我對你錯」宣言以退位姿態登場，彷彿暗示著國會中難以抹滅之惡勢力的潛伏存在。

四、圖象性：文字與符號交織的想像世界

丁旭輝在〈林亨泰符號詩研究〉一文中肯定了林亨泰符號詩對臺灣圖象詩初期發展的影響，該文同時指出這些圖象詩創作：「為了增強詩的表現能力與『符號性』，十五首符號詩中有八首加入了不少非文字的圖形或符號。」[34]這些符號詩中亦可見到標點符號的運用，比如本文開頭提及的〈第20圖〉，該詩運用了逗號與句號的交替，取代了開燈與關燈的文字敘述。又如林亨泰的〈進香團〉：

旗——

▲　黃

▲　紅

▲　青

---

[33] 林亨泰，〈國會變奏曲〉，收錄於呂興昌編訂，《林亨泰全集（三）》（彰化：彰縣文化，1998），頁106-107。

[34] 丁旭輝，〈林亨泰符號詩研究〉，《國立編譯館館刊》，第30第1、2期合刊（2001.12），頁349；356。

```
善男1    拿著三角形
善男2    拿著四角形


香束
燭臺
  ~~~~■
  ~~~~■


信女1    拿著三角形
信女2    拿著四角形[35]
```

　　暫不論不屬於標點符號範疇的三角形與四角形，[36]標點符號與文字的結合即充滿圖象性，試看首句「旗——」，「旗」字方形的外觀是旗面，破折號長長的身形為旗桿，兩相組合正是一桿方旗的形體暗示。第三段連用四個連接號，組成了波浪般的曲線，搭配前兩行文字點出的「香束」、「燭臺」來解讀，則「~~~~」是香火繚繞的描摹，但這並非唯一的可能，倘若將「~~~~」與後段文字「信女1　拿著三角形／信女2　拿著四角形」加以連結，「~~~~」也可視為進香團成員不斷向朝聖地移動的軌跡。

---

[35] 林亨泰，〈進香團〉，收錄於呂興昌編訂，《林亨泰全集（二）》（彰化：彰縣文化，1998），頁頁118-119。

[36] 根據教育部國語推行委員會編著、2008年上網公佈的《重訂標點符號手冊》修訂版，標點符號共有十五種，分別為：句號（。）、逗號（，）、頓號（、）、分號（；）、冒號（：）、引號（「」或『』）、夾注號（（　）或——　——）、問號（？）、驚嘆號（！）、破折號（——）、刪節號（……）、書名號（﹏﹏或〈〉或《》）、專名號（＿＿）、間隔號（・）、連接號（—或～）。詳參：教育部國語推行委員會編著，《重訂標點符號手冊》修訂版，2008年12月上網。http://www.edu.tw/files/site_content/M0001/hau/h7.htm

除了符號詩創作有標點符號的象形演出，林亨泰其他作品亦不乏標點符號的圖象點綴，例如〈事件〉：「哥哥快速地急轉彎／突然緊急煞車──」，[37]以破折號強化了緊急煞車的動態感，同時象徵著地面留下的煞車痕跡，〈事件〉最末寫道：「現在我又路過這裡──／在找不到血跡的那片地上／又是許多機車快速地駛過」，[38]破折號是地平線的形體暗示，是詩中我路過的足跡，也是「許多機車快速地駛過」的身影。

又如〈影〉：「影~~~~~」，[39]連接號的反覆表現了影子彎曲的造型與蜿蜒的型態。林亨泰在〈影〉一詩中以連接號來刻畫影子，詩作〈光〉則選用刪節號描摹光：

> 易滑的土瀝青路上，
> 我是踱來踱去的光。
> 但，我兩腿展開去的角，
> 是最濃密的……

---

[37] 林亨泰，〈事件〉，收錄於呂興昌編訂，《林亨泰全集（三）》（彰化：彰縣文化，1998），頁14。

[38] 林亨泰，〈事件〉，收錄於呂興昌編訂，《林亨泰全集（三）》（彰化：彰縣文化，1998），頁15。

[39] 此詩有多種翻譯版本，在文字與標點符號使用上有所不同，此處選用《林亨泰全集（二）》收錄的林亨泰自譯版本〈影〉。《林亨泰全集（一）》中另有呂興昌翻譯版本〈影子〉，再者，還有〈笠下影：林亨泰〉收錄的〈影子〉（應為林亨泰自譯）；有趣的是，本詩幾乎在不同發表園地刊載時都擁有自己的版本，〈笠下影：林亨泰〉一文收錄於《林亨泰研究資料彙編》時，連接號更動為破折號，又是另一翻譯版本，此外，康原《八卦山下的詩人‧林亨泰》論及此詩時，所引述版本和前述版本皆不同，標點符號亦改作刪節號。林亨泰，〈影〉，收錄於呂興昌編訂，《林亨泰全集（二）》（彰化：彰縣文化，1998），頁7；林亨泰，〈影子〉，收錄於呂興昌編訂，《林亨泰全集（一）》（彰化：彰縣文化，1998），頁50；林亨泰，〈笠下影林亨泰〉，《笠》，第1964年12月，頁6；林亨泰，〈笠下影：林亨泰〉，收錄於呂興昌編，《林亨泰研究資料彙編（上）》（彰化：彰縣文化，1994），頁39；康原，《八卦山下的詩人‧林亨泰》（臺北：玉山社，2006），頁41。

我是速度，也是影子。[40]

　　刪節號斷續交錯的點狀延伸，有別於連接號曲線式的連續性延伸，展現了另一種面貌的移動暗示，其斷斷續續的移動感恰好呈現了第二行詩句所言的「踱來踱來」。另一方面，〈光〉一詩雖以光為書寫對象，但詩末明寫「也是影子」，光與影本是一體兩面，劉思量的《藝術心理學──藝術與創造》即曾言：「黑暗和明亮兩者，在畫中通常都被視為光線。」[41]若將構成刪節號的小黑點視為光，黑點間的空白間隔視為影，則刪節號黑點與空白間隔的反覆，正是光影閃爍、並存的象徵。

　　〈雨天〉也是運用刪節號傳達圖象暗示的詩例：「煙，垂著頭漫步而去……／煙，又在雨中淪落……」，[42]第一個刪節號是煙向外飄去的形體暗示，第二個刪節號則是雨落下的圖象暗示。類似的圖象表現還有〈書籍〉，詩人寫道：「我點著了香煙……」，[43]刪節號是香菸產生的煙氣，也是香煙燃燒的視覺表徵。再看〈懺悔〉一詩詩末：「瞬間我的眼眶一熱／那遺忘的就是「愛」字……」，[44]詩人不明寫落淚，轉而以刪節號來暗示淚水的滑落。再者，〈氣球〉一詩的刪節號同樣象徵物件與象徵移動軌跡，試看詩作後半部：

[40] 林亨泰，〈光〉，收錄於呂興昌編訂，《林亨泰全集（二）》（彰化：彰縣文化，1998），頁37。
[41] 劉思量，《藝術心理學──藝術與創造》（臺北：藝術家，2004），頁187。
[42] 林亨泰，〈雨天〉，收錄於呂興昌編訂，《林亨泰全集（一）》（彰化：彰縣文化，1998），頁40。
[43] 林亨泰，〈書籍〉，收錄於呂興昌編訂，《林亨泰全集（一）》（彰化：彰縣文化，1998），頁42。
[44] 林亨泰，〈懺悔〉，收錄於呂興昌編訂，《林亨泰全集（一）》（彰化：彰縣文化，1998），頁12。

但，

　　又往上爬，爬，

爬……

　　……而跑掉了。[45]

　　一連串的小黑點就像氣球飄動留下的視覺殘影，刪節號既是氣球的圖象暗示，也表現了氣球的移動，前句「爬……」代表氣球不斷向上升，後句「……而跑掉了」意味著氣球朝著遠方飄走了。

　　此外，〈村戲〉的標點符號亦是值得一提的佳作：

村戲鑼鼓已鳴響……
親戚從各地方回來，
而笑聲溫柔地爆發……

村戲鑼鼓再鳴響……
又有一批親戚回來，
而笑聲更溫柔地爆發……

村戲鑼鼓又鳴響……
最遠的親戚也都到齊，
而笑聲終於點燃花炮了……[46]

---

[45] 林亨泰，〈氣球〉，收錄於呂興昌編訂，《林亨泰全集（二）》（彰化：彰縣文化，1998），頁90。

[46] 林亨泰，〈村戲〉，收錄於呂興昌編訂，《林亨泰全集（二）》（彰化：彰縣文化，1998），頁32-33。

以往論者論及此詩，多將刪節號解讀為鑼鼓聲響、歡笑聲、炮聲，或是人群的湧現，其實此詩的刪節號不僅是聲音表徵與形體暗示，也為畫面帶來交疊的可能。細看三段文字內容，不難發現，每一段文字都是一段畫面，且三段文字還蘊含著場景的類似性與順序性。乍看之下，整首詩層次好像是一行接著一行順序發生的，然而，每段一、三行出現的刪節號為詩句塑造了同質性，約翰·伯格在《另一種影像敘事》一書中曾言：「一個影像會再穿越滲透其他的影像。」[47]刪節號本身即有未完的涵義，加上其反覆出現引發了視覺聯想的流動與滲透，讓〈村戲〉一詩的畫面與畫面間充滿交疊，當親戚來到、笑聲爆發的時候，村戲的鑼鼓聲響彷彿也自遠方傳來，當笑聲與鞭炮一同綻放，人群與村戲亦尚未散去。

五、小結

時至前行代詩人，雖出現了圖象詩的創新，但並非使用標點符號表現圖象暗示就可歸類為圖象詩，文字佐以符號的書寫風貌，才是詩人開展標點符號圖象性時的特徵。馬格利特（René François Ghislain Magritte）曾言：「物與物之間其實並不相像，它們之所以相似，是因為人們的看法，只有經過人們的想法，物體才屬於那種會是相似的東西」，[48]標點符號雖然可以開啟視覺聯想，但關鍵仍在於文字的導引，標點符號的圖象性便是在文字與符號的相輔相成下誕生。本文以林亨泰詩作的標點符號運用為考察對象，試圖進一

---

[47] John Berger與Jean Mohr合著，張世倫譯，《另一種影像敘事》（臺北：三言社，2007），頁115。

[48] 楊榮甲譯，《馬格利特》（臺北：錦繡，1996），頁32。

步透視林亨泰詩作文字與符號相輔相成之特色，通過前文的探索，可以發現，在標點選用上，詩人少用點號、多用標號，且使用隱形標點的比例頗高。此一特徵可由兩面向來解釋，一則林亨泰屬於跨越語言的一代，正因其經歷過日文書寫時期，標點符號使用習慣方與日治時期日文寫作詩人較雷同；二則標點符號的少用，或許與詩人受到現代主義思潮之影響有關，〈未來主義文學技巧宣言〉中便曾提出「消滅標點符號」的主張。[49]

大抵而言，林亨泰擅長利用標點符號的組合來為詩作加分，比如：利用點號或者隱形標點的平緩情緒對應上標號的激動，營造詩情的輕重標記；或是反覆使用同一標點符號，藉以強化詩作張力，抑或增強圖象效果。在節奏音韻經營上，林亨泰雖然常以驚嘆號來強化感嘆，但在運用上頗為巧妙，往往與隱形標點共同登場，藉由隱形標點的不悲不喜，突顯驚嘆號的感嘆。在語義生成方面，林亨泰擅用標號增加語義層次，同時利用隱形標點的輔助來強調具形標點的存在。就圖象暗示而言，詩人較常用破折號與刪節號來賦予詩作視覺想像，其引發的圖象聯想多與文字有所連結。

---

[49] 馬里內蒂（Filippo Tommaso Marinetti）著，吳正儀譯，〈未來主義文學技巧宣言〉，收錄於柳鳴九主編，《未來主義‧超現實主義‧魔幻現實主義》（臺北：淑馨，1990），頁52。

引用書目

· 專書

丁旭輝，《淺出深入話新詩》（臺北：爾雅，2006）。

仇小屏，《放歌星輝下——中學生新詩閱讀指引》（臺北：三民，2002），頁40。

文則明，《最新標點符號使用法》（臺南：陳國弘發行，成功書局總經銷，1965）。

呂興昌編，《林亨泰研究資料彙編》（彰化：彰縣文化，1994）。

岩上，《詩的創發：現代詩評論》（南投：投縣文化局，2007）。

林亨泰著，呂興昌編訂，《林亨泰全集（一）~（三）》（彰化：彰縣文化，1998）。

林亨泰著，陳昌明編，《林亨泰集》（臺南：臺灣文學館，2008）。

柳鳴九主編，《未來主義‧超現實主義‧魔幻現實主義》（臺北：淑馨，1990）。

秦賢次編，《張我軍評論集》（臺北縣：北縣文化，1993）。

袁暉主編，《標點符號詞典》（山西：書海，2000）。

康原，《八卦山下的詩人‧林亨泰》（臺北：玉山社，2006）。

陳義芝，《聲納：臺灣現代主義詩學流變》（臺北：九歌，2006）。

楊榮甲譯，《馬格利特》（臺北：錦繡，1996）。

楊遠，《標點符號研究》（臺北：東大，2003）。

趙天儀，《現代美學及其他》（臺北：東大，1990）。

劉思量，《藝術心理學——藝術與創造》（臺北：藝術家，2004）。

Bates Lowry著，杜若洲譯，《視覺經驗》（臺北：雄獅，1981）。

John Berger著，何佩樺譯，《另類的出口》（臺北：麥田，2006）。

John Berger與Jean Mohr合著，張世倫譯，《另一種影像敘事》（臺北：三言社，2007）。

· 期刊

丁旭輝，〈林亨泰符號詩研究〉，《國立編譯館館刊》，第30第1.2期合刊（2001.12），頁349-367。

丁旭輝，〈現代詩標點符號之圖象效果研究〉，《中國現代文學理論季刊》，第20期（2000.12），頁541-560。

丁旭輝，〈標點符號在現代詩中的意義與節奏功能〉，《國文天地》，第197期（2001.10），頁74-77。

仇小屏，〈新詩藝術論之五——從分行、圖象與標點符號切入〉，《國文天地》，第221期（2003.10），頁93-96。

林巾力，〈想像「現代詩」：以林亨泰五〇年代的「現代主義」建構為例〉，《中外文學》，第410期（2006.07），頁111-140。

林亨泰，〈笠下影　林亨泰〉，《笠》，第4期（1964.12），頁6-8。

張文彥，〈後現代主義文論與後現代詩〉，《問學》，第10期（2006.6），頁143-171。

蕭蕭，〈曹開：挺直臺灣的新詩脊梁——曹開數學詩的哲學思考與史學批判〉，《臺灣詩學學刊》，第10號（2007.11），頁305-336。

· 學位論文

阮美慧，《笠詩社跨越語言一代詩人研究》（臺中：東海大學中國文學研究所碩士論文，1997）。

柯夌伶，《林亨泰新詩研究》（臺南：國立成功大學中國文學研究
　　所碩士論文，1999）。

・網路資源

教育部國語推行委員會編著，《重訂標點符號手冊》修訂版，2008
　　年12月上網。http://www.edu.tw/files/site_content/M0001/hau/
　　h7.htm

蕭蕭新詩標點符號運用

一、前言

　　縱觀蕭蕭新詩相關研究資料，大致可分作三類：一是詩人的訪談、作者介紹或書的簡介，二是關於蕭蕭詩論的討論，三是詩作的評析。在第一類資料中，可見蕭蕭投入新詩創作、教學、評論、編輯之不遺餘力，張春榮便曾以「現代詩的長青志工」稱之。[1]第二類資料裡，則有人肯定蕭蕭詩論的真知灼見，也有人對蕭蕭詩論提出不同的意見，陳政彥認為由此可見「蕭蕭評論豐富的爭議性」，[2]並撰述《蕭蕭詩學研究》論之。翻閱第三類資料，可以發現，儘管蕭蕭的新詩創作高達八本詩集之多，[3]但較常被提出來討論的詩作集中在某幾首，且不少論述文章都以單本詩集為分析對

---

[1]　張春榮，〈現代詩的長青志工——評《蕭蕭教你寫詩、為你解詩》〉，《文訊》，第192期（2001.10），頁22-24。

[2]　陳政彥，《蕭蕭詩學研究》（桃園：國立中央大學中國文學研究所碩士論文，2002），頁4。

[3]　蕭蕭已出版的詩集有：《舉目》（彰化：大昇，1966）、《悲涼》（臺北：爾雅，1982）、《毫末天地》（臺北：漢光，1989）、《緣無緣》（臺北：爾雅，1996）、《雲邊書》（臺北：爾雅，1998）、《皈依風皈依松》（臺北：文史哲，2000）、《凝神》（臺北：文史哲，2000）、《蕭蕭·世紀詩選》（臺北：爾雅，2000）、《後更年期的白色憂傷》（臺北：唐山，2007）、《草葉隨意書》（臺北：萬卷樓，2008），合計十本。筆者此處之所以言「高達八本詩集之多」，乃是扣除詩作全數再次收錄於《悲涼》的《舉目》，以及精選前幾本詩集而成的《蕭蕭·世紀詩選》。

象，因而對蕭蕭詩作的析論仍有諸多開發空間；其次，探究蕭蕭詩作風格時，「小詩」以及「禪與悟」一直是常見的切入點，誠如陳巍仁所言：「綜觀蕭蕭的詩作，有兩個特色最常被提出，一是『小』，二是『禪』。」[4] 舉凡：張默的〈垂今釣古話蕭蕭——試論《緣無緣》詩集及其他〉、白靈的〈詩的第五元素——讀蕭蕭詩集《雲邊書》〉、羅門的〈扛著「現代」與「後現代」走向二十一世紀的詩人——序《凝神》詩集〉、方群的〈凝神諦聽回音——談蕭蕭的《凝神》〉、丁旭輝的〈論蕭蕭短詩的簡約美學〉、黃如瑩的《臺灣現代詩與佛——以周夢蝶、夐虹、蕭蕭為線索之考察》、林毓鈞的《蕭蕭新詩研究》等論述文章，[5] 都關注到蕭蕭詩作的「小」或「禪」。

再者，對於蕭蕭詩風的評價，除了「小」與「禪」這兩張常見標籤外，在現有研究中，已有論者注意到蕭蕭的形式創新，丁旭輝在《臺灣現代詩圖象技巧研究》一書中評價道：「在現代詩的圖象技巧表現上，蕭蕭是相當突出的一位，不管是在圖象詩方面或者是『類圖象詩』與『留白』方面，都有優異的展現。」[6] 蕭蕭早期

4　陳巍仁，〈羚羊如何睡覺？——如何看《皈依風皈依松》〉，《創世紀》，第123期（2000.06），頁109。

5　張默，〈垂今釣古話蕭蕭——試論《緣無緣》詩集及其他〉，《臺灣詩學季刊》，第15期（1996.06），頁123-131；白靈，〈詩的第五元素——讀蕭蕭詩集《雲邊書》〉（上），《中央日報》（1998.07.18），第22版；白靈，〈詩的第五元素——讀蕭蕭詩集《雲邊書》〉（下），《中央日報》（1998.07.19），第19版；羅門，〈扛著「現代」與「後現代」走向二十一世紀的詩人——序《凝神》詩集〉，《淡藍為美：藍星詩學》，第7期（2000.09），頁167-178；方群，〈凝神諦聽回音——談蕭蕭的《凝神》〉，《創世紀》，第123期（2000.06），頁118-126；丁旭輝，〈論蕭蕭短詩的簡約美學〉，《國文學誌》，第10期（2005.06），頁57-79；黃如瑩，《臺灣現代詩與佛——以周夢蝶、夐虹、蕭蕭為線索之考察》（臺南：國立臺南大學語文教育學系教學碩士班碩士論文，2005）；林毓鈞，《蕭蕭新詩研究》（彰化：國立彰化師範大學國文學系碩士論文，2006）。

6　丁旭輝，《臺灣現代詩圖象技巧研究》（高雄：春暉，2000），頁123。

有多首一字一行的詩作，而後更有圖象詩與類圖象詩的創作，這些作品可謂屢見佳作。其中，值得注意的是，一字一行的表現手法會增加詩作行數，字數雖小、行數卻不少，或許可視為蕭蕭小詩的變體。此外，若從隱形標點[7]的角度觀之，換行則是刻意多用標點的表現，可惜蕭蕭詩作的標點符號運用尚無專文討論，基此，本文嘗試從蕭蕭一字一行的詩作出發，聚焦於蕭蕭詩作的隱形標點與具形標點，揭示蕭蕭新詩的另一道面向。

丁旭輝在〈現代詩中的標點符號〉一文談到，新詩具有標點符號運用與否的選擇性，而運用上又可細分為非用不可與絕不可用。該文並進一步闡述了標點符號之於新詩的功能性，包含：標示意義的意義功能、標示語氣停頓的節奏功能、表現圖象效果的圖象暗示功能、以及傳達抽象情感的情意暗示功能四大項。[8]趙天儀在《現代美學及其他》一書中則表示：「詩的要素，可以說是包括了情感、意象、節奏與意義。」[9]丁旭輝所歸納的標點符號四大功能與此四要素可謂不謀而合，然而，管見以為，情感、意象、節奏與意義雖為詩的基本元素，但情感的生成有其複雜性，「情意暗示」此一功能其實亦涵括於語義作用、音韻節奏、圖象效果之中，不易

---

[7] 仇小屏在〈新詩藝術論之五——從分行、圖象與標點符號切入〉一文即談到：「在新詩中，標點符號可以分成兩種：具形標點符號和隱形標點符號；前者是指一般應用性的、有形體可見的標點符號，後者則指利用詩行中的空格留白，取代標點符號，也就是說在應該有標點符號的地方並未使用標點符號，而是空出一格留白作為標示。」此外，丁旭輝也在〈標點符號在現代詩中的意義與節奏功能〉一文中指出，標點符號具有「具形標點」與「隱形標點」兩種形式。仇小屏，〈新詩藝術論之五——從分行、圖象與標點符號切入〉，《國文天地》，第221期（2003.10），頁95；丁旭輝，〈標點符號在現代詩中的意義與節奏功能〉，《國文天地》，第197期（2001.10），頁74。

[8] 丁旭輝，〈現代詩中的標點符號〉，《淺出深入話新詩》（臺北：爾雅，2006），頁199-122。

[9] 趙天儀，《現代美學及其他》（臺北：東大，1990），頁202。

單獨切割為一類；且趙天儀在探索現代詩美學時，亦非以情感、意象、節奏與意義此四議題分而論之，而是選用意義性、音樂性、繪畫性三道切入點予以著墨。[10]前行研究者的研究成果，為本文提供了可貴的研究基石，筆者將其調整為「音樂性」、「語義性」、「圖象性」，底下將依序觀察標點符號作為「音素」、「字素」、「圖素」時，於詩作中發揮了何種作用，又如何建構出詩作的情感世界。另一方面，標點符號不僅是文字書寫的輔助工具，同時也是一種視覺符號，可謂兼具「文字」與「圖像」的特質，底下擬借力康丁斯基（Wassily Kandinsky）「點線面」的繪畫元素理論，以及視覺傳播理論，探索標點符號於蕭蕭詩作的隱含意義。

二、音樂性：蕭蕭的線條樂譜

康丁斯基在《點線面》一書中，將藝術的構成元素分為三個類型，即點、線、面，其中，點構成線，線又可分為二種形態，一是線條，包含直線、弧線等；二是兩條線組成的角，例如銳角、直角、鈍角等。[11]如把文字與標點視為點，則文字與標點排列的形態可看成線，隨著字數多寡、標點有無與排列方法等差異，也就產生了各式形態的線條，試看蕭蕭的〈農夫在快車道〉：

10　《現代美學及其他》一書裡，收錄有〈現代詩的意義性〉、〈現代詩的音樂性〉、〈現代詩的繪會性——心象的構成〉三文。可參見趙天儀，《現代美學及其他》（臺北：東大，1990），頁179-210。

11　Wassily Kandinsky著，吳瑪俐譯，《點線面》（臺北：藝術家，2000），頁47-102。

一
地
綠
色
的
汁
液

來往的人車堵在那兒也摸不著胸腔內土地的茫然心的茫然[12]

　　〈農夫在快車道〉由兩條不同方向的直線構成，前七行以一字一行的姿態登場，句末運用隱形標點，表現出似斷非斷、似連非連的音韻，此外，句首加入大量的空格，營造出緩慢近乎停滯的節奏，展現了綠色田野的寬闊與無限靜謐。到了第八行，作者筆鋒一轉，連寫二十五個字不加標點，詩作節奏頓時顯得又快又急，有趣的是，這句詩行雖然選用了快節奏，然而內容並非描寫車子疾駛而過，而是「來往的人車堵在那兒也摸不著胸腔內土地的茫然心的茫然」，此處可謂以快節奏反諷快速車道的堵塞與人的茫然，同時也透過前七行田野的寬敞，對比出快速車道的擁擠。

　　蕭蕭的〈扶搖〉同樣在句首運用大量空格：

---

[12] 蕭蕭，〈農夫在快車道〉，《毫末天地》（臺北：漢光，1989），頁46。

「舔著小小的冰淇淋……想起你……
我驚訝的舌頭
吐出一臉粉紅……」
你的信上這樣說

里萬九上直搖扶翅振乃我[13]

　　前三行被引號框起的文字，是來信的內容，由三條長短相間的直線構成。穿梭其中的刪節號，一來製造了停頓、拉緩了節奏，二來延長了文字音節，表現了讀信過程的音韻。再者，首段每一行詩句都在句首佐以同樣數量的空格，成為低於第二段的區塊，第二段的句首則回歸到一般的起始位置，其中，首段第一個字的高度恰與第二段最後一個字的高度相同，細看文字內容，可以發現，第二段採取文字順序倒著寫的方式呈現，「里萬九上直搖扶翅振乃我」應反序讀作「我乃振翅扶搖直上九萬里」。相較於首段多用空格與刪節號的緩慢節奏，第二段完全無標點的快速節奏正好展示了「振翅直上」的速度感。

　　倒寫文字順序的手法還可在〈空與有三款〉的第一款中看到：

我的心遂深成一口無底的井可以任十三經二十五史七十二賢
人一〇八條好漢以及他們的無辜

縱—————　　　落　　落　　落　　落　　落

---

[13]　蕭蕭，〈扶搖〉，《悲涼》（臺北：爾雅，1982），頁37。

喊一聲喂

竟有八萬四千個喂喂喂喂喂喂喂喂喂喂喂喂喂喂喂喂喂喂
喂

我應來回喂喂喂喂喂喂喂喂喂喂喂喂喂喂喂喂喂喂喂喂[14]

　　全詩分作三段，第一段由兩行無標點、無空格的直線組成，
傳達了連續且快速的節奏。換行與換段的空白舒緩了原先的急促節
奏，正因有短暫停頓的鋪陳，隨後上場的「縱————」更加
顯得強而有力，而此處一連運用五次連接號，形成了兩個半的破
折號，[15]一方面強調出聲音的穿透力，另一方面也表現了聲音的蔓
延，其後空格與「落」的搭配反覆出現，正如羅門所言，展現出
落下的視覺形象。[16]如以聽覺形象觀之，位於同一道直線裡的「縱
————　　落　　落　　落　　落　　落」，可謂
藉由具形記號（文字或標點）與隱形記號（空格）的交替，譜出
由強弱交替的旋律。第三段利用重複出現的「喂」，描述「喊一聲
喂」後，內心的深井發出許多「喂」來回應，丁旭輝表示：「閱讀
時必須從『竟有八萬四千個喂』開始，以順時針方向進行，至『回
來應我』為止。」[17]以此閱讀順序讀之，其間的空格則皆可忽略，
一長串的文字形成了馬不停蹄的節奏，揭示了不斷湧現、綿延不絕
的回音。

---

[14] 蕭蕭，〈空與有三款〉，《凝神》（臺北：文史哲，2000），頁103。

[15] 「—」佔一格為連接號，「——」佔兩格為破折號。

[16] 羅門，〈扛著「現代」與「後現代」走向二十一世紀的詩人——序《凝神》詩
集〉，《淡藍為美：藍星詩學》，第7期（2000.09），頁173。

[17] 丁旭輝，〈蕭蕭圖象詩研究〉，《中國現代文學理論》，第19期（2000.09），頁
475。

此外，《視覺藝術認知》指出：「當我們閱讀文章時，我們不僅是看那些文字，……而是同時用我們的期望來感知這些字體。」[18]「喂」與「喂」的相似，讓我們略過空格，串起文字的關係；ㄩ型的形式設計也讓我們與前文提及的深井產生連結，因而有了順時針讀法的認知。然而，順時針讀法並非此詩唯一的詮釋方式，國畫常言「計白當黑」，空白其實是另一種形態的有，後三行若回歸為依序閱讀，則讀作「竟有八萬四千個喂喂喂喂喂喂喂喂喂喂喂喂喂喂喂喂喂喂　　　　　　　　　　　喂／我應來回喂喂喂喂喂喂喂喂喂喂喂喂喂喂喂喂喂喂喂喂」，急促的長句後有一段時間的停頓，才由單字「喂」繼續發出音響，急、靜、緩的音響變化表現了回音的淡去；最末的「我應來回喂喂喂喂喂喂喂喂喂喂喂喂喂喂喂喂喂喂」，全詩又回到長句急促的節奏，其中，文字點出「我應來回」，彷彿詩中「我」再次喊道「喂」，心井也再次以一連串的「喂」迴響。

　　〈緣無緣〉裡的「喂」，則譜出另一番旋律：

　　一隻螞蟻一直
　　輕輕叩著糖罐：

　　喂，喂
　　不讓我進去
　　你是醒不了的夢啊！

---

[18] Robert L. Solso著，梁耘瑭譯，《視覺藝術認知》（臺北：全華，2006），頁119。

喂，喂

不讓我進去

你是醒不了的夢啊！

那樣的回聲一直

輕輕叩著糖罐[19]

　　「喂」與「喂」之間的逗號，讓「喂，喂」成為兩個聲響，就好像敲了兩聲門一樣，「喂，喂」與「不讓我進去」的句末無標點，讓詩作延續輕輕叩著的音響，其後的「你是醒不了的夢啊！」，添上驚嘆號強化語氣，詩作音響隨之漸強，強調了螞蟻對進入糖罐吃糖的想望。螞蟻想吃糖的意念也通過段落的反覆呈現，第三段文字與第二段完全重複，可視為螞蟻一再對糖罐訴說，張默即曾談到：「緊接著中間兩段重複的話語，意味深長地暗喻那隻昆蟲急於覓食焦急的心情」。[20]其次，兩段文字相同，節奏自然也相同，節奏的反覆正好呼應著詩中所言「那樣的回聲一直／輕輕叩著糖罐」。

　　以逗號強化音響效果的詩例又如〈流淚的滋味〉，詩中寫道：「想著落葉輕輕，落」，[21]此句刻意以逗號隔開「落」，一方面運用停頓讓輕落的節奏更顯輕巧，另一方面也讓「落」成為焦點，「想著落葉輕輕，落」的節奏轉換，揭示了飄落的動感。〈驚心〉

---

[19] 蕭蕭，〈緣無緣〉，《緣無緣》（臺北：爾雅，1996），頁68-69。

[20] 張默，〈垂今釣古話蕭蕭——試論《緣無緣》詩集及其他〉，《臺灣詩學季刊》，第15期（1996.06），頁127。

[21] 蕭蕭，〈流淚的滋味〉，《悲涼》（臺北：爾雅，1982），頁130。

裡的逗號同樣牽動著節奏與文意：「緩緩，緩緩，刺向」，[22]短短六個字裡，使用了兩次逗號，營造出兩字一頓的緩慢節奏，恰如詩中所言「緩緩」。〈茫然以對〉則是透過逗號區別音響層次：「吠，吠吠，狗搖搖頭」，[23]逗號出現在「吠」與「吠吠」之間，產生了不同字數的「吠」，更因而衍生出強弱變化的聲音表情。

接著看〈我們是一尾優遊自在的魚〉第一段：

> 潑剌・潑剌・潑剌
> 我們的島像所有的島
> 在太平洋的浪潮拍擊中
> 甦醒了！
> 在太平洋的浪潮推湧中
> 潑剌潑剌潑剌地動了起來[24]

此段並置了長短不一的詩行，錯落的直線彷彿自成旋律。其中，首句和末句都選用「潑剌」來描摹聲音，隨著標點有無的變化，兩行詩句有著不同的音響，「潑剌・潑剌・潑剌」以間隔號隔開彼此，表示著一波波浪潮拍打海岸的聲響；「潑剌潑剌潑剌地動了起來」，則是透過無標點的快節奏表現島的甦醒。

22　蕭蕭，〈驚心〉，《雲邊書》（臺北：爾雅，1998），頁53。
23　蕭蕭，〈我們是一尾優遊自在的魚〉，《皈依風皈依松》（臺北：文史哲，2000），頁66。
24　蕭蕭，〈我們是一尾優遊自在的魚〉，《皈依風皈依松》（臺北：文史哲，2000），頁110。

三、語義性：蕭蕭的點狀抒情

康丁斯基在《點線面》裡指出：「在一串話裡，點代表中斷（否定的元素）不存在（沒有），同時代表上文（有）和下文（有）的橋樑（正面的元素）。這是它在文字上的內在意義。」[25] 蕭蕭筆下的標點符號，往往兼具斷句的消極作用與豐富語意的積極功能，比如：〈似乎不必多說——回輔大有感〉以「似乎——不必多說什麼」[26]作結，連綴在文字之間的破折號，是「似乎」的音節切斷與拉長，此為斷句效果；其次，破折號亦是詩中我思索的表徵，而後詩句點出「不必多說什麼」，非文字的破折號與「不必多說」成為呼應，此為標點符號的內在意義作用。又如〈堅凝〉：

我喜歡幻影。沒有人肯這樣說

迴紋針。訂書機
楔。膠水
螺絲。定型液
雙面膠。榫

我固定我的愛給你看。沒有人喜歡這樣說[27]

---

[25] Wassily Kandinsky著，吳瑪俐譯，《點線面》（臺北：藝術家，2000），頁19。

[26] 蕭蕭，〈似乎不必多說——回輔大有感〉，《悲涼》（臺北：爾雅，1982），頁136。

[27] 蕭蕭，〈堅凝〉，《皈依風皈依松》（臺北：文史哲，2000），頁96。

大量使用句號的〈堅凝〉，可謂擅用句號的特性表現「堅凝」，就節奏來說，句號用於語意完足的文句末，表示文句告一段落；就意義性而言，句號可用於判斷句，表示肯定。[28]細看詩中的文字與標點配置，「我喜歡幻影。」、「我固定我的愛給你看。」句號賦予文字肯定，進而揭示了詩中我信念的堅定，緊接在句號後的「沒有人肯這樣說」與「沒有人喜歡這樣說」，看似外在環境對詩中我意志的否定，然而，相較於加上句號的前文，此處的無標點反增添了幾分不確定性，相形之下更突顯出詩中我的堅定。至於第二段不斷出現的工具，都具有固定物品的功能，亦是「堅凝」的象徵。

　　多用句號的手法還可在〈承諾〉中窺見：

雨不可能一直下個不停。雲也是。

但是，這世界沒有承諾。這人間沒有保證。這紅塵沒有
盟誓。
沒有盟誓，這世界。沒有承諾，這人間。沒有保證，這
紅塵。

死亡就躲在你閃神的那一秒。雲也是。[29]

　　此詩大量運用「反覆」的表現技巧，以標點符號來說，多次使用賦予文字肯定的句號；就文字而言，則多用否定詞「沒有」，且不斷使用「換句話說」的寫法，第二段文字即是一連串的「換句話

---

[28]　林穗芳，《標點符號學習與應用》（臺北：五南，2002），頁162-163。
[29]　蕭蕭，〈承諾〉，《皈依風皈依松》（臺北：文史哲，2000），頁93。

說」。值得注意的是，「沒有」帶來否定意涵，而句號帶來肯定語氣，整首詩可謂一再地以肯定句表達否定，即便是第一段中看似肯定的「雲也是」，亦是回應前句的「不可能」，表示雲同樣不會一直處於某狀態，意義上同樣屬於表現否定。一連串的否定句，揭示了事物的流動性，末段則轉為肯定句，直指死亡就在一瞬間。

接著看蕭蕭的〈枯枝〉：

> 原想讓一切可以感動或臉紅的，都成
> 灰。
>
> 　　　　而你卻在我已灰的灰爐裡
> 　　　　　　　等待綠
> 等待勃興，的森林[30]

就色彩學的觀點來看，灰色屬於無彩度的中性色，但在文學作品中，灰往往跟灰暗、消極等負面意象連結在一起，首段的「灰」是灰爐，意味著生命殆盡，其後的句號更是進一步強調出一切的終結。第一段以灰表示生命的消逝，第二段則在灰色環繞下，提出「綠」的等待，綠色是生命的象徵，「綠」其實就是「勃興，的森林」。逗號通常用於語意未完，可謂具有延續的意涵，「勃興」之後的逗號正是藉由逗號的特質，象徵生機仍在。

〈枯枝〉使用了色彩意涵的對比來揭示生命興衰，〈絕對〉一詩同樣可見到色彩的對比與生命的反思，值得一提的是，此詩每一

---

[30] 蕭蕭，〈枯枝〉，《皈依風皈依松》（臺北：文史哲，2000），頁86。

行都運用了標點符號，且其中不乏作者的巧思：

> 天地也在尋求絕對的對比？
>
> 冰天雪地一片白／褐黑的虯梅
>
> 褐黑的虯梅／冷肅的幾點紅
>
> 幾點冷肅的紅──散作萬里之春
>
> 這時，孤冷的我與誰成絕對？[31]

二、三行選用了少用的分隔號（／），通常引用詩作時，會在分行處標上分隔號，以表示原文換行的位置，此詩不僅有分隔號，同時也使用了換行，分隔號與換行的並用發揮了分隔結構層次的作用，讓第二行與第三行成為同等的層次，其中的兩個物件則成為次一層的同質物件。[32]如搭配二、三行的文字構成來理解，則分隔號更是多義，首先，「冰天雪地一片白／褐黑的虯梅」是淺與深的對比，「褐黑的虯梅／冷肅的幾點紅」是暗與亮的對比，分隔號可看成連結色彩對比的橋樑；其次，「冰天雪地一片白」是遠望，「褐黑的虯梅」是近看，「冷肅的幾點紅」又是遠觀，分隔號可謂遠近視野的轉換。到了第四行，「幾點冷肅的紅──散作萬里之春」改以破折號做前後連接，破折號是風景的漸變，也是冬到春的時間流動。此外，這首詩始於問號、終於問號，首句提出「天地也在尋求

---

[31] 蕭蕭，〈絕對〉，《皈依風皈依松》（臺北：文史哲，2000），頁48。

[32] 教育部國語推行委員會編著的《重訂標點符號手冊》並未將分隔號納入標點符號之一，林穗芳的《標點符號學習與應用》將「／」、「＼」、「｜」等都歸類為分隔號，根據林穗芳的觀察，分隔號的用法有十種，分別為：標示詩行、標題原來的分行位置；劃分詩歌節拍；區分語言結構層次；分隔舉例的詞句；分隔組成一對的兩項，相當於「和」；分隔供選擇或可轉換的兩項，相當於「或」；分隔一個年度跨越的兩個曆年；用於音位音標兩側；用於離合詞中間；分隔期刊年份和期號。林穗芳，《標點符號學習與應用》（臺北：五南，2002），頁369-374。

絕對的對比」之問，二至五行皆可視為對第一個問題的回應。再換個角度想，「天地也在尋求絕對的對比」若是一道假設性的提問，那二至五行詩句就是試圖證明假設的反覆辨證，然而，弔詭的是，究竟是天地在尋求絕對的對比，還是人在天地間尋找對比來證明自己的認定呢？此詩雖名為「絕對」，但恐怕是正話反說，詩作意圖揭示的其實是沒有什麼是絕對的。

蕭蕭詩作不乏通過標點符號營造場景替換的例證，除了前述的〈絕對〉，又如〈酒後〉，全詩只有一個標點，即最末一句寫道：「推門：秋月的手」，[33]先寫動作、接著冒號、最後點出施力者，頗有劇本場景交代的味道。〈酒瓶的清醒〉則以破折號作為轉換標記：

> 這世界可以唱歌
> 為什麼只有我與酒瓶
> 維持清醒？
>
> ——酒，老在瓶外流淚
> ——沙灘老藏著海的嘆息[34]

首段以我的內在情緒為描摹對象，次段則轉為描寫我眼中的外在景物，破折號可謂代表著鏡頭的轉換；另一方面，前半部是激動的質問，後半部是淡淡的哀傷，句首的破折號亦區隔出情緒的不同。

括號同樣具有區別的作用，試看〈還沙——海埔新生地的迷思〉：

---

[33] 蕭蕭，〈酒後〉，《緣無緣》（臺北：爾雅，1996），頁54。
[34] 蕭蕭，〈酒瓶的清醒〉，《草葉隨意書》（臺北：萬卷樓，2008），頁68。

木生火火生土

若是如此，水與沙如何成土？

土生金金生水

是故，水頂多只能滋養木

（而他們抽取海中的沙填海造陸）

抽了沙，留下大坑

誰去填補抽空了的沙坑？

不知哪一代子孫

要以滑陷的地層償付？

（而他們仍然抽沙填海造陸）

還君明珠

總是雙淚緊緊相隨

還七千四百萬平方公尺的海沙

需要多少億的眼淚珍珠？

（而他們繼續抽取海的脊髓造陸）[35]

　　括號外的文字是詩人對海埔新生地的反思，括號裡的文字則是
海沙不斷被抽取的事實，括號的有無一方面區別著反對與贊成兩種

---

[35] 蕭蕭，〈還沙──海埔新生地的迷思〉，《皈依風皈依松》（臺北：文史哲，2000），
頁150-151。

立場，另一方面也分隔出同一時間的不同空間，儘管詩人的反思於此時不斷湧現，抽取海沙的動作卻也同時在發生，看似退位的括號文字，其實是難以扭轉的現實。

四、圖象性：蕭蕭的畫面暗示

前文曾提及蕭蕭早期詩作可見「一字一行」的形式實驗，除了以一字一行來呈現一字一頓，《悲涼》詩集中尚有多首詩作以具形標點塑造一字一頓，比如〈投水者——佳洛水所見〉：「就這樣沉，沉，沉，沉下去」，[36]反覆的「沉」字間加了逗號的區隔，組成了一字一頓的斷句結構。逗號不只加強詩句的音節變化，更影響著意義性與圖象性的生成，「沉，沉，沉，沉下去」用文字的反覆描摹，勾勒出下沉的畫面，隨著「沉」字的增加，降下的深度顯得越深、速度也顯得越快。[37]

運用逗號製造一字一頓的詩作又如〈誰是誰的靈魂〉：「水，滴著」[38]，〈河邊那棵樹〉：「淚，緩緩，滲入你的心井」[39]，〈車禍現場——公路所見〉：「血，靜靜地流入四周爭論的嘴巴裡……」[40]等。這些詩作一方面透過逗號的停頓作用達到聚焦的效果，另一方面也借用逗號水珠般的型態作為液體流動的圖象暗

---

[36] 蕭蕭，〈投水者——佳洛水所見〉，《悲涼》（臺北：爾雅，1982），頁77。

[37] 當蕭蕭寫著「就這樣沉，沉，沉，沉下去」時，林燿德也在類似的時間點寫著「他們，沉，沉，沉，沉下去」，或許標點符號運用也存在著「互文性」。林燿德之詩例可參見林燿德，〈屈原一年一度死一回〉，《妳不瞭解我的哀愁是怎樣一回事》（臺北：光復，1988），頁290-295。

[38] 蕭蕭，〈誰是誰的靈魂〉，《草葉隨意書》（臺北：萬卷樓，2008），頁101。

[39] 蕭蕭，〈河邊那棵樹〉，《緣無緣》（臺北：爾雅，1996），頁85。

[40] 蕭蕭，〈車禍現場——公路所見〉，《悲涼》（臺北：爾雅，1982），頁71。

示。〈風入松〉：「松，還在詩韻中／　　　動」，[41]則是先以逗號給予松特寫，繼而刻意斷行，利用一整行的空白，突顯其中唯一的「動」字，進而形塑出畫面的搖動。再者，逗號未必要置於文字之後才能發揮突顯功能，置於文字之前同樣有凝聚焦點的成效，試看〈讓水繼續流　之三〉，最末寫著：「讓水繼續，流──」，[42]就表示語意未完的功能而言，逗號是一種「繼續」的象徵；就逗號的外觀來看，逗號是「流」的表徵，斷句在「繼續」與「流」之間的逗號，既是繼續的文意強化，亦是流動的形體暗示，最末的破折號也和逗號有異曲同工之妙，兼具著延伸的語義性與畫面性。

　　蕭蕭新詩標點符號的圖象性除了可在逗號中窺見，也展現在標號的運用，舉凡〈有無中的雪意〉：

最後一聲更鼓敲著
你走著
走在最後一聲煙雲裡

　　．

回應敲起的更鼓
繼續
諧和

　　．

你

　　．

---

[41] 蕭蕭，〈風入松〉，《雲邊書》（臺北：爾雅，1998），頁33。
[42] 蕭蕭，〈讓水繼續流　之三〉，《悲涼》（臺北：爾雅，1982），頁69。

跟蹌的腳

•

步

•

向

最

遠

的

一聲招引[43]

    穿梭在文字間的間隔號，切斷了「腳步」為「腳／•／步」，以文字來說，這樣的斷句安排讓「步」一方面可與前面的文字結合讀作「腳步」，另一方面也能向後發展，讀為「步向」。約翰•伯格在《另一種影像敘事》一書中指出：「每個單一事物或事件的視覺外貌，總是搭了其他事物或事件的順風車。」又言：「一個影像會再穿越滲透其他的影像。」[44]當〈有無中的雪意〉的間隔號搭配文字來觀看，視覺聯想的流動性與滲透性便隨之浮現，詩作前三行點出了三個物象，一是更鼓，二是走著的你，三是煙雲，間隔號其實也是三者的畫面表徵，可解讀為更鼓之響、你的足印與心中的煙雲，甚至可搭配最後一行詩句，將其看作「一聲招引」。

    類似的觀點也可用在〈渴〉一詩：

---

[43] 蕭蕭，〈有無中的雪意〉，《悲涼》（臺北：爾雅，1982），頁19-20。

[44] John Berger與Jean Mohr合著，張世倫譯，《另一種影像敘事》（臺北：三言社，2007），頁115。

東南去一隻西北來的雁，在
漸漸不是雲的

天

空
叫著

緩緩沒落
一些憂鬱的啼聲
直到亮起了另一隻
東南去的憂鬱

　　　　・

　　　　・

　　　　・

　　　　・

　　　　・

　　　　・

直到天空漸漸是
雲的[45]

　　通過文字的牽動，間隔號是飛雁身姿與飛行軌跡的形體暗示，
也是聲聲啼鳴的聲音標記，甚至可說是天空中飄動的雲。再者，此

---

[45] 蕭蕭，〈渴〉，《悲涼》（臺北：爾雅，1982），頁3-4。

詩的間隔號以一字一行的方式呈顯，共計六枚連用，換個角度來看，也像是放大版的刪節號。

通過前文對〈有無中的雪意〉與〈渴〉的討論，可以發現，標點符號引發的視覺聯想大致可分為「聲音」、「事物」、「移動軌跡」三類。蕭蕭筆下的破折號常用於展現移動軌跡，舉凡〈心井〉的「獨坐井邊，探頭而望／———一千丈的沉寂，沉沉沉入黝黑的心底」，[46]〈簷滴〉的「直落入——那無底的哀愁」，[47]〈飲之太和　第四首〉的「夕陽寂寂／——沒入／——沒入那無際的柔韌的艸叢裡」，[48]都以破折號強化落下的動態感，並以破折號作為移動軌跡的表徵。又如〈美的和諧〉，詩人寫道：「昂首闊步——」，[49]破折號暗示著邁開的步伐，也暗示著將行的道路。此外，〈陽關三疊〉的破折號象聲又象形，「　　　　　　　猶聞出塞聲，忍———／忍不住那唐朝還忍得住的眼淚」，[50]破折號是出塞聲的音波，也是淚水的縱落。

破折號的直線造型適用於表現物體的直直落下，連接號的波浪曲線造型則適合展示較柔和的律動，擅用直線經營移動軌跡的蕭蕭，其實也擅用曲線傳遞畫面，〈春蠶兩仙〉中，「才慢慢吐～慢慢吐～慢慢吐出／一條細細～細細～細細的長絲」，[51]連接號的曲折延緩了線的運動速度，巧妙的刻畫了春蠶吐絲的動感，其次，作者不論是描寫「吐」的動作或「絲」的型態時都使用連接號，連接號讓兩個句子產生了同質性，兩行詩句的連接號都可謂既是吐絲的

---

[46] 蕭蕭，〈心井〉，《悲涼》（臺北：爾雅，1982），頁43。
[47] 蕭蕭，〈簷滴〉，《悲涼》（臺北：爾雅，1982），頁46。
[48] 蕭蕭，〈飲之太和　第四首〉，《悲涼》（臺北：爾雅，1982），頁98。
[49] 蕭蕭，〈美的和諧〉，《皈依風皈依松》（臺北：文史哲，2000），頁64。
[50] 蕭蕭，〈陽關三疊〉，《凝神》（臺北：文史哲，2000），頁94。
[51] 蕭蕭，〈春蠶兩仙〉，《凝神》（臺北：文史哲，2000），頁66。

畫面營造也是絲的圖象暗示。又如〈阿美族老人〉寫道：「樹上一片枯葉無聲飄落～」，[52]連接號展現了葉子隨風飄落的軌跡；〈望春風〉裡，「東風～似有若無」[53]則是以連接號表徵東風的動與柔。

五、小結

　　康丁斯基曾言：「符號變成一種習慣後，往往把象徵的意義隱藏了。內在的意義因之被外在的意象隱藏。」[54]標點符號作為文字書寫的輔助工具，似乎常常被理解為只是格式，因而忽略了其中更深層的意涵，本文嘗試由標點符號的功能性切入，揭示蕭蕭新詩標點符號如何為詩作畫龍點睛。張默曾評價蕭蕭詩作「題材多樣，技巧圓熟，迭創新意，別有丘壑」，[55]通過前述對蕭蕭新詩標點符號的析論，正可驗證此一評價，翻閱蕭蕭詩集，可以發現，蕭蕭時而使用一字一頓來拆解文字呼吸，時而經營隱形標點以表徵空間，時而大量使用標點強化語義，時而借力標點符號的圖象特質來象形與象意，蕭蕭筆下的標點符號，可謂從標點符號斷句、標示語氣的功能出發，進一步將標點化作符號，將隱形標點的外在空白昇華為內在意義，激盪出詩作的無限可能。

---

[52] 蕭蕭，〈阿美族老人〉，《皈依風皈依松》（臺北：文史哲，2000），頁187。
[53] 蕭蕭，〈望春風〉，《後更年期的白色憂傷》（臺北：唐山，2007），頁21。
[54] Wassily Kandinsky著，吳瑪俐譯，《點線面》（臺北：藝術家，2000），頁19。
[55] 張默，〈垂今釣古話蕭蕭——試論《緣無緣》詩集及其他〉，《臺灣詩學季刊》，第15期（1996.06），頁131。

引用書目

・專書

丁旭輝，《臺灣現代詩圖象技巧研究》（高雄：春暉，2000）。

丁旭輝，《淺出深入話新詩》（臺北：爾雅，2006）。

林穗芳，《標點符號學習與應用》（臺北：五南，2002）。

林燿德，《妳不瞭解我的哀愁是怎樣一回事》（臺北：光復，1988）。

趙天儀，《現代美學及其他》（臺北：東大，1990）。

蕭蕭，《後更年期的白色憂傷》（臺北：唐山，2007）。

蕭蕭，《皈依風皈依松》（臺北：文史哲，2000）。

蕭蕭，《草葉隨意書》（臺北：萬卷樓，2008）。

蕭蕭，《毫末天地》（臺北：漢光，1989）。

蕭蕭，《悲涼》（臺北：爾雅，1982）。

蕭蕭，《雲邊書》（臺北：爾雅，1998）。

蕭蕭，《緣無緣》（臺北：爾雅，1996）。

蕭蕭，《凝神》（臺北：文史哲，2000）。

蕭蕭，《蕭蕭・世紀詩選》（臺北：爾雅，2000）。

John Berger與Jean Mohr合著，張世倫譯，《另一種影像敘事》（臺北：三言社，2007）。

Robert L. Solso著，梁耘瑭譯，《視覺藝術認知》（臺北：全華，2006）。

Wassily Kandinsky著，吳瑪俐譯，《點線面》（臺北：藝術家，2000）。

・期刊

丁旭輝，〈標點符號在現代詩中的意義與節奏功能〉，《國文天地》，第197期（2001.10），頁74-77。

丁旭輝，〈論蕭蕭短詩的簡約美學〉，《國文學誌》，第10期（2005.06），頁57-79。

丁旭輝，〈蕭蕭圖象詩研究〉，《中國現代文學理論》，第19期（2000.09），頁471-480。

仇小屏，〈新詩藝術論之五──從分行、圖象與標點符號切入〉，《國文天地》，第221期（2003.10），頁93-96。

方群，〈凝神諦聽回音──談蕭蕭的《凝神》〉，《創世紀》，第123期（2000.06），頁118-126。

張春榮，〈現代詩的長青志工　評《蕭蕭教你寫詩、為你解詩》〉，《文訊》，第192期（2001.10），頁22-24。

張默，〈垂今釣古話蕭蕭──試論《緣無緣》詩集及其他〉，《臺灣詩學季刊》，第15期（1996.06），頁123-131。

陳巍仁，〈羚羊如何睡覺？──如何看《皈依風皈依松》〉，《創世紀》，第123期（2000.06），頁106-117。

羅門，〈扛著「現代」與「後現代」走向二十一世紀的詩人──序《凝神》詩集〉，《淡藍為美：藍星詩學》，第7期（2000.09），頁167-178。

・學位論文

林毓鈞，《蕭蕭新詩研究》（彰化：國立彰化師範大學國文學系碩士論文，2006）。

陳政彥，《蕭蕭詩學研究》（桃園：國立中央大學中國文學研究所碩士論文，2002）。

黃如瑩，《臺灣現代詩與佛──以周夢蝶、敻虹、蕭蕭為線索之考察》（臺南：國立臺南大學語文教育學系教學碩士班碩士論文，2005）。

・報紙

白靈，〈詩的第五元素──讀蕭蕭詩集《雲邊書》〉（上），《中央日報》（1998.07.18），第22版。

白靈，〈詩的第五元素──讀蕭蕭詩集《雲邊書》〉（下），《中央日報》（1998.07.19），第19版。

卷三

圖象與音樂的詩意交響

詹冰圖象詩的文本性訊息

一、前言

　　文字與圖象的特性不盡相同，卻能互補長短，文字不僅能傳神地描摹抽象事物，更能帶給人無限的想像空間，圖象則適合用來表現具象事物，甚至能如實傳達事物外貌，以臺灣新詩為例，新詩以文字作為傳情表意的工具，文字本身同時負載著圖象訊息，而新詩蘊含的圖象思維包括：文字本身的象形特徵、文辭組成的意象、字句排列形成的圖象、圖文結合的影像等等。其中，最常被論及的是「圖象詩[1]」，可惜圖象詩介於圖象與詩的曖昧疆域，常常受到遷就表現形式而淡化詩意的詬病，或被認為只是曇花一現的實驗性創作，因此既有研究較為有限，然而，圖象詩真的只偏重形式美學而無詩質嗎？

　　就現有研究成果來說，丁旭輝的《臺灣現代詩圖象技巧研究》[2]是臺灣第一本「圖象詩」專論，其不僅對臺灣圖象詩的發展進行討論，亦爬梳了其他學者對圖象詩的看法，同時把圖象詩的

---

[1] 關於「圖象詩」的定義，筆者採用丁旭輝在《臺灣現代詩圖象技巧研究》一書中的觀點，其對圖象詩的說明為：「指的是利用漢字的圖象基因與建築特性，將文字加以排列，以達到圖形寫貌的具象作用，或藉此進行暗示、象徵的詩學活動的詩。」參見丁旭輝，《臺灣現代詩圖象技巧研究》（高雄：春暉，2000），頁1。
[2] 丁旭輝，《臺灣現代詩圖象技巧研究》（高雄：春暉，2000）。

創作技巧作了分類與討論，針對象關文本進行析論，且丁旭輝在該書出版前，即先後發表過不少相關的單篇小論文，可見其對該領域不只頗有涉獵，且擁有豐碩成績。再者，南華大學文學所陳思嫻的《臺灣現代圖象詩研究》[3]是臺灣第一本以「圖象詩」為主題論述的碩士論文，其認為漢字的特徵乃是圖象詩的基礎，並以詹冰、林亨泰、陳黎三位詩人為例，介紹臺灣圖象詩的起源及後現代主義圖象詩。此外，尚有國北教大課程與教學研究所語文教學碩士班程秀芬的《臺灣童詩圖象技巧之研究》[4]，該書是第一本探討童詩圖象技巧的論文，其以摹形、擬狀、文字符號詮釋、文字符號表現四大分類來論述童詩圖象技巧的運用。

　　檢視既有研究成果，我們可以發現，圖象詩研究大多著眼於其表現手法，儘管或多或少涉及當中的情感意涵，但仍以技巧為主要討論對象，如此強調圖象詩形式技巧的討論，似乎與圖象詩偏重形式的評價不謀而合。以往論述圖象詩，均以文字的觀點作切入，繼而論述文字如何展現圖象性，及其傳遞了何種面貌的圖象性訊息，管見以為，圖象詩結合了文字與圖象兩種元素[5]，若單以文學評論的眼光來看圖象詩，或許有失公平[6]，如能借用藝術學門的理論，或許能更貼近圖象詩所蘊藏的情意，因此，針對圖象詩以字表象的

---

[3]　陳思嫻，《臺灣現代圖象詩研究》（嘉義縣：南華大學文學研究所碩士論文，2004）。

[4]　程秀芬，《臺灣童詩圖象技巧之研究》（臺北：國立臺北教育大學課程與教學研究所語文教學碩士班碩士論文，2005）。

[5]　詹冰於〈圖象詩與我〉一文中即曾言：「圖象詩就是詩與圖畫的相互結合與融合。」參見詹冰，〈圖象詩與我〉，《笠》，第87期（1978.10），頁60。

[6]　白萩曾在〈由詩的繪畫性說起〉中評論「繪畫性只附從於詩的意義」，後岩上撰文〈論詩的繪畫性〉反駁其觀點，岩上認為：「白萩所以認為繪畫性只附從於詩的意義，是因為他只看到了『以圖示詩』的表層文字符號的排列的形式，而未曾或未能注視詩的真正繪畫意義乃在於詩的底層的內在意象、意境。」由此可見，對「圖象詩」的兩面評價。參見岩上，〈論詩的繪畫性〉，《創世紀》，第37期（1974.07），頁62。

特質，筆者更願意採用另一種思考模式，當文字被當成「圖素」，甚至組合成為圖象（類圖象[7]）時，或許可以暫時跳脫它是文字的想法，直接把文本看作圖象，以圖象的觀點來進行討論，繼而探究圖象傳達出什麼樣的文本性訊息。

如就視覺傳播的角度來說，視覺的形成可分為三個階段，首先是感官接受刺激，而對訊息產生偵測與辨認；接著整理訊息，訴諸邏輯化、秩序化；最後是進行解讀或聯想，賦予訊息意義。吳嘉寶曾提出「影像的文本性信息」概念，其認為，影像本身承載的訊息共有三層，一是客體的狀態，二是視覺美感及結構，三是影像所蘊藏的符號性意義[8]。本研究即擬從「影像的文本性信息」觀點出發，一方面以視覺傳播理論為主要析論方式，另一方面選用康丁斯基（Wassily Kandinsky）的藝術理論為輔助工具，以臺灣圖象詩的文本性訊息為研究對象，試圖透過圖象的切入點來重新詮釋臺灣圖象詩。其次，筆者想說明的是，本文之提出，乃因有感於圖象詩既可作為「圖象文本」又可作為「文字文本」的特性，與其泛論臺灣圖象詩的整體面貌，毋寧聚焦於同樣認為「圖象詩就是詩與圖畫的相互結合與融合」[9]的詹冰[10]，期能通過視覺傳播的角度，探索詹冰圖象詩的形式表現，並進一步釐清圖象詩形式外衣下的隱藏意涵。

7　「類圖象」一詞乃筆者沿用丁旭輝的論點，丁旭輝在《臺灣現代詩圖象技巧研究》一書曾言：「『類圖象詩』指的是在一般的非圖象詩中，引入圖象詩的創作技巧，透過文字排列，造成一種視覺上的圖象暗示。」參見丁旭輝，《臺灣現代詩圖象技巧研究》（高雄：春暉，2000），頁20。

8　吳嘉寶，〈影像的文本與其脈絡性信息〉，收錄於《觀看的對話：2002年中華攝影教育學會國際專題學術研討會論文集》（臺北：中華攝影教育學會，2002），頁10-39。

9　詹冰，〈圖象詩與我〉，《笠》，第87期（1978.10），頁60。

10　筆者試圖以圖象觀點來重新詮釋圖象詩，然而，並非所有圖象詩均有強烈的圖象性，有些圖象詩更接近丁旭輝所言的「類圖象詩」，因此筆者選擇企圖結合詩與圖畫的詹冰為研究對象。

二、線條排列

　　康丁斯基在《點線面》一書中，將藝術的構成元素分為三個類型，即點、線、面，其中，點構成線，線又可分為二種形態，一是線條，包含直線、弧線等；二是兩條線組成的角，例如銳角、直角、鈍角等[11]。管見以為，如把文字視為點，則文字排列的形態可視為線，隨著字數多寡與排列方法的差異，也就產生了各式形態的線條，例如詹冰的〈山路上的螞蟻〉[12]，利用長短直線的排列組合，表現螞蟻搬運食物的樣貌：

```
螞　　螞　　螞　　螞　　螞　　螞
蟻　　蟻　　蟻　　蟻　　蟻蝗蟻
螞　　螞　　螞　　螞　　螞蟲螞　　山
蟻蝴蟻　　蟻　　蟻　　蟻的蟻　　路
螞蝶螞　　螞　　螞　　螞大螞　　上
蟻的蟻　　蟻　　蟻　　蟻腿蟻　　的
螞翅螞　　螞蜻螞　　螞　　螞　　螞
蟻膀蟻　　蟻蜓蟻　　蟻　　蟻　　蟻
螞　　螞　　螞的螞　　螞　　螞
蟻　　蟻　　蟻眼蟻　　蟻　　蟻
螞　　螞　　螞睛螞　　螞　　螞
蟻　　蟻　　蟻　　蟻　　蟻　　蟻
```

---

[11] Kandinsky, Wassily著，吳瑪悧譯，《點線面》（臺北：藝術家，2000），頁47-102。
[12] 詹冰原作，莫渝主編，《詹冰詩全集（二）兒童新詩》（苗栗：苗縣文化局，2001），頁85。

〈山路上的螞蟻〉全詩分做三段，每段由三行組成，每一段的第一句與第三句長度相同，錯落其間的第二句則較短，此為該詩的第一層訊息。其次，全詩以螞蟻和昆蟲屍體的部位構成，透過不斷重複的螞蟻，表現出螞蟻們排列成行的樣貌，作者安排「蝗蟲的大腿」、「蜻蜓的眼睛」、「蝴蝶的翅膀」於兩行螞蟻之間，意謂著螞蟻的搬運，此即第二層訊息。再者，韓叢耀在《圖像傳播學》裡談到：「圖像既是意義的傳播，又是意義的製造。」[13]〈山路上的螞蟻〉一詩中的「螞蟻」，正吻合此一特質，「螞蟻」既是圖像也是意義，除了「螞蟻」一詞可用來代表一隻螞蟻外，「螞」跟「蟻」兩字也可各自視為一隻螞蟻；再者，「螞蟻」未必只是一隻螞蟻，李魁賢論及此詩時曾言：「『螞蟻』由於筆劃之多，予人的印象不止是一隻螞蟻，而是一堆螞蟻。」[14]「螞蟻」的多義性即為本詩的第三層訊息。

　　又如詹冰的〈雨〉[15]，並置了相同長度的直線，搭配標點符號的運用，讓圖象詩融入更多繪畫色彩：

---

[13] 韓叢耀，《圖像傳播學》（臺北：威仕曼，2005），頁234。
[14] 詹冰原作，莫渝主編，《詹冰詩全集（三）研究資料彙編》（苗栗：苗縣文化局，2001），頁137。
[15] 詹冰原作，莫渝主編，《詹冰詩全集（一）新詩》（苗栗：苗縣文化局，2001），頁54。

```
雨我雨    雨花雨    雨星雨
雨的雨    雨兒雨    雨星雨
雨詩雨    雨們雨    雨們雨          雨
雨心雨    雨沒雨    雨流雨
雨也雨    雨有雨    雨的雨
雨淋雨    雨帶雨    雨淚雨
⋮濕⋮    ⋮雨⋮    ⋮珠⋮
⋮了⋮    ⋮傘⋮    ⋮麼⋮
。。。    。。。    。。。
```

　　〈雨〉的第一層訊息是結構的組成，此詩由三個段落構成，三段皆齊頭齊尾。第二層訊息為本詩所呈現的律動感，本詩選用「雨」字來代表下雨，在連續出現六個雨字後，接上了刪節號與句點，前述已提及，康丁斯基認為點可以構成線，此處的六個小黑點（即刪節號）之間雖存在空間的分隔，在視覺上仍有建立線條的效果；再者，康丁斯基把線視為「點移動的軌跡」[16]，刪節號裡一連串的小黑點，在視覺上組成了向下移動的線，也因而表現出了雨滴落下的動感；另一方面，刪節號裡的小黑點在形狀上略小於句點，且刪節號為實心，句點為空心，本詩藉由小黑點到小句點的變化，帶來雨滴落下的特寫畫面，句點就彷彿是雨滴到地面後微微散開的形狀。第三層訊息則是詩句傳達的意義性，全詩並非只表現下雨，在雨與雨的包圍中，詩人悠悠寫著「星星們流的淚珠麼」、「花兒們沒有帶雨傘」、「我的詩心也淋濕了」，首段寫對雨的聯想，次

---

[16] Kandinsky, Wassily 著，吳瑪悧譯，《點線面》（臺北：藝術家，2000），頁47。

段寫雨中花景，末段寫詩人的心情，李敏勇曾言此詩是「詩與圖畫的相互結合」[17]，正因為此詩糅合了文字的圖象性與意義性，方能刻劃出情意豐沛的雨景。

經由前述兩篇詩作的討論，我們可以發現，儘管線條排列的圖象技巧看似平凡，但線條排列擁有多種形態，若能巧妙搭配，將能站在繪畫性的基礎，進一步開拓出圖象詩的意義性。此外，值得一提的是，除了排列多種線條的表現手法外，詹冰尚有全詩排成一直線的作品〈Affair〉[18]：

男女7 男女6 男女5 男女4 男女3 男女2 男女1

Affair

〈Affair〉一詩計有二十一行，每行都只有一個字，如前所述，距離相近的點可以被視為線，整首詩乍看之下就好像一條直線，此即第一層訊息。細看其中的結構，則可發覺全詩由不同方向的「男」、「女」兩字與1到7的數字組成，數字一方面代表順序，另一方面亦可以數字作劃分，將此詩分作七個區塊來看待，此為第二層訊息。關於詩名「Affair」，羅青曾說明道：「Affair英文字的原意為『事件』，但在通俗的用法中，可做男女關係或戀愛解。」[19]詩中不斷轉向的男女，正意味著戀愛過程裡的各種情況，面對或者

---

[17] 詹冰原作，莫渝主編，《詹冰詩全集（三）研究資料彙編》（苗栗：苗縣文化局，2001），頁122。

[18] 詹冰原作，莫渝主編，《詹冰詩全集（一）新詩》（苗栗：苗縣文化局，2001），頁68。

[19] 羅青，《從徐志摩到余光中》（臺北：爾雅，1978），頁67。

背對，追求或者被追求；此外，從1到7的順序發展，也可視為一個愛情事件，陳千武即曾以男女之間的情緒變化來詮釋此詩，其認為此詩描述了男女一見鍾情，而後男方追求、女方矜持，再到男方急躁、女方反過頭追求，最終相視而笑的過程[20]，此是本詩的第三層訊息。

三、形狀構成

在康丁斯基的藝術造形論述裡，點可以構成線，線則能組成面，前已論及以線條排列表現為主的圖象詩，以下將進一步探究表現形狀的圖象詩。康丁斯基認為，面的基本形態是方形、三角形以及圓形[21]，底下依序分作方形、三角形、圓形、其他形狀逐一討論。

首先，方形結構的圖象詩有詹冰的〈插秧〉[22]：

插 插 插 插 農	照 照 照 照 水	
在 在 在 在 夫	映 映 映 映 田	插
藍 白 青 綠 在	著 著 著 著 是	秧
天 雲 山 樹 插	綠 青 白 藍 鏡	
上 上 上 上 秧	樹 山 雲 天 子	

---

[20] 詹冰原作，莫渝主編，《詹冰詩全集（三）研究資料彙編》（苗栗：苗縣文化局，2001），頁210-211。

[21] Kandinsky, Wassily著，吳瑪悧譯，《點線面》（臺北：藝術家，2000），頁103-134。

[22] 詹冰原作，莫渝主編，《詹冰詩全集（一）新詩》（苗栗：苗縣文化局，2001），頁52。

〈插秧〉一詩看來，是由兩塊方正的結構所組成，此為第一層訊息。方形結構的方正面貌，雖能塑造平衡、對稱之感，比起其他形狀，仍不免顯得較為平淡[23]，然而，細看兩塊方正結構的構成元素，我們可以窺見置身其間的細膩安排，其不只是外觀上字數與行數相同，在內部結構中更是多見巧思，誠如孟樊所言：「不論是從形式或內容而言，此詩均以兩兩相對的對比（contrast）方式（如動←→靜、遠←→近）來呈現如圖畫般的畫面。」[24]此外，第一部分連用四個「照映」，與第二部分連用四個「插在」，無形中成為一種對照，提高了兩段詩的同質性，此是〈插秧〉的第二層訊息。其次，在第一段中，出場順序為：藍天、白雲、青山、綠樹，到了第二段，則彷彿鏡中是世界一般，順序顛倒為：綠樹、青山、白雲、藍天，正好呼應了「水田是鏡子」；再者，蔡信德曾評析此詩：「因出現農夫在插秧，遂使這幅畫有了生命的律動。」[25]詩人在「農夫在插秧」後，寫著「插在藍天上」等詩句，一來表現了新意，二來也有暗示作用，作者不明說農夫在水田上插秧，而是先描述水田照映出怎樣的景象，再提及農夫的秧苗就恰恰插在這些景物上，藉以暗示農夫其實就在水田上插秧，此即第三層訊息。

　　另一方面，除了面的基礎形態外，形狀本身也可以進行變造，塑造出更多元的視覺效果，如〈我的桃花源〉[26]，以方形為基礎，進一步做了挖空的變化，全詩如下：

---

[23] 劉立行、沈文英合著，《視覺傳播》（臺北縣：空大，2001），頁281。

[24] 孟樊，〈承襲期臺灣新詩史（下）〉，《臺灣詩學學刊》，第6號（2005.11），頁93。

[25] 詹冰原作，莫渝主編，《詹冰詩全集（二）兒童新詩》（苗栗：苗縣文化局，2001），頁234。

[26] 陳幸蕙編，《小詩星河：現代小詩選2》（臺北：幼獅，2007），頁206。

```
川 林 林 林 林 林 林 林
川 桃 桃 桃 桃 桃 桃 林          我
川 田 田 田 田 田 田 桃          的
川 田 田 舍 舍 舍 田 桃          桃
川 田 田 花   花 田 桃          花
川 田 田 花 花 花 田 桃          源
川 田 田 田 田 田 田 桃
川 田 田 田 田 田 田 桃
```

〈我的桃花源〉的第一層訊息是此詩的方形結構，全詩字運用相同長度的句子組合成為八字九行的長方形。第二層訊息為文字圖示的效果，本詩多用「反覆」來處理文字，「反覆」此一表現手法可帶給讀者重複感知，繼而強化印象[27]，〈我的桃花源〉藉由重複排列的文字來表現景物的空間配置，帶給讀者鮮明的圖象感，誠如陳幸蕙所言：

> 此詩有三種閱讀法：從中間依次往外圍看、從外圍逐層向中心瀏覽、從高處鳥瞰全景。而不論何種讀法，都會發現詹冰的「桃花源」是中央三房格局，主建築前有一花園圍繞之廣場，花園房舍外，作物盈疇，遠處則由桃花叢、碧樹林、清溪流環抱此寧謐生活空間。[28]

---

[27] 林金台，《美感形式機能的作用與發展》（高雄：高雄復文，2006），頁261。
[28] 陳幸蕙編，《小詩星河：現代小詩選2》（臺北：幼獅，2007），頁208。

細看〈我的桃花源〉的文字內容，可理解桃花源的景物配置，詩人安排屋舍坐落於田園間，屋前有著花叢，田外是一片桃林與川流不息的小溪。第三層訊息是本詩的隱喻，本詩以〈我的桃花源〉為題，詩中卻未見人影，在詩中留有一格空白，可能是「我」的立足之地，然而，詩人卻選用空格而不讓「我」走入桃花源中，或許詩人所意圖拋出的不是桃花源的夢想，而是通過「我」的缺席，揭示出「桃花源」的不存在。

　　其次，詹冰圖象詩作中也有三角形結構的作品，如〈三角形〉[29]：

角

你邊再

你看角有富　　　　　　　　三

數看色邊彈於充　　　　　　角

哲學埃散角韌積滿角　　　　形

宇學美及七邊性極朝角但

神宙的學的彩循變性氣相邊三

哦聖精完的金的環化發和呼邊邊那

三妳象神美精字稜不無展活相相三只角

形角的徵的像華塔鏡息窮性力應關角是形三

　　〈三角形〉的第一層訊息是整體結構的感覺，全詩的形狀為一個等腰三角形，等腰三角形擁有左右對稱的外觀，在視覺上傳達出平衡與穩定的感覺[30]。第二層訊息為畫面的精心安排，此詩不單

---

[29] 陳幸蕙編，《小詩星河：現代小詩選2》（臺北：幼獅，2007），頁207。

[30] Lester, Paul Martin著，田耐青等譯，《視覺傳播》（臺北：雙葉書廊，2003），頁38。

形狀上是三角形，內容上也多用「三角形」，首先，在三角形的左右兩側，各是一個由「三角形」字樣拼成的小型直角三角形；其次，整個大三角形的三個角，同樣由「三」、「角」、「形」字樣組成。第三層訊息則是詩作的內涵，依序閱讀三角形的文字內容，可以發現，全詩起於三角形，終於三角形，陳幸蕙曾評價此詩是：「以絕對的理性始，以無比的感性終。」[31]此詩前半以三角形的角與邊為書寫對象，後半以三角形的實物為描述對象，從三稜鏡到金字塔，再到「妳的三角形」，由色彩科學轉進建築美學，最末以充滿想像性的「妳的三角形」做結。

再者，圓形結構的圖象詩如詹冰的〈自畫像〉[32]：

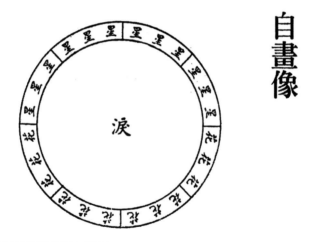

---

[31] 陳幸蕙編，《小詩星河：現代小詩選2》（臺北：幼獅，2007），頁208。

[32] 〈自畫像〉一共有四個版本，呂興昌於〈知性與計算：詹冰詩評析〉中對此有詳細的析論，可參見呂興昌，〈知性與計算：詹冰詩評析〉，收錄於鄭炯明編，《越浪前行的一代：葉石濤及其同時代作家文學國際學術研討會論文集》（高雄：春暉，2002），頁267-270。本文選用《詹冰詩全集（一）新詩》收錄的版本，與《綠血球》中收錄的版本相同。詹冰原作，莫渝主編，《詹冰詩全集（一）新詩》（苗栗：苗縣文化局，2001），頁69。

〈自畫像〉同時運用了字與圖，全詩由一個雙圓圈的圖和安置其中的字組成，此為第一層訊息。韓叢耀在《圖像傳播學》中對圓形的闡述為：「圓形的邊線無首尾之別。」[33]正因圓形沒有一個明確的起始點，閱讀此詩的方式也就隨之多樣化，全詩僅有二十五個字，卻擁有多種任意讀法；其次，詩中只出現「星」、「淚」、「花」三字，「星」與「花」各出現十二次，每三字成為一個區塊，「星」在上，「花」在下，各佔去半圓的位置，而「淚」置於正中央，被「星」與「花」所圍繞，「淚」雖只出現一次，在字體上卻比「星」與「花」大，且坐落於全詩中心，因而成為視覺焦點，圍繞在「淚」旁的空白，也發揮了突顯的功能，強化了詩中的「淚」，此是第二層訊息。燦爛的星光與美麗的花朵是美好的事物，淚水則是悲傷的情緒，本詩題為〈自畫像〉，並非人物肖像，而是人生的自畫像，藉由「星」與「花」象徵人生中的美妙時光，以「淚」表示人生中的情感起伏，此為本詩的第三層訊息；此外，莫渝評析「星」、「淚」、「花」的排列為：「顯示一天二十四小時心情變化的狀態。」[34]亦是此詩符號性意義的一種詮釋。

　　除了前述方形、三角形、圓形的基本結構外，圖象詩在形狀構成方面，其實擁有相當豐富的表現，例如詹冰的〈水牛圖〉[35]，利用文字的排列組合來呈現出一頭水牛：

---

[33] 韓叢耀，《圖像傳播學》（臺北：威仕曼，2005），頁271。

[34] 詹冰原作，莫渝主編，《詹冰詩全集（三）研究資料彙編》（苗栗：苗縣文化局，2001），頁273。

[35] 詹冰原作，莫渝主編，《詹冰詩全集（一）新詩》（苗栗：苗縣文化局，2001），頁142-143。

黑

水牛圖

```
只 永 時 水 傾 以 眼 水 一 角 不 水 夏 等 同 擺
等 　 遠 間 牛 聽 複 球 牛 直 質 懂 牛 天 波 心 動
待 　 不 與 忘 歌 胃 看 以 吹 的 阿 浸 的 長 圓 黑
等 　 來 自 卻 聲 反 太 芻 過 小 幾 在 太 的 的 字
待 　 的 己 炎 蟬 芻 空 在 思 括 米 水 陽 橫 波 型
再 　 東 而 熱 聲 寂 想 號 中 之 樹 波 紋 的
等 　 西 默 與 以 寞 雲 中 之 原 但 葉 上 臉
待 　 然 及 的 風 間 理 在 繼
！ 　 　 等 無 的 跳 續
　 　 待 聲 扭 地
　 　 也 之 扭 擴
　 　 許 聲 舞 開
```

〈水牛圖〉文如其名，透過文字帶給讀者一幅水牛圖象，此為第一層訊息，羅青即曾談到：「全詩排列成一個近乎幾何型態的牛之形象，使內容與形式相互配合。」[36]此外，丁旭輝認為〈水牛圖〉充分發揮了漢字的圖象基因與建築特性[37]，細看此詩的結構組成，可以發現，全詩未分段落，前三行雖只有三個字，卻表現出了牛的臉，第五、七、十五、十七行的句子比其他詩句長，用來表示水牛的四隻腳，而倒數兩行是尾巴，作者巧妙的位置安排配上最末的驚嘆號，不僅展現出尾巴下垂的視覺效果，也塑造出尾巴的細長感，至於水牛的腹部，亦可窺見作者巧思，第八行到十四行是牛的

36　羅青，《從徐志摩到余光中》（臺北：爾雅，1978），頁267。
37　丁旭輝，《臺灣現代詩圖象技巧研究》（高雄：春暉，2000），頁33。

肚子，作者運用一字之差的句長差別，讓整個牛肚成為一個圓弧，整頭水牛也因而更生動；再者，作者在形式上以「黑」來表示水牛的臉，蕭蕭曾言：

> 在詹冰的〈水牛圖〉中，粗黑體的「黑」字，在字義上雖保留了水牛毛色的「灰黑」本義，卻在圖象上擴展可能，以「黑」字上半的兩框、兩點，局部特寫活靈靈的牛眼，以「黑」字中間的豎筆象徵牛鼻，以「黑」字橫筆兩畫，描繪扁平的牛嘴，「黑」字下面四點自然形成不短不長的牛鬚。在〈水牛圖〉中，「黑」不只是黑，而是新而獨立的詩人創作時的傳播媒介。[38]

　　除了第二句詩句以「黑」表現水牛的臉，第四行詩句也以「黑字型的臉」來形容水牛，有著前後呼應的效果，此為第二層訊息。另一方面，整首詩由水牛寫起，先談水牛的形象，繼談水牛的內心，最末點出「等待等待再等待」，表面上是寫水牛，實質上是作者個人心情的抒發，此即第三層訊息。

　　關於圖象詩的形象構成，經由前述詩例的分析，我們可以發現，雖然方形、三角形都只是形狀的基本形態，卻已能營造出獨立的畫面，賦予詩作更多想像空間，再者，如能掌握基本形狀的特性，加以變造或是組合，則可提供更豐富的圖象效果。

---

[38] 蕭蕭，〈旋與炫：臺灣後現代新詩的跨界越位〉，收錄於徐照華主編，《臺灣文學傳播全國學術研討會論文集》（臺中：興大臺文所，2006），頁270。

四、小結

　　本研究借用視覺傳播理論，期能挖掘出圖象詩的多層意涵，本研究的論述脈絡以康丁斯基的「點線面」進行延伸，因此，在文本的挑選上，以能配合點線面論述者為優先，不免有理論先行之缺失，也因而與某些精采的圖象詩創作擦身而過，然而，本文的重心並非是要對圖象詩做一全面性的研究，而是希望能夠提供一個新的視點來看圖象詩，以期能更貼近圖象詩的圖象意義與文字意涵。

　　文學往往是先意而後象，文字所能表現的想像空間相當廣，加上中國文字本身的美感，更增添了圖象效果，甚至可以說，文字本身就具備了圖象性，從意生象，由象表意，究竟文字轉化為圖象後，是否能夠展現出不同於文字論述的情意效果，是本研究所欲探索的課題，莫渝曾評價詹冰的圖象詩可稱為臺灣圖象詩的範例[39]，通過前述對詹冰圖象詩的析論，正可驗證此一評價，白萩曾經談到：「圖象詩的特性，在混合著『讀』與『看』的經驗。」[40]圖象詩兼具了文字與圖象的特性，因此不僅可「看」到形式與結構的美感，也能「讀」到文字所表現的作品內涵，經由前述詩作的討論，我們可以發覺，詹冰的圖象詩在外在形式與內在意義間均建立起連結，也因此避免了圖象詩淪為拼字成圖之遊戲的危機，成為有別於一般文字表述，甚至情意暗示作用能更勝於文字的創作模式。康丁斯基曾言：「一個『美麗的』作品，必然是內外兩個元素依法則

---

[39] 詹冰原作，莫渝主編，《詹冰詩全集（二）兒童新詩》（苗栗：苗縣文化局，2001），頁216。

[40] 白萩，〈由詩的繪畫性談起〉，收錄於張漢良、蕭蕭編，《現代詩導讀》（臺北：故鄉，1982），頁113。

地結合。」[41]詹冰的圖象詩之所以成功，正是因為其在以字表象之餘，對於文字與圖象雙方面均有著墨，也因此才能超越圖象形式，擁有更多元的詮釋可能。

---

[41] Kandinsky, Wassily著，吳瑪俐譯，《藝術與藝術家論》（臺北：藝術家，1998），頁59。

引用書目

・專書

丁旭輝，《臺灣現代詩圖象技巧研究》（高雄：春暉，2000）。

白萩，〈由詩的繪畫性談起〉，收錄於張漢良、蕭蕭編，《現代詩
　　導讀》（臺北：故鄉，1982），頁107-129。

吳嘉寶，〈影像的文本與其脈絡性信息〉，收錄於《觀看的對話：
　　2002年中華攝影教育學會國際專題學術研討會論文集》（臺
　　北：中華攝影教育學會，2002），頁10-39。

呂興昌，〈知性與計算：詹冰詩評析〉，收錄於鄭炯明編，《越浪
　　前行的一代：葉石濤及其同時代作家文學國際學術研討會論文
　　集》（高雄：春暉，2002），頁257-278。

林金台，《美感形式機能的作用與發展》（高雄：高雄復文，
　　2006）。

陳幸蕙編，《小詩星河：現代小詩選2》（臺北：幼獅，2007）。

詹冰原作，莫渝主編，《詹冰詩全集（一）新詩》（苗栗：苗縣文
　　化局，2001）。

詹冰原作，莫渝主編，《詹冰詩全集（二）兒童新詩》（苗栗：苗
　　縣文化局，2001）。

詹冰原作，莫渝主編，《詹冰詩全集（三）研究資料彙編》（苗
　　栗：苗縣文化局，2001）。

劉立行、沈文英合著，《視覺傳播》（臺北縣：空大，2001）。

蕭蕭，〈旋與炫：臺灣後現代新詩的跨界越位〉，收錄於徐照華主
　　編，《臺灣文學傳播全國學術研討會論文集》（臺中：興大臺

文所，2006），頁263-282。

韓叢耀，《圖像傳播學》（臺北：威仕曼，2005）。

羅青，《從徐志摩到余光中》（臺北：爾雅，1978）。

Kandinsky, Wassily著，吳瑪俐譯，《藝術與藝術家論》（臺北：藝術家，1998）。

Kandinsky, Wassily著，吳瑪俐譯，《點線面》（臺北：藝術家，2000）。

Lester, Paul Martin著，田耐青等譯，《視覺傳播》（臺北：雙葉書廊，2003）。

・期刊

孟樊，〈承襲期臺灣新詩史（下）〉，《臺灣詩學學刊》，第6號（2005.11），頁79-105。

岩上，〈論詩的繪畫性〉，《創世紀》，第37期（1974.07），頁54-68。

詹冰，〈圖象詩與我〉，《笠》，第87期（1978.10），頁58-62。

・學位論文

陳思嫻，《臺灣現代圖象詩研究》（嘉義縣：南華大學文學研究所碩士論文，2004）。

程秀芬，《臺灣童詩圖象技巧之研究》（臺北：國立臺北教育大學課程與教學研究所語文教學碩士班碩士論文，2005）。

情絲不斷，情詩不斷
——席慕蓉詩作的雨意象

一、前言

被譽為「荷蘭藝術三傑」之一的維梅爾（Jan Vermeer，1632-1675），喜歡捕捉生活的片段，他的畫作常常聚焦在日常生活的一瞬間，與其說他在敘事，不如說他在刻劃一段凝結的時間。維梅爾幾乎一生都在描繪類似的題材，「一幅單純平實的圖，成為古今最特出的傑作之一」。[1]兼具畫家與詩人身分的席慕蓉（1943-），就像是現代詩壇的維梅爾，她書寫生命的曾經，為看似平凡的時間點綴上詩意的色彩，誠如柯慶明所言，席慕蓉的詩是「當下的美好」轉化為「永恆的記憶」。[2]

席慕蓉自言，她是挑出生活裡最珍貴的部分來書寫。[3]她沒有華麗的技巧，但純熟的語言、真摯的情感早已自成一家，蕭蕭即曾評價：「他的詩是一個獨立的世界，自生自長，自圖自詩」，[4]

---

[1] E. H. Gombrich著，雨云譯，《藝術的故事》（臺北：聯經出版事業公司，1997修訂版），頁433。

[2] 王靜禪，〈將美好化成永恆的記憶——席慕蓉V.S.柯慶明〉，《文訊》，第247期（2006.05），頁78。

[3] 夏祖麗，〈一條河流的夢：席慕蓉訪問記〉，《新書月刊》，第8期（1984.05），頁18。

[4] 蕭蕭，〈綻開愛與生命的花街——評席慕蓉詩集「七里香」〉，《明道文藝》，第69

「她的出現與成功，都不應該是偶然。」[5]陳素琰認為：「在她平易和溫柔的外表中蘊含著深刻和深沉；在她的純情的歡愉之中包含著曠古的悲哀。」[6]張默也說：「席慕蓉的作品，給予讀者的感受是多面的，而為她獨自描摹的經驗世界，也是盡在不言中。」[7]

維梅爾「擅長發現百姓生活中的詩意，刻畫出小市民生活的安謐寧靜的氣息」，[8]此一特徵與席慕蓉不謀而合，然而不同的是，維梅爾一生創作的繪畫數量不多，作品在當時並不熱門，席慕蓉跨足美術、現代詩、散文，不僅創作量豐富，1981年大地出版的首本詩集《七里香》，更是甫推出就創下一年再版七次的紀錄。[9]詩集的暢銷為席慕蓉帶來兩極的評價，詩壇有人肯定她的崛起，也有人形容她的詩作是「有糖衣的毒藥」，[10]這股席慕蓉風潮更成為學者眼中的「席慕蓉現象」，孟樊、楊宗翰、沈奇、陳政彥等人都曾撰文析論。[11]

這位暢銷作家深受青年研究者的喜愛，臺灣至今已有十六本學位論文以席慕蓉為評述對象，文學研究者聚焦於她的詩作或散文，

期（1981.12），頁93。

5　蕭蕭，〈青春無怨，新詩無怨──論席慕蓉〉，《現代詩學》（臺北：東大，2006增訂二版），頁430。

6　陳素琰，〈不敢為夢終成夢──席慕蓉的藝術魅力〉，收錄於席慕蓉，《席慕蓉世紀詩選》（臺北：爾雅出版社，2000），頁32。

7　張默編，〈席慕蓉詩選〉，《剪成碧玉葉層層》（臺北：爾雅出版社，1981），頁183。

8　何政廣主編，《維梅爾》（臺北：藝術家出版社，1998），頁8。

9　張默、蕭蕭主編，〈席慕蓉（一九四三──）〉，《新詩三百首1917-1995（上）》（臺北：九歌出版社，2007），頁567。

10　渡也，〈有糖衣的毒藥──評席慕蓉的詩〉，《新詩補給站》（臺北：三民書局，2001），頁23。

11　孟樊，〈臺灣大眾詩學──席慕蓉詩集暢銷現象-上-〉，《當代青年》，第6期（1992.01），頁48-52；孟樊，〈臺灣大眾詩學──席慕蓉詩集暢銷現象-下-〉，《當代青年》，第7期（1992.02），頁52-55；楊宗翰，〈詩藝之外──詩人席慕蓉與「席慕蓉現象」〉，《竹塹文獻雜誌》，第18期（2001.01），頁64-76；沈奇，〈重新解讀「席慕蓉詩歌現象」〉，《文訊》，第201期（2002.07），頁10-11；陳政彥，〈「席慕蓉現象論爭」析論〉，《臺灣詩學學刊》，第7期（2006.05），頁133-152。

探討其書寫主題與技巧；音樂領域研究者以席慕蓉被譜曲的作品為觀察範圍，揭示詩與樂的交響；外文研究者則透過翻譯席慕蓉詩作，開拓文學翻譯的多元面貌。值得一提的是，就連新加坡國立大學的碩士生也選擇席慕蓉詩作當研究主題，探索其從懷鄉到尋根的原鄉追尋。[12]

　　丁旭輝指出，提到情詩，大家最先想到的就是鄭愁予的〈錯誤〉和席慕蓉〈一棵開花的樹〉。[13]被選入高中國文課本的詩作〈一棵開花的樹〉，是席慕蓉膾炙人口的代表作，綻放的花朵是五百年來的殷殷期盼，顫動的樹葉是為了迎接等待的那個人。花與樹都是席慕蓉詩作經常使用的意象，此外，她的詩作不乏水意象，舉凡〈時光的河流〉、〈海的疑問〉、〈寫給海洋〉、〈在黑暗的河流上〉、〈流水〉、〈瑪瑙湖〉、〈漂泊的湖〉、〈父親的草原母親的河〉等詩，詩題即可窺見河流、海洋與湖泊的印記，楊錦郁在〈一條新生的母河──閱讀席慕蓉〉一文中，便曾論及：「席慕蓉的作品裡常常出現『河』的意象，這河，或是地理上的，或是時間上，或是心靈上，無論如何，隨著她筆下的河域，我們穿過了蒙古草原，走進了她生命的長河」。[14]

　　不只是「河」意象在詩中頻繁出現，水意象的另一個面貌「雨」，同樣是席慕蓉詩作的重要意象，七本詩集共可見到52次雨，計43首詩使用，平均每9首詩就有1首詩作出現雨意象（詳參附

---

[12] 張萱萱，《邊緣獨嘶的胡馬：析論席慕蓉詩學中無怨的尋根情結》（新加坡：新加坡國立大學中文系碩士論文，2007），網址http://scholarbank.nus.edu.sg/bitstream/handle/10635/13424/01TiongSS.pdf?sequence=3，2015年5月21日瀏覽。

[13] 丁旭輝，〈聆聽開花的樹──談席慕蓉的情詩〉，《左岸詩話》（臺北：爾雅出版社，2002），頁25。

[14] 楊錦郁，〈一條新生的母河──閱讀席慕蓉〉，收錄於席慕蓉：《我折疊著我的愛》（臺北：圓神出版社，2005），頁204。

錄表1）。本文嘗試聚焦於席慕蓉詩作雨意象，爬梳詩人如何結合雨絲與雨思，將短暫的雨景化為永恆的情詩。

二、以雨為名

《七里香》、《無怨的青春》、《時光九篇》、《邊緣光影》、《迷途詩冊》、《我摺疊著我的愛》、《以詩之名》七本詩集合計運用了52次雨（詳參附錄表2），其中，〈雨中的了悟〉、〈流星雨〉、〈雨夜〉、〈雨後〉、〈雨季〉、〈雨中的山林〉六首詩，不只是詩作使用雨意象，詩題更以「雨」命名。

〈流星雨〉用流星雨來比擬愛情的短暫，吳奇穆論及此詩時，即指出：「『年輕的愛』真如『一場』流星雨，留下了願望，來不及實現」。[15]「流星雨」雖然不是天氣現象的降雨，卻結合了流星和雨的形象，傳達了速度感以及如雨般的不確定，年輕的心總以為愛情「會有長長的相聚」，[16]殊不知「原來只能像一場流星雨」，[17]稍縱即逝。

在〈雨季〉一詩裡，面對愛情凡事小心翼翼，一切努力只為了不讓對方厭倦愛情與自己，然而，「幸福與遺憾原是一體的兩面」，[18]愛戀終究成為過去式，回憶如同春雨，淅淅瀝瀝灑落心頭，詩人幽幽寫道：「這綿延不斷的春雨　終於會變成／我心中一切溫潤而又陰冷的記憶」，[19]不斷降落的雨正如內心湧動的思緒，

---

[15] 吳奇穆，《席慕蓉愛情詩研究》（宜蘭縣：佛光大學文學系碩士論文，2010），頁165-166。

[16] 席慕蓉，〈流星雨〉，《時光九篇》（臺北：圓神出版社，2006），頁34。

[17] 席慕蓉，〈流星雨〉，《時光九篇》（臺北：圓神出版社，2006），頁35。

[18] 席慕蓉，〈雨季〉，《時光九篇》（臺北：圓神出版社，2006），頁149。

[19] 席慕蓉，〈雨季〉，《時光九篇》（臺北：圓神出版社，2006），頁149。

陰冷中仍然帶著些許溫暖。到了〈雨夜〉，雨依舊下著，始終無法忘情的戀人「總覺得你還在什麼地方靜靜等待著我」，[20]於是「回顧　向雨絲的深處」，[21]斜落的雨絲是孤獨的情境，也是愛情的淚痕。喬家駿形容此詩是「淒涼記憶凝縮而成的圖畫」，[22]透過雨景強化冷清的氛圍，展現孤寂與依戀過去的心情。

〈雨中的了悟〉寫別離之憂傷，亦寫對愛情的眷戀：

> 如果雨之後還是雨
> 如果憂傷之後仍是憂傷
>
> 請讓我從容面對這別離之後的
> 別離　微笑地繼續去尋找
> 一個不可能再出現的　你[23]

首段透過雨的綿延，展現憂傷的不斷蔓延，到了第二段，詩人筆鋒一轉，提出祈使句「請讓我從容面對這別離之後的／別離」，然而詩中我並非真正從容，而是期許自己能夠微笑以對，繼續尋覓不可能再出現的心上人。明知那個人不可能出現，卻還是執意尋找，看似矛盾的結局突顯著分離的悲傷，詩名題為「雨中的了悟」，未必是真正了悟，反而更像是認命，認清自己在愛情裡無法自拔的現實。

---

20 席慕蓉，〈雨夜〉，《時光九篇》（臺北：圓神出版社，2006），頁49。
21 席慕蓉，〈雨夜〉，《時光九篇》（臺北：圓神出版社，2006），頁49。
22 喬家駿，〈淺論席慕蓉「詩畫一體」的詩歌特色〉，《問學》，第10期（2006.06），頁240。
23 席慕蓉，〈雨中的了悟〉，《無怨的青春》（臺北：圓神出版社，2000），頁193。

張默曾指出，對愛情的歌頌、對青春的詠嘆、對生命的禮讚，是席慕蓉詩作常見題材。[24]在以雨為名的作品中，除了愛情的滋味，亦不乏人生感懷之作，例如〈雨中的山林〉，詩人透過情景交融，表達對歲月與回憶的珍惜：

　　　雲霧已逐漸掩進林中
　　　此去的長路上　　雨潤煙濃
　　　所有屬於我的都將一去不還
　　　只留下　　在回首時

　　　這滿山深深淺淺的悲歡[25]

　　前兩句寫景，藉由雲霧的前行暗示詩中我的旅程，飄入林中的雲霧為路途帶來陣雨，前程充滿未知。「雨潤煙濃」可能是現實的細雨濛濛與大霧瀰漫，也是淚水滑落、青春流逝、回憶浮現的象徵，縱使時光總在指縫間溜走，但每一次回顧來時鴻爪足跡，心頭仍會響起「深深淺淺的悲歡」，悲與喜都是生命的一部分，那些好與壞的曾經，都是繼續前進的力量。「回望」是席慕蓉的創作基調，她自言，或許當下無法明白，「一定要等到很久的明日以後，我才能看清楚那些被我不斷錯過的『當下』」。[26]

　　同樣描寫生活感悟，〈雨後〉則多了一分豁達：

---

[24] 張默，〈感覺與夢想齊飛——試評席慕蓉「無怨的青春」〉，《文訊》，第1期（1983.07），頁89。

[25] 席慕蓉，〈雨中的山林〉，《時光九篇》（臺北：圓神出版社，2006），頁158。

[26] 紫鵑，〈草原上的牧歌——專訪詩人席慕蓉女士〉，《乾坤詩刊》，第60期（2011.10），頁13。

生命　其實也可以是一首詩

如果你能讓我慢慢前行

靜靜盼望　搜尋

懷帶著逐漸加深的暮色

經過不可知的泥淖

在暗黑的雲層裡

終於流下了淚　為所有

錯過或者並沒有錯過的相遇

生命　其實到最後總能成詩

在滂沱的雨後

我的心靈將更為潔淨

如果你肯等待

所有飄浮不定的雲彩

到了最後　終於都會匯成河流[27]

　　詩人相信生命如詩，因此她說：「生命　其實也可以是一首詩」。儘管第一段的「如果」，道出了內心的不確定，但走過「逐漸加深的暮色」、「不可知的泥淖」、「暗黑的雲層」，流過惋惜的眼淚，詩人堅定地表示：「生命　其實到最後總能成詩」。每個人的生命都是一首獨一無二的樂曲，有高音也有低音，不論是激昂或者低迴，我們都在演奏自己的旋律，「在滂沱的雨後／我的心靈

27　席慕蓉，〈雨後〉，《時光九篇》（臺北：圓神出版社，2006），頁78-79。

將更為潔淨」，困頓終會雨過天晴，過去的堅持和努力「都會匯成河流」。

三、雨與淚的重奏

　　孟樊曾論及，席慕蓉的情詩唯美而悲觀，[28]李翠瑛則認為，席慕蓉的詩往往並存著悲與喜的矛盾情思，[29]在前述六首以雨為名之詩作中，即可窺見此一特徵。展讀席慕蓉詩作，映入眼簾的有「細細的細細的雨」、[30]「滿池的煙雨」、[31]「綿延不斷的春雨」，[32]還有「從雲到霧到雨露」[33]的形變，甚至「淚落如雨」。[34]值得注意的是，席慕蓉運用雨意象的詩作，常常伴隨淚意象同時出現，例如〈異域〉、〈山月——舊作之三〉、〈去夏五則〉、〈契丹舊事〉、〈父親的草原母親的河〉，雨和淚並存在同一行詩句；又如〈藝術家〉，雨以及淚出現在同一個段落；其他像是〈彩虹的情詩〉、〈淚‧月華〉、〈雨後〉、〈詩中詩〉、〈寂靜的時刻〉等詩，也都使用到雨意象和淚意象。[35]

---

[28] 孟樊，〈無怨無尤的青春與愛：讀席慕蓉的詩〉，《臺北評論》，第6期（1988.08），頁73。

[29] 李翠瑛，〈鄉愁與解愁——解讀臺灣女詩人席慕蓉詩中的歷史圖象〉，《臺灣詩學學刊》，第9期（2007.06），頁192。

[30] 席慕蓉，〈禪意——之一〉，《無怨的青春》（臺北：圓神出版社，2000），頁147。

[31] 席慕蓉，〈藝術家〉，《無怨的青春》（臺北：圓神出版社，2000），頁126。

[32] 席慕蓉，〈雨季〉，《時光九篇》（臺北：圓神出版社，2006），頁149。

[33] 席慕蓉，〈雕刀——給立霧溪〉，《以詩之名》（臺北：圓神出版社，2011），頁95。

[34] 席慕蓉，〈契丹舊事〉、〈父親的草原母親的河〉，《我折疊著我的愛》（臺北：圓神出版社，2005），頁91、頁126。

[35] 與「淚」意象類似的還有「哭」，同時運用雨意象和哭的有〈禪意——之一〉、〈請別哭泣〉、〈英雄噶爾丹（一六四四——一六九七）〉、〈英雄哲別（？——一二二四）〉四首詩。

〈異域〉一詩訴說異鄉學子的思鄉之情，隻身前往異國求學，箇中滋味總是自己最明白，望著熙來攘往的人群，內心不免更感寂寞，「我孤獨地投身在人群中／人群投我以孤獨」，[36]不只是孤獨心境的投射，亦是知音難覓的感嘆，行人雖多，卻沒有人懂遊子的心情。詩末寫道：「細雨霏霏　不是我的淚／窗外蕭蕭落木」，[37]一方面藉由細雨及樹葉的飄落，傳達內心的惆悵，另一方面，「細雨霏霏　不是我的淚」是潸然落淚的正話反說，細雨、淚水、落葉情景交融，勾勒出詩中我濃厚的離愁。「蕭蕭落木」是杜甫「無邊落木蕭蕭下，不盡長江滾滾來」的轉化，同樣描寫漂泊的哀愁，不同的是，杜甫用長江的寬闊凸顯人的渺小，席慕蓉以雨作為媒介，「細雨」意味著情感的內斂，雨絲的形體暗示就如同淚水的滑落。再者，「蕭蕭」是風吹過樹葉的旋律、也是雨拂過樹葉的聲響，更是葉子飄落的聲音，搭配上細雨霏霏的節奏，每一個音符都敲打著遊子對家的想念。

誠如向陽所言，席慕蓉「是詩人，也是叩問鄉關何處的旅人」。[38]蒙古是席慕蓉一生追尋的原鄉，最初她僅能透過長輩們的隻字片語，在腦中勾勒故鄉的面貌，直到解嚴後才真正踏上蒙古高原。詩作〈父親的草原母親的河〉寫的正是席慕蓉與蒙古之間切不斷的情感，「從小一直刻在心裡的故鄉，在詩人的眼前呈現著它的魅力」：[39]

---

36 席慕蓉，〈異域〉，《七里香》（臺北：圓神出版社，2000），頁46-47。
37 席慕蓉，〈異域〉，《七里香》（臺北：圓神出版社，2000），頁47。
38 向陽，〈我想叫她穆倫·席連勃〉，《印刻文學生活誌》，第136期（2014.12），頁80。
39 曹雅芝，《席慕蓉鄉愁詩中的離鄉與還鄉——從文化心理視角的論析》（臺北：銘傳大學應用中國文學系碩士班碩士論文，2013），頁120。

如今終於見到這遼闊大地

站在芬芳的草原上我淚落如雨

河水在傳唱著祖先的祝福

保佑漂泊的孩子找到回家的路[40]

　　走在回家的路上，看見父親口中的草原，詩人內心的激動不可言語，「淚落如雨」不只是鄉愁的悸動，更銜接起下一句的「河水」，蒙古人逐水草而居，對水充滿崇敬，如雨的淚水，何嘗不是盼望蒙古草原生生不息的祝福。

　　〈淚‧月華〉始於淚也終於淚，首段「忘不了的　是你眼中的淚／映影著雲間的月華」，[41]銜著思念的眼淚觀看世界，彷彿萬物都沾上淚珠，也難怪「夜夜總是帶淚的月華」。[42]次段不寫淚、改寫雨：「昨夜　下了雨／雨絲侵入遠山的荒塚／那小小的相思木的樹林／遮蓋在你墳山的是青色的蔭」，[43]淚光與月光至此轉化為昨夜的雨，雨絲走過相思林，象徵著我對你的思念如淚、相思成蔭。〈淚‧月華〉是對已逝愛人的想念，也是對逝去時光的緬懷，面對感傷，席慕蓉沒有聲嘶力竭地吶喊，而是輕輕柔柔地描摹著：「讓野薔薇在我們身上開花／讓紅胸鳥在我們髮間築巢／讓落葉在我們衣褶裡安息」，[44]由景入情，展現席慕蓉「淡筆點到為止」[45]的風格。輕描淡寫的特色也表現在〈彩虹的情詩〉一詩中，縱使記憶與

---

[40]　席慕蓉，〈父親的草原母親的河〉，《我折疊著我的愛》（臺北：圓神出版社，2005），頁126-127。
[41]　席慕蓉，〈淚‧月華〉，《無怨的青春》（臺北：圓神出版社，2000），頁72。
[42]　席慕蓉，〈淚‧月華〉，《無怨的青春》（臺北：圓神出版社，2000），頁75。
[43]　席慕蓉，〈淚‧月華〉，《無怨的青春》（臺北：圓神出版社，2000），頁72。
[44]　席慕蓉，〈淚‧月華〉，《無怨的青春》（臺北：圓神出版社，2000），頁74。
[45]　鄭慧如，〈淡筆閒情〉，《中央日報》（2002.09.12），第14版。

淚水如「暴雨滂沱」，[46]發覺彼此錯過的詩中我，也只是「把含著淚的三百篇詩　寫在／那逐漸雲淡風輕的天上」。[47]

四、雨時俱進

　　向陽指出，自第三本詩集《時光九篇》起，席慕蓉「開始探究時間與生命的課題，拔高視野，進行生命的內在思索」，[48]「以詩來為時間畫刻度，以詩來為生命與歲月做箋註」。[49]「時間」一直是席慕蓉詩作的重要課題，她筆下的雨也常常跟時間相連接，「雨」「時」俱進。〈蓮的心事〉裡，夏荷盛開在「秋雨還未滴落」[50]的時候；〈自白〉一詩中，源源不絕的靈感與筆墨，就像是「無法停止的春天的雨」；[51]〈酒的解釋〉則是經過無數次「春日的雨」，[52]方成為一壺醉人的佳釀。

　　除了季節之雨，〈千年的願望〉的雨更是遊走古今：

　　　　總希望

　　　　二十年前的那個月夜

　　　　能再回來

　　　　再重新活那麼一次

---

[46]　席慕蓉，〈彩虹的情詩〉，《七里香》（臺北：圓神出版社，2000），頁138。
[47]　席慕蓉，〈彩虹的情詩〉，《七里香》（臺北：圓神出版社，2000），頁139。
[48]　向陽，〈我想叫她穆倫‧席連勃〉，《印刻文學生活誌》，第136期（2014.12），頁81。
[49]　向陽，〈把草原上的月光寫入詩中——側寫席慕蓉〉，《文訊》，第329期（2013.03），頁20。
[50]　席慕蓉，〈蓮的心事〉，《七里香》（臺北：圓神出版社，2000），頁88。
[51]　席慕蓉，〈自白〉，《無怨的青春》（臺北：圓神出版社，2000），頁79。
[52]　席慕蓉，〈酒的解釋〉，《時光九篇》（臺北：圓神出版社，2006），頁110。

然而

　　商時風

　　唐時雨

　　多少枝花

　　多少個閒情的少女

　　想她們在玉階上轉回以後

　　也只能枉然的剪下玫瑰

　　插入瓶中[53]

　　全詩充滿韶光已逝的惆悵，懷想二十年前的青春歲月，多希望一切能夠重新來過。「商時風／唐時雨」，可以解釋為風風雨雨的曾經、不斷堆疊的記憶，也可讀作商朝的風、唐代的雨，象徵久遠的過去，此外，「商風」是秋風的別稱，離人心上秋，秋其實也意味著愁思。「玉階」的典故出自唐詩〈玉階怨〉，「唐時雨」就像一條隱形的線，串起了後文。李白的〈玉階怨〉是女子遲遲等不到良人歸來的閨怨詩，反觀席慕蓉的〈千年的願望〉，雖然詩人以「枉然」形容，但「剪下玫瑰／插入瓶中」，正是把握玫瑰盛開的美麗時刻，讓綻放的花顏成為裝飾，在感嘆時光逝去的同時，猶存著幾分對光陰的珍惜。

　　〈野薑花〉與〈蝴蝶蘭〉同樣透過雨的過去式，揭示情人的離開。詩作〈野薑花〉輕聲問道：「你會不會記得／在剛下過雨的河岸上／你曾經將我與昨日都留下／還有一行未曾採擷的野薑花」，[54]雨水以及愛情都已離去，唯獨我和回憶被留下，雨水潔淨

---

[53] 席慕蓉，〈千年的願望〉，《七里香》（臺北：圓神出版社，2000），頁52-53。
[54] 席慕蓉，〈野薑花〉，《邊緣光影》（臺北：圓神出版社，2006），頁77。

了大地，河岸上純白的野薑花依舊開著，詩中我不禁想問從前的情人，是否仍記得那些一起走過的昨日。〈蝴蝶蘭〉一詩裡，「與那多雨多霧的昔日已經隔得很遠／如今她低眉垂首馴養在我潔淨的窗前」，[55]藉由蝴蝶蘭比喻愛情，「馴養」一詞點出了兩人間的不對等，但那些愛情世界的風風雨雨，如今已成為過去，「像你　終於離開了我寂靜的心」。[56]

雨落在過去，也降臨在未來，試看〈等待——給小詩人蕭未〉：

> 我們都在　等待
> 有人等待細雨下在空寂的小徑上
> 有人等待一個充滿了繁星的蒼穹
> 有人等待自己那顆躁鬱的心
> 漸漸安靜
> 好能將一字一句
> 慢慢的鋪展成行[57]

席慕蓉曾指出，「明日的我」就是她心中長期以來的傾訴對象。[58]〈等待——給小詩人蕭未〉雖然詩題署名有「給小詩人蕭未」，但與其說是寫給小詩人的書信，此詩更像是席慕蓉寫給自己、寫給夢想的信箋。字裡行間充滿了對詩的想望，雨絲其實也是情絲，「等待細雨下在空寂的小徑上」，是等待靈感來臨，為空白

---

[55] 席慕蓉，〈蝴蝶蘭〉，《邊緣光影》（臺北：圓神出版社，2006），頁194。
[56] 席慕蓉，〈蝴蝶蘭〉，《邊緣光影》（臺北：圓神出版社，2006），頁195。
[57] 席慕蓉，〈等待——給小詩人蕭未〉，《迷途詩冊》（臺北：圓神出版社，2002），頁88-89。
[58] 夏祖麗，〈一條河流的夢：席慕蓉訪問記〉，《新書月刊》，第8期（1984.05），頁15。

的稿紙帶來情思，「等待一個充滿了繁星的蒼穹」，是期待繆思女神點亮文字的星光，當然，自身要先靜下煩躁的心，方能握住心中的感動，舞墨成詩。

五、小結

席慕蓉的蒙古名字叫「穆倫」，意指「大江河」，[59]彷彿冥冥之中早已註定席慕蓉與水意象之間密不可分的關係。本文以席慕蓉詩作的雨意象作為觀察對象，透過雨意象作為詩名、和淚意象並用、與時間連結三道面向的討論，揭示席慕蓉詩作特色。大抵而言，席慕蓉的詩都是「情詩」，只是書寫對象從愛情與生活慢慢轉移為原鄉，正因為詩人內心的情絲不斷，所以筆下的

情詩不斷。詩人透過雨景的書寫、雨義的延伸，紀錄生命的曾經與感動，在雨的潤澤下，詩作情感更顯澎湃。

雨是短暫的，而詩卻是永恆的，就如同普魯斯特《追憶似水年華》一書的信念，只有藝術可以重新尋回失去的時間。李癸雲形容席慕蓉詩作所建構的世界是「紛擾人世裡，人心得以歇息的住所」，[60]蕭蕭也說，很多讀者「在席慕蓉的詩中遇見害羞的自己」。[61]與其說席慕蓉的詩是要訴說什麼，毋寧說她的詩能帶領讀者跟自己對話，穿越時空的形變，看見繁花無盡的風景，就如張曉風所言，席慕蓉的詩是「留給我們去喜悅、去感動的」。[62]

---

[59] 席慕蓉，〈一條河流的夢〉，《七里香》（臺北：圓神出版社，2000），頁193。

[60] 李癸雲，〈窗內，花香襲人——論席慕蓉詩中花的意象使用〉，《國文學誌》，第10期（2005.06），頁21。

[61] 蕭蕭，〈記散文新詩作家：席慕蓉〉，《察哈爾省文獻》，第14期（1983.12），頁65。

[62] 張曉風，〈江河〉，收錄於席慕蓉，《七里香》（臺北：圓神出版社，2000），頁30。

附錄

表1　席慕蓉詩作「雨」意象使用頻率

詩集	出現次數	出現首數	收錄詩作數	出現比例
《七里香》	5	5	63	7.94%
《無怨的青春》	12	9	61	14.75%
《時光九篇》	11	9	50	18%
《邊緣光影》	6	5	69	7.25%
《迷途詩冊》	2	2	42	4.76%
《我摺疊著我的愛》	4	4	42	9.52%
《以詩之名》	12	9	61	14.75%
總計	52	43	388	11.08%

表2　席慕蓉詩作使用「雨」之詩例

序號	題目	詩句	詩集	頁數	備註
1	〈異域〉	細雨霏霏　不是我的淚	《七里香》	47	
2	〈千年的願望〉	唐時雨	《七里香》	52	
3	〈蓮的心事〉	秋雨還未滴落	《七里香》	88	
4	〈生別離〉	在風中　在雨中	《七里香》	114	
5	〈彩虹的情詩〉	是暴雨滂沱	《七里香》	138	
6	〈一個畫荷的下午〉	在新雨的荷前　如果	《無怨的青春》	38	
7	〈一個畫荷的下午〉	在新雨的荷前	《無怨的青春》	39	
8	〈山月──舊作之三〉	雨雪霏霏　如淚	《無怨的青春》	58	
9	〈淚‧月華〉	昨夜　下了雨	《無怨的青春》	72	
10	〈淚‧月華〉	雨絲侵入遠山的荒塚	《無怨的青春》	72	
11	〈自白〉	像無法停止的春天的雨	《無怨的青春》	79	
12	〈藝術家〉	好讓我在今夜畫出滿池的煙雨	《無怨的青春》	126	
13	〈出岫的憂愁〉	驟雨之後	《無怨的青春》	145	《世紀詩選》P36
14	〈禪意──之一〉	會正落著細細的細細的雨	《無怨的青春》	147	
15	〈請別哭泣〉	世間也再無飛花　無細雨	《無怨的青春》	170	
16	〈雨中的了悟〉	如果雨之後還是雨	《無怨的青春》	193	
17	〈雨中的了悟〉	如果雨之後還是雨	《無怨的青春》	193	

序號	題目	詩句	詩集	頁數	備註
18	〈流星雨〉	原來只能像一場流星雨	《時光九篇》	35	
19	〈雨夜〉	在這樣冷的下著雨的晚上	《時光九篇》	48	
20	〈雨夜〉	雨水把他的背影洗得泛白	《時光九篇》	48	
21	〈雨夜〉	回顧　向雨絲的深處	《時光九篇》	49	
22	〈雨後〉	在滂沱的雨後	《時光九篇》	79	
23	〈我〉	靜待冬雷夏雨　春華秋實	《時光九篇》	109	
24	〈酒的解釋〉	要多少次春日的雨　多少次	《時光九篇》	110	《世紀詩選》P56
25	〈見證〉	關於今夜　到底是有雨	《時光九篇》	137	
26	〈一千零一夜〉	同樣的開始和結局　下了一些雨	《時光九篇》	147	
27	〈雨季〉	這綿延不斷的春雨　終於會變成	《時光九篇》	149	
28	〈雨中的山林〉	此去的長路上　雨潤煙濃	《時光九篇》	158	
29	〈借句〉	在微雨的窗前　在停頓的刹那間	《邊緣光影》	24	《世紀詩選》P86
30	〈野薑花〉	在剛下過雨的河岸上	《邊緣光影》	77	
31	〈綠繡眼〉	在昨夜暴風雨之後悄然墜落的	《邊緣光影》	88	《世紀詩選》P110
32	〈去夏五則〉	翌日　暴雨如注	《邊緣光影》	133	
33	〈去夏五則〉	若有淚如雨　待我灑遍這乾渴叢林	《邊緣光影》	134	
34	〈蝴蝶蘭〉	與那多雨多霧的昔日已經隔得很遠	《邊緣光影》	194	《世紀詩選》P116
35	〈詩中詩〉	寂靜的中夜　驟雨初停	《迷途詩冊》	36	
36	〈等待——給小詩人蕭禾〉	有人等待細雨下在空寂的小徑上	《迷途詩冊》	88	
37	〈契丹舊事〉	我卻在黑暗的臺下淚落如雨。	《我摺疊著我的愛》	91	
38	〈六月的陽光〉	求風求雨	《我摺疊著我的愛》	94	
39	〈創世紀詩篇〉	讓暴雨滂沱	《我摺疊著我的愛》	99	
40	〈父親的草原母親的河〉	站在芬芳的草原上我淚落如雨	《我摺疊著我的愛》	126	
41	〈寂靜的時刻〉	細雨裡的連綿山脈	《以詩之名》	59	
42	〈夢中的畫面〉	無風也無雨	《以詩之名》	60	

序號	題目	詩句	詩集	頁數	備註
43	〈詮釋者——給詩人陳克華〉	方才雨過　不過已無跡可尋」	《以詩之名》	78	
44	〈雕刀——給立霧溪〉	從雲到霧到雨露　最後匯成流泉	《以詩之名》	95	
45	〈眠月站〉	是雨潤煙濃的一天	《以詩之名》	115	
46	〈眠月站〉	隨意漫生在多霧多雨的山坡？	《以詩之名》	116	
47	〈揭曉〉	彷彿是一陣山雨忽然前來洗淨草木的靈魂	《以詩之名》	150	
48	〈素描巴爾虎草原〉	塌雨雪	《以詩之名》	169	
49	〈英雄噶爾丹（一六四四——一六九七）〉	獵獵朔風　紛紛雨雪	《以詩之名》	230	
50	〈英雄哲別（？——一二二四）〉	在陣前求薩滿招致風雨以欺我隊伍	《以詩之名》	236	
51	〈英雄哲別（？——一二二四）〉	不料　呼求的風雨既至	《以詩之名》	236	
52	〈英雄哲別（？——一二二四）〉	狂暴的風雨反而襲擊了敵方自身	《以詩之名》	236	

引用書目

• 專書

丁旭輝，〈聆聽開花的樹──談席慕蓉的情詩〉，《左岸詩話》
　　（臺北：爾雅出版社，2002），頁25-30。

何政廣主編，《維梅爾》（臺北：藝術家出版社，1998）。

席慕蓉，《七里香》（臺北：圓神出版社，2000）。

席慕蓉，《以詩之名》（臺北：圓神出版社，2011）。

席慕蓉，《我折疊著我的愛》（臺北：圓神出版社，2005）。

席慕蓉，《席慕蓉世紀詩選》（臺北：爾雅出版社，2000）。

席慕蓉，《時光九篇》（臺北：圓神出版社，2006）。

席慕蓉，《迷途詩冊》（臺北：圓神出版社，2002）。

席慕蓉，《無怨的青春》（臺北：圓神出版社，2000）。

席慕蓉，《邊緣光影》（臺北：圓神出版社，2006）。

張默、蕭蕭主編，〈席慕蓉（一九四三──）〉，《新詩三百首
　　1917-1995（上）》（臺北：九歌出版社，2007），頁562-568。

張默編，〈席慕蓉詩選〉，《剪成碧玉葉層層》（臺北：爾雅出版
　　社，1981），頁183-190。

渡也，〈有糖衣的毒藥──評席慕蓉的詩〉，《新詩補給站》（臺
　　北：三民書局，2001），頁23-39。

蕭蕭，〈青春無怨，新詩無怨──論席慕蓉〉，《現代詩學》（臺
　　北：東大，2006增訂二版），頁427-437。

E. H. Gombrich著，雨云譯，《藝術的故事》（臺北：聯經出版事業
　　公司，1997修訂版）。

·期刊

王靜禪，〈將美好化成永恆的記憶——席慕蓉V.S.柯慶明〉，《文訊》，第247期（2006.05），頁74-81。

向陽，〈我想叫她穆倫·席連勃〉，《印刻文學生活誌》，第136期（2014.12），頁80-82。

向陽，〈把草原上的月光寫入詩中——側寫席慕蓉〉，《文訊》，第329期（2013.03），頁18-21。

李癸雲，〈窗內，花香襲人——論席慕蓉詩中花的意象使用〉，《國文學誌》，第10期（2005.06），頁1-25。

李翠瑛，〈鄉愁與解愁——解讀臺灣女詩人席慕蓉詩中的歷史圖象〉，《臺灣詩學學刊》，第9期（2007.06），頁187-219。

沈奇，〈重新解讀「席慕蓉詩歌現象」〉，《文訊》，第201期（2002.07），頁10-11。

孟樊，〈無怨無尤的青春與愛：讀席慕蓉的詩〉，《臺北評論》，第6期（1988.08），頁66-76。

孟樊，〈臺灣大眾詩學——席慕蓉詩集暢銷現象-上-〉，《當代青年》，第6期（1992.01），頁48-52。

孟樊，〈臺灣大眾詩學——席慕蓉詩集暢銷現象-下-〉，《當代青年》，第7期（1992.02），頁52-55。

夏祖麗，〈一條河流的夢：席慕蓉訪問記〉，《新書月刊》，第8期（1984.05），頁12-18。

張默，〈感覺與夢想齊飛——試評席慕蓉「無怨的青春」〉，《文訊》，第1期（1983.07），頁87-90。

陳政彥，〈「席慕蓉現象論爭」析論〉，《臺灣詩學學刊》，第7

期（2006.05），頁133-152。

喬家駿，〈淺論席慕蓉「詩畫一體」的詩歌特色〉，《問學》，第
　　10期（2006.06），頁235-249。

紫鵑，〈草原上的牧歌——專訪詩人席慕蓉女士〉，《乾坤詩
　　刊》，第60期（2011.10），頁7-20。

楊宗翰，〈詩藝之外——詩人席慕蓉與「席慕蓉現象」〉，《竹塹
　　文獻雜誌》，第18期（2001.01），頁64-76。

蕭蕭，〈記散文新詩作家：席慕蓉〉，《察哈爾省文獻》，第14期
　　（1983.12），頁60-65。

蕭蕭，〈綻開愛與生命的花街——評席慕蓉詩集「七里香」〉，
　　《明道文藝》，第69期（1981.12），頁90-93。

• 學位論文

王穎嘉，《只有詩人才能翻譯詩嗎？翻譯席慕蓉的臺灣現代詩為例》
　　（高雄：義守大學應用英語學系碩士班碩士論文，2011）。

吳奇穆，《席慕蓉愛情詩研究》（宜蘭縣：佛光大學文學系碩士論
　　文，2010）。

林大鈞，《心遊於物：席慕蓉、舒國治、鍾文音的旅行書寫》（臺
　　北：國立政治大學中國文學研究所碩士論文，2006）。

林秀玲，《席慕蓉文學作品研究》（臺北：臺北市立教育大學應用
　　語言文學研究所碩士論文，2006）。

洪子喬，《席慕蓉詩歌的藝術探析》（臺北：國立臺灣師範大學國
　　文學系在職進修碩士班碩士論文，2009）。

張凱婷，《張炫文歌曲研究——以席慕蓉及蔣勳詩作所創作之五首
　　歌曲為例》（臺北：臺北藝術大學音樂學系碩士班碩士論文，

2011）。

張萱萱，《邊緣獨嘶的胡馬：析論席慕蓉詩學中無怨的尋根情結》
　　（新加坡：新加坡國立大學中文系碩士論文，2007）。

曹雅芝，《席慕蓉鄉愁詩中的離鄉與還鄉──從文化心理視角的
　　論析》（臺北：銘傳大學應用中國文學系碩士班碩士論文，
　　2013）。

郭乃文，《席慕蓉詩中的美麗與哀愁之研究》（高雄：高雄師範大
　　學國文教學碩士班碩士論文，2014）。

陳瑀軒，《席慕蓉詩歌研究──以主題、語言、通俗性為觀察核
　　心》（嘉義縣：國立中正大學中國文學所碩士論文，2006）。

曾義宕，《席慕蓉詩的音韻風格研究》（彰化：國立彰化師範大學
　　國文學系碩士論文，2009）。

葉美吟，《席慕蓉的原鄉書寫研究》（臺南：國立臺南大學國語文
　　學系碩士班碩士論文，2011）。

廖婉秦，《從鄉愁出發──席慕蓉旅遊書寫研究》（高雄：高雄師
　　範大學國文教學碩士班碩士論文，2014）。

劉毓婷，《論詩樂相融──以錢南章譜寫席慕蓉的詩為例》（臺
　　北：國立臺灣師範大學民族音樂研究所碩士論文，2009）。

劉薇儂，《錢南章、張炫文譜寫席慕蓉詩之比較──以音樂會曲目
　　為例》（臺北：中國文化大學音樂學系中國音樂組碩士論文，
　　2014）。

鄭淑丹，《席慕蓉散文研究》（嘉義：國立嘉義大學中國文學系研
　　究所碩士論文，2013）。

蘇雅拉，《席慕蓉《寫給幸福》之研究》（臺北：銘傳大學應用中
　　國文學系碩士班碩士論文，2010）。

・報紙

鄭慧如，〈淡筆閒情〉，《中央日報》（2002.09.12），第14版。

論《吳晟詩‧歌》專輯的詩歌交響

一、前言

　　2016年諾貝爾文學獎頒發給美國歌手巴布狄倫（Bob Dylan），引起諸多討論，其實早在1984年，吳晟主編《1983臺灣詩選》時，便獨具慧眼地收錄歌手羅大佑〈亞細亞的孤兒〉，開創歌詞獲現代詩年度詩選收錄之先例。無獨有偶的是，1984年羅大佑發行《家》專輯，第一首歌正是吳晟詩作〈吾鄉印象〉。

　　吳晟詩作入樂的濫觴，可以往前推至1980年，海山唱片出版的大地二重唱（王大川、鄭舜成）「給我一片寧靜／你滋潤我心」專輯[1]，這塊黑膠唱片收錄的〈故鄉的牽牛花〉，由陳輝雄譜曲，改編自吳晟詩作〈牽牛花〉，可惜當年專輯內附的歌詞單，作詞人寫成「吾鄉的印象」，因而罕為人知，就連作者吳晟也事隔多年，才偶然在聚會聽到一名國小校長哼唱，輾轉得知〈牽牛花〉被譜曲發行，收錄在某張卡帶裡[2]。

　　大規模的吳晟詩作譜曲則有2008年臺灣文學館出版的《甜蜜的

---

[1]　大地二重唱，《給我一片寧靜／你滋潤我心》（臺北縣土城鄉：海山唱片，1980.07）。
[2]　吳晟，〈詩與歌〉，《一首詩一個故事》（臺北：聯合文學，2002），頁44-48。

負荷：吳晟詩・歌》專輯[3]，以及2014年吳晟、吳志寧父子檔聯手規劃的《野餐：吳晟詩・歌2》專輯[4]。此外，音樂家賴德和曾譜曲吳晟詩作〈土〉，其2009年創作、2010年國家音樂廳首演的交響樂《吾鄉印象》，同樣取材自吳晟詩集《吾鄉印象》。吳志寧也在2014年將父親吳晟詩作〈陽光化身成燈塔──高雄旗後燈塔〉改寫成臺語歌〈燈塔〉，作為高雄市文化局「2014南面而歌─流行音樂原創歌曲影音（MV）創作徵選」的宣傳曲。

　　儘管創作歌手羅大佑、林生祥、吳志寧、胡德夫、張懸、陳珊妮、濁水溪公社、黃小楨、黃玠等人都曾譜曲演唱吳晟詩作，但吳晟其實沒有投入過歌詞寫作，他自言：

> 我從來沒有寫過歌詞，都是詩作被音樂家看上眼，因而有了譜曲傳唱的機會，就連兒子吳志寧演唱我的詩，也完全是他自己挑選、自己構思曲風。現代詩能夠獲得音樂家青睞，跟我作品本身的音樂性有關，我高中曾在臺北讀書，當時很流行貓王，我從十幾歲就開始聽西洋音樂，六〇年代我受到女朋友（妻子莊芳華）的影響，聆聽美國鄉村歌手Bob Dylan、Joan Baez等人的歌曲，無形中也啟發了我寫詩的形式、音韻及節奏。像是《甜蜜的負荷：吳晟詩・歌》、《野餐：吳晟詩・歌2》專輯選用的〈負荷〉、〈我不和你談論〉、〈輓歌〉（歌曲改名〈我生長的小村莊〉）等詩，是我年輕時期的創作，雖然書寫時沒有刻意經營，但都流露出自然的音韻感。[5]

---

[3]　《甜蜜的負荷：吳晟詩・歌》（臺北：風和日麗，2008）。

[4]　吳志寧，《野餐：吳晟詩・歌2》（臺北：風和日麗，2014）。

[5]　吳晟、吳志寧口述；李桂媚採寫，〈課本作家與流行歌手的跨世代觀點：吳晟、吳志寧父子檔談詩歌〉，《吹鼓吹詩論壇》第29號（2017.06），頁7-8。

何以不曾寫作歌詞，詩作卻能屢受音樂工作者青睞，化身音樂傳唱？誠如陳映真所言，吳晟是「臺灣極少數自覺地探索新詩在音韻上新的可能性的詩人[6]」，陳韻如也指出：「在詩音樂的延展性策略中，吳晟以熟悉的意象、慣用詞彙的隱現及似曾相識的形式等三項策略，除串連組詩、單一詩集外，也使出版的全部詩冊如同一首樂曲，完整呈現詩的音樂性風格。[7]」

　　過去吳晟長期被視為「農民作家」、「鄉土詩人」代表，但吳晟詩作特徵絕非「鄉土精神」或是「寫實主義」所能輕易概括，掌杉即曾感嘆，一般人常誤以為「吳晟是一個只重內容而忽視技巧的詩人[8]」。本文嘗試聚焦於《甜蜜的負荷：吳晟詩・歌》、《野餐：吳晟詩・歌2》兩張專輯，觀察現代詩改編歌詞的共生殊相，以及吳晟詩作的音樂性經營，期能一探吳晟特有的詩歌美學，提供另一個認識吳晟作品的面向。

二、詩篇與歌詞的共生殊相

　　2008年出版的《甜蜜的負荷：吳晟詩・歌》專輯，一方面收錄羅大佑〈吾鄉印象〉、胡德夫〈息燈後〉、林生祥〈曬穀場〉、吳志寧〈全心全意愛你〉等既有吳晟詩作譜曲[9]，另一方面，邀集陳珊妮、張懸、濁水溪公社、黃小楨、黃玠等青年創作歌手，跨世

---

[6]　陳映真，〈試論吳晟的詩〉，收錄於林明德編，《鄉間子弟鄉間老—吳晟新詩評論》（臺中：晨星，2008），頁74。

[7]　陳韻如，《吳晟詩及其入樂現象研究》（高雄：國立高雄師範大學國文學系碩士論文，2010），頁176。

[8]　掌杉，〈略論吳晟「泥土」詩集中的寫作技巧〉，《書評書目》第94期（1981.02），頁71。

[9]　楊子頡、何靜茹，〈詩歌，美好的一家！〉，《人籟論辯月刊》，第96期（2012.09），頁32。

代、跨領域、跨風格呈顯詩與歌的多元面貌。十首歌皆由音樂人自選詩作譜曲，除了陳珊妮的〈秋日〉外，其他九首歌詞都對詩篇進行改編（詳參附錄表1），〈秋日〉在這張專輯裡顯得相當特別，不單是因為歌詞完全依照原作，〈秋日〉也是十首歌中唯一沒有使用人稱代詞的作品：

> 不是甚麼豪情
> 也不想結甚麼果子
> 秋日的蘆葦
> 就這樣遼闊地開放著
> 花
>
> 不是甚麼纏綿
> 也不為了溫柔給誰聽
> 曠野的一灣流水
> 就這樣恬淡地潺潺著
> 歌
>
> 不是甚麼盟誓
> 也無意書寫下哪一類誓言
> 河心幾行秀氣的雲
> 就這樣閒雅地款擺著
> 步子
>
> 東西南北任情遨遊的風

每一陣來，每一陣去
都隱隱透露出
那是傳說已久的模樣
自有秋季以來，即已如是[10]

  末段的「秋季」呼應著首段的「秋日」，以象徵收穫的秋天，作為萬物循環的起點，前三段採用相同的結構書寫，全詩沒有你、我、他，藉由植物的綻放、流水的歌唱、雲的閒適、風的瀟灑，揭示大自然最原始、最單純的模樣，就是最美麗的景緻。值得注意的是，儘管吳晟最新詩集《他還年輕》[11]卷五「四時歌詠」以四季為書寫對象，然而，翻讀前幾冊詩集可以發現，吳晟很少在詩題使用春、夏、冬，但〈秋日〉、〈秋末〉、〈秋收之後〉、〈中秋〉、〈秋之末梢〉等作品，不約而同都以「秋」入名，可見秋之於詩人，有其獨特意義。陳珊妮為何獨具慧眼選中〈秋日〉，我們不得而知，但詩人運用文字當攝影機，記錄下大自然變幻的姿態，歌手透過電音搭配獨特的嗓音，演繹秋之風景，也讓〈秋日〉多了幾分搖滾與迷幻的色彩。

  濁水溪公社的〈雨季〉與林生祥的〈曬穀場〉，則將原本華語書寫的詩篇改為臺語歌詞，這和吳晟作品的混語特色有關，嚴格來說，吳晟沒有寫過臺語詩，但不少詩作可見臺語詞彙運用，例如：阿爸、阿媽、店仔頭、燒酒等，這是日常語言習慣與生活環境使然[12]，口語化臺語的保留，讓吳晟筆下的鄉村更能引發讀者共

---

[10] 吳晟，〈秋日〉，《吳晟詩選》（臺北：洪範書店，2000），頁10-11。

[11] 吳晟，《他還年輕》（臺北：洪範書店，2014）。

[12] 賀萬財訪談吳晟時，吳晟即曾表示詩作的臺語運用是「生活語言」。賀萬財，《吳晟詩之詞彙風格研究－以重疊詞為例》（彰化：國立彰化師範大學國語文教學碩士

鳴，也因此吳晟被沙穗譽為「使用『方言』入詩最成功的一位詩人[13]」。試看〈雨季〉一詩：

〈雨季〉吳晟原作	〈雨季〉濁水溪公社改編
抽抽茶吧 喝喝燒酒吧 伊娘——這款天氣	噗一支薰 燒酒嘛來一罐 禍娘咧　即款天氣
開講開講吧 逗逗別人家的小娘兒吧 伊娘——這款日子	開講開講 這期要簽幾號 禍娘咧　即款ㄟ日子
發發牢騷罵罵人吧 盤算盤算工錢和物價吧 伊娘——這款人生	怨嘆三聲　工錢閣算款麥 禍娘咧　即款人生
該來不來，不該來 偏偏下個沒完的雨 要怎麼嘩啦就怎麼嘩啦吧 伊娘——總是要活下去[14]	想東想西　愛人走逃去 禍娘咧　總是愛活落一去 愛活落去　總一嘛愛活一落一去
	滿天烏雲　心頭鬱卒 該來毋來　偏偏即陣 嘩拉嘩拉無情大雨落袂煞
	滿天烏雲　心頭鬱卒 該來毋來　偏偏即陣 嘩拉嘩拉無情大雨落袂煞

〈雨季〉原詩採用華語、臺語夾雜的方式，生動勾勒出雨天無法工作，農民們聚在一起閒談的情景，每段最末句的開頭都是「伊娘——」，再者，詩中大量運用疊字或疊句，總計十三行的詩句有七行句尾出現「吧」，這些細節都強化了〈雨季〉一詩的音樂性。濁水溪公社改編的版本以臺語呈現，同樣充滿音韻之美，一連三句拉長節奏的「愛活落去」，突顯著農家認命的性格，最後一段文字

班碩士論文，2009），頁417。
[13] 沙穗，〈關於吳晟〉，《臍帶的兩端》（屏東：屏縣文化，2004），頁125。
[14] 吳晟，〈雨季〉，《吳晟詩選》（臺北：洪範書店，2000），頁80-81。

完全重複倒數第二段，營造了迴旋的效果，也是大雨下不停、生活一再重演的隱喻。改編的歌詞與原作還有一個有趣的差異，詩作完全沒有使用數字，歌詞則有「一支」、「一罐」、「三聲」等，這些數字與歌詞新增的「這期要簽幾號」，成為無形的呼應。

〈曬穀場〉的歌詞同樣運用了段落重複的設計，傳達收割時節，看天吃飯的農民搶時間曬稻穀、收稻穀的狀況。第三段跟第五段都是「氣象臺的報告／往往是無影無蹤／翻來變去的天色／阮庄無諸葛亮彼號人物／會當預測」，再者，歌詞七個段落就有四個段落是「熱天，割稻仔期／阮庄的穀仔埕／是驚嚇人的運動埕」，林廣曾指出，「驚惶」與「競技場」的結合，為〈曬穀場〉開展出詭譎的氛圍[15]，此處歌詞的反覆出現，正發揮了強調與鋪陳的作用。

專輯裡還有一首臺語演唱的作品〈全心全意愛你〉，歌詞以華語呈現，取材自吳晟詩作〈制止他們〉。〈制止他們〉原為八十四行的長詩，將土地比擬為母親，面對假繁榮之名的過度開發，提出「制止他們啊、制止他們／用我們嚴肅的聲音／用我們不容曲解、不容敷衍的聲音／制止他們繼續摧殘你[16]」等吶喊。誠如《只有青春唱不停：吳志寧的音樂、成長與阿爸》一書所言：「〈制止他們〉是詩人毫不轉圜正面迎頭的批判，充滿憤怒、激動與急切[17]」，有別於原詩的大聲疾呼，吳志寧聚焦於對臺灣這片土地的愛，挑出詩中感謝與依戀的段落，改寫為〈全心全意愛你〉：

---

[15] 林廣，〈驚惶的競技場──評析〈曬穀場〉（1972）〉，《尋訪詩的田野：評析吳晟的四十首詩作》（臺北：聯合文學，2005），頁30。

[16] 吳晟，〈制止他們〉，《吳晟詩選》（臺北：洪範書店，2000），頁64。

[17] 吳晟、吳志寧口述，林筆芸整理，〈登上天堂之梯〉，收錄於《只有青春唱不停：吳志寧的音樂、成長與阿爸》（臺北：有鹿文化，2014），頁184。

你不過是廣大的世界中小小的一個島嶼

在你懷中長大的我們，從未忘記

我要用全部的力氣唱出對你的深情

歌聲中，不只是真心的讚美

也有感謝和依戀　疼惜與憂煩

我們全心全意的愛你

有如愛自己的母親

並非你的土地特別芬芳

只因你的懷抱這麼溫暖

我們全心全意的愛你

有如愛自己的母親

並非你的物產特別豐饒

只因你用艱苦的乳汁

養育了我們

你不過是廣大的世界中小小的一個島嶼

在你懷中長大的我們，從未忘記

我要用全部的力氣唱出對你的深情

歌聲中，不只是真心的讚美

也有感謝和依戀　疼惜與憂煩

　　從詩名〈制止他們〉到歌名〈全心全意愛你〉的變化，便可窺見調性的差異，然而，不論激昂還是溫柔，背後所蘊含的都是對

臺灣的感情。歌名〈全心全意愛你〉源於詩作第一句「我們全心全意的愛你」，透過第一段歌詞小小島嶼、未曾忘記、唱出深情的鋪陳醞釀，到了二、三段的「我們全心全意的愛你／有如愛自己的母親」，情緒瞬間推上高峰。

《野餐：吳晟詩‧歌2》也有兩首歌名與詩名不同的作品，〈一起回來呀──為農鄉水田濕地復育計畫而作〉改編為〈水田〉，吳晟的臺語口白為歌曲揭開序幕，吳志寧輪番唱著臺語的「回來啦！回來啦！作伙回來啦！」及華語的「回來吧！回來吧！一起回來吧」，溫情號召青年返鄉。延續吳志寧溫暖的特色，〈輓歌〉在專輯裡成了〈我生長的小村莊〉：

〈輓歌〉吳晟原作	〈我生長的小村莊〉吳志寧改編
是的，我曾體驗過年輕 年輕的飛翔 在我生長的小村莊 我曾體驗過年輕的徬徨 每一晚迷茫的星光都知道 是的，我曾體驗過春天 春天的芬芳 在我生長的小村莊 我曾體驗過春天的霉味 每一片腐爛的落花都知道 是的，我曾體驗過愛 愛的沉醉 在我生長的小村莊 我曾體驗過愛的絞痛 你每一道淒涼的凝視都知道 是的，我曾體驗過歌 歌的激盪 在我生長的小村莊	是的　我曾體驗過年輕 年輕的飛翔　在我生長的小村莊 我曾體驗過年輕的徬徨[18] 每一晚迷茫的星光都知道 是的　我曾體驗過春天 春天的芬芳　在我生長的小村莊 我曾體驗過春天的霉味 每一片腐爛的花瓣都知道 是的　我曾體驗過愛 愛的沉醉　在我生長的小村莊 我曾體驗過　愛的絞痛 你每一道淒涼的凝視它都知道 是的　我曾體驗過歌 歌的激盪　在我生長的小村莊 輕輕地聽見　自己的輓歌 每一株墳場的小草都知道 是的　我曾體驗過春天 春天的芬芳　在我生長的小村莊

---

[18] 吳晟，〈輓歌〉，《吳晟詩選》（臺北：洪範書店，2000），頁14-15。

我曾隱隱聞見自己的輓歌 每一株墳場的小草都知道[19]	我曾體驗過春天的霉味 每一片腐爛的花瓣都知道 是的　我曾體驗過愛 愛的沉醉　在我生長的小村莊 我曾體驗過　愛的絞痛 你每一道淒涼的凝視它都知道 是的　我曾體驗過歌 歌的激盪　在我生長的小村莊 輕輕地聽見　自己的輓歌 每一株墳場的小草都知道

　　〈輓歌〉以複沓手法呈現，全詩四個段落的句式都相同，從一個夜晚的星光、一個季節的落花、一生所愛的人，一直到自己的告別式，不只是畫面的層層推移、青春到逝世的時序變化，所生所長的小村莊也見證了詩中我一生的悲喜。〈我生長的小村莊〉取自詩作每一段第三行必出現的「在我生長的小村莊」，細看詩作〈輓歌〉與歌詞〈我生長的小村莊〉，內文更動不大，只有「落花」改為「花瓣」、「你每一道淒涼的凝視都知道」新增「它」字，以及部分段落重複、斷句換行等差別，同樣是年輕的飛翔與徬徨、春天的芬芳與霉味、愛的沉醉與絞痛、歌的激盪與自己的輓歌，詩作以〈輓歌〉為名，傳達內心的沉重，歌曲易名〈我生長的小村莊〉，強調家鄉的羈絆。

　　吳晟自屏東農專畢業後，回家鄉溪州任教，吾鄉這片所生所長的土地，一直是他書寫與守護的對象，他也利用課餘時間協助母親耕作，母親陳純女士影響吳晟甚深，他的詩作亦不乏刻畫母親的作品，吳晟、吳志寧父子檔攜手完成的《野餐：吳晟詩・歌2》專輯，更是選在2014年母親百歲冥誕推出，並於以陳純之名命名的純

---

[19]　此處專輯歌詞寫為「我曾體驗過年輕的彷徨」，「彷徨」應為「徬徨」的誤植。

園舉辦樹林音樂會。《野餐：吳晟詩‧歌2》收錄的九首歌曲中，〈野餐〉、〈泥土〉、〈阿媽不是詩人〉都是描繪母親生活哲學的作品，〈阿媽不是詩人〉寫道：

〈阿媽不是詩人〉吳晟原作	〈阿媽不是詩人〉吳志寧改編
不識字的阿媽 不是詩人 不懂詩詞歌賦風花雪月 辛勤的一生中 只知道默默奉獻堅韌的愛心 粗手大腳的阿媽 不是詩人 不懂隱隱藏藏暗喻比興 坦朗的一生中 只知道直著心腸說話 忙碌操勞的阿媽 不是詩人 不懂安適飄逸幽雅閒愁 艱苦的一生中 只知道盡心盡力流汗 一滴一滴滋養家鄉的田地 孩子呀！而你們要細心閱讀 阿媽寫在泥土上的每一步足跡 ──不是詩人的阿媽 才是真正的詩人[20]	不識字的阿媽　不是詩人 不懂詩詞歌賦風花雪月 辛勤的一生中　只知道默默奉獻堅韌 的愛心 粗手大腳的阿媽　不是詩人 不懂隱隱藏藏暗喻比興 坦朗的一生中　只知道直著心腸說話 直著心腸說話 孩子呀！而你們要細心閱讀 阿媽在泥土上的每一步足跡 不是詩人的阿媽　才是真正的詩人 忙碌操勞的阿媽　不是詩人 不懂安適飄逸優雅閒愁 艱苦的一生中　只知道盡心盡力流汗 一滴一滴滋養家鄉的田地 孩子呀！而你們要細心閱讀 阿媽在泥土上的每一步足跡 不是詩人的阿媽　才是真正的詩人

　　詩中每個段落反覆強調的「不是詩人」，一方面指孩子們的阿媽（吳晟的母親）不是用筆寫作的詩人，甚至並不識字，另一方面是正話反說，其實用鋤頭耕耘田地、以大自然為師的阿媽，她的心靈比詩更美麗，她的生活智慧早已是真正的詩人，誠如曾潔明所言：「拿著鋤頭，站在田野間種作，栽種出屬於她的夢想，如同作

---

[20]　吳晟，〈阿媽不是詩人〉，《吳晟詩選》（臺北：洪範書店，2000），頁154-155。

家以紙筆來創作，創作出屬於自己的理想[21]」。吳志寧譜曲時並未更動詩作文字，但做了兩次重複設計，第一個重複是第二段最末句的「直著心腸說話」，「直著心腸說話」不只是說明阿媽真誠直率的性格，也象徵著創作以真實為基礎的價值觀。第二個重複是詩作最後一段成為歌詞後，分別在第三段跟第五段重複出現，一次又一次提醒孩子，要細心觀察阿媽的日常實踐，因為阿媽的生活就是真正的詩人。

三、詩人的複沓美學

　　檢視前述詩例，我們可以發現，當詩作改寫為歌詞時，常以重複的形式來營造迴旋或是強調的效果，提升音樂性。其實吳晟詩作本身就具備「複沓」特徵，掌杉論及吳晟詩作技巧時便曾指出，吳晟詩作常見反覆與排比手法[22]，陳秀琴也曾針對吳晟詩作的排比、類疊等形式特色進行討論[23]。展讀專輯《甜蜜的負荷：吳晟詩·歌》、《野餐：吳晟詩·歌2》所收錄的十九首詩作原文，同樣能窺見此一特色。

　　〈息燈後〉首段就是複句式的排比：「你可知道，天上每一顆星／透露著多少的繫念／你可知道，地上每一盞燈／苦守著多少的唏噓[24]」，接連兩個並列的提問，從外在風景到內在情感，開啟讀者的想像世界。〈負荷〉、〈阿媽不是詩人〉、〈秋日〉、〈我

---

[21]　曾潔明，《吳晟詩文中的人物研究》（臺北：萬卷樓，2006），頁180。
[22]　掌杉，〈略論吳晟「泥土」詩集中的寫作技巧〉，《書評書目》，第94期（1981.02），頁71。
[23]　陳秀琴，《吳晟詩研究及教學實務》（高雄：國立高雄師範大學國文教學碩士班碩士論文，2002）。
[24]　吳晟，〈息燈後〉，《飄搖裏》（臺北：洪範書店，1985），頁22。

不和你談論〉、〈輓歌〉等詩則是段落的排比，接連二段、三段或者全詩採用相同的結構與句式，向主題層層推進。〈我不和你談論〉[25]全詩計四段，前面三個段落都是「我不和你談論……／不和你談論那些……的……／請離開書房／我帶你去廣袤的田野走走／去……／如何沉默地……」的形式，通過三段的鋪陳及開展，第四段點明不談論詩藝、人生與社會，是因為「已爭辯了很多」，在適逢播種的春天，比起語言建築出的空中樓閣，不如走向田野，感受大自然如何春風化雨、點燃生機。

除了排比的運用，吳晟詩作也常出現類句、類字或是疊字，例如：〈阿媽不是詩人〉四個段落皆寫道「不是詩人」，前面三段更是以排比句式來呈現；〈大雪無雪〉[26]從詩名就可見到「雪」字的重複，詩中亦不乏「小雪無雪／大雪，也無雪」、「時而南方熱氣壓上揚／時而北方寒流來襲」的類疊手法；〈春氣始至〉[27]使用了「悄悄」、「綿綿」、「密密」、「欣欣」、「世世代代」等疊字，以及「每一……在……」的類句，最後一段更是一連出現四次「估算」，藉由字詞的反覆，代表時間的綿延、自然界的生長與循環。又如〈野餐〉：

> 一碗一碗白開水喝下去
> 一滴一滴鹹鹹的汗水，滴下來
> 滴在和母親一樣模拙的泥土裡

---

[25] 吳晟，〈我不和你談論〉，《吳晟詩選》（臺北：洪範書店，2000），頁65-67。
[26] 吳晟，〈大雪無雪〉，《他選年輕》（臺北：洪範書店，2014），頁214-215。
[27] 吳晟，〈春氣始至〉，《他選年輕》（臺北：洪範書店，2014），頁198-200。

不是果汁，不是可樂或西打

不是麵包，或是夾心三明治

不是閒散的郊遊，或是豪華的盛宴

一小鍋稀飯，和您親手做的

幾樣醃菜

烈日下，寒風中

坐在雜草圍繞的田埂上

母親啊，那便是您，每日每日

勞累後的野餐

是不是拌著汗水的稀飯，特別香

是不是混著泥沙的醃菜，特別可口

母親啊，為什麼

你竟吃得這樣坦然[28]

　　首段運用「一碗一碗」、「一滴一滴」，以及「喝下去」、「滴下來」等類字，表達母親投身農作、揮汗如雨的辛苦；第二段接連四個「不是」的強調，一方面讓休閒野餐的食品與農民的食物形成對比，另一方面對現代工業大量製造的加工食品、附庸風雅的都會文明提出反思。第三段緊接著說明母親的餐點是稀飯與醃菜，其中「每日每日」的重疊詞，代表時間的重複，也點出勞作與在田埂用餐的不分天氣；第四段連續兩句「是不是……特別……」的類

---

[28]　吳晟，〈野餐〉，《吳晟詩選》（臺北：洪範書店，2000），頁100-101。

句提問，勞動的汗水與稀飯的水成為隱形的連結，醃菜的調味料也和泥沙有著無形的呼應，「為什麼」雖是明知故問，卻更能突顯農婦的無怨無悔。

詩作〈階〉[29]第一段寫道：「漫長的此階太長、太寂寥／請陪我，也讓我陪你／仔仔細細的踱到盡端」，最末段則是複述此三行，最後加上畫龍點睛的「此階將更長，但不寂寥」，不僅有頭尾呼應的作用，也象徵著人生每個階段的前進。〈菜瓜棚〉[30]首段以「緊接立秋，處暑已過／酷熱仍耍賴不走」開場，末段第一句為「處暑已過，酷熱仍耍賴不走」，重複了第一段的兩句文字，兩處詩句文字雖然相同，但前後文與換行位置不同，在段落裡發揮了各自的作用，第一段以點明時間為目的，因此除了「處暑已過」，還必須指出時序「緊接立秋」，最後一段則是強調菜瓜棚涼爽的綠蔭，藉由「酷熱仍耍賴不走」，襯托菜瓜棚「這一方蔭涼」。

〈序說〉[31]每一段都以「古早古早的古早以前」開場，不單是詩句在不同段落反覆出現，同一行詩句裡運用了三次「古早」，本身就是類疊的句子。重複相同文句的詩例還有〈泥土〉[32]，有別於〈序說〉每個段落第一行都相同的形式，〈泥土〉採取隔段反覆的寫法，第一段首句的「日日，從日出到日落」，到了第三段再一次成為首句，這行詩句同樣具備句中文字重複的特色。

值得一提的是，吳晟詩作的「複沓」形式不只是影響到音樂性，還營造出時間變化，例如〈泥土〉詩中的「從日出到日落」，一句話就包含一天的時間推進，同時透過「日日，從日出到日落」

29　吳晟，〈階〉，《吳晟詩選》（臺北：洪範書店，2000），頁8-9。
30　吳晟，〈菜瓜棚〉，《他還年輕》（臺北：洪範書店，2014），頁204-206。
31　吳晟，〈序說〉，《吳晟詩選》（臺北：洪範書店，2000），頁71-72。
32　吳晟，〈泥土〉，《吳晟詩選》（臺北：洪範書店，2000），頁94-95。

的重複，代表母親日復一日的生活。〈負荷〉一詩也以重複的句式
來構成時間流動：

下班之後，便是黃昏了
偶爾也望一望絢麗的晚霞
卻不再逗留
因為你們仰向阿爸的小臉
透露更多的期待

加班之後，便是深夜了
偶爾也望一望燦爛的星空
卻不再沉迷
因為你們熟睡的小臉
比星空更迷人

阿爸每日每日的上下班
有如自你們手中使勁拋出的陀螺
繞著你們轉呀轉
將阿爸激越的豪情
逐一轉為綿長而細密的柔情

就像阿公和阿媽
為阿爸織就了一生
綿長而細密的呵護
孩子呀！阿爸也沒有任何怨言

只因這是生命中

最沉重

也是最甜蜜的負荷[33]

　　第一段與第二段使用排比手法，都是「……之後，便是……了／偶爾也望一望……的……／卻不再……／因為你們……的小臉／……」的文句結構，在段落的推移間，時間隨之從黃昏到深夜。第三段以「轉呀轉」的陀螺來比擬「每日每日」的工作，同樣運用重複的字詞來強化時間的流動感；第四段將時間進一步拉到世代，父親細心呵護小孩，就像上一代的阿公阿媽照顧父親，為人父母的責任雖重，但這份濃厚的親情始終是最甜蜜的，隨時間累積並傳承下來。

四、小結

　　有不少詩人的作品都曾被譜曲演唱，但像吳晟這樣有兩張專輯以他的詩作為主角，甚至組成父子走唱團巡迴演出的，幾乎沒有第二人。《甜蜜的負荷：吳晟詩・歌》、《野餐：吳晟詩・歌2》兩張專輯收錄的詩作，從1969年發表在《屏東農專雙週刊》的〈階〉到2014年發表在《聯合報》副刊的〈一起回來呀〉，橫跨四十五個年頭，涵蓋吳晟不同時期的創作特色與主題。

　　通過前文對詩作與專輯的討論，我們可以觀察到，吳晟詩作本身就具備高度的音樂性，不只是因為複沓結構的經營、重複字詞

---

[33] 吳晟，〈負荷〉，《吳晟詩選》（臺北：洪範書店，2000），頁141-142。

的運用，詩作的混語現象也提供了歌詞改編的可能，因而有多首歌曲選擇臺語呈現。此外，吳晟詩作的時間流動亦有其特殊性，一方面透過重複句式來表現，是時間的前進，也是循環的隱喻；另一方面，《野餐：吳晟詩‧歌2》專輯的選歌設計與時序有關，第六首〈春氣始至〉、第七首〈時，夏將至〉、第八首〈菜瓜棚〉、第九首〈大雪無雪〉正好是描寫春、夏、秋、冬的作品，取材自吳晟最新一本詩集《他還年輕》。吳晟二十世紀詩作意象較常出現秋季，二十一世紀以來的詩作則有意識地以四季為歌詠對象，首張專輯《甜蜜的負荷：吳晟詩‧歌》選錄了〈秋日〉，次張專輯《野餐：吳晟詩‧歌2》收錄有四季詩作，其實也和吳晟不同創作階段的四季意象不謀而合。

附錄

表1　詩作改編歌詞對照表

專輯	歌名	原作	改編詞	收錄詩集	頁數	備註
《甜蜜的負荷：吳晟詩·歌》專輯	吾鄉印象	序說	羅大佑	《泥土》	125-126	
				《吾鄉印象》	23-24	
				《吳晟詩集》	42-43	
				《吳晟詩選》	71-72	
				《吳晟集》	9-10	詩名易為〈吾鄉印象序說〉
	曬穀場	曬穀場	林生祥	《泥土》	137-138	
				《吾鄉印象》	37-38	
				《吳晟詩集》	54-55	
				《吳晟詩選》	82-83	
				《吳晟集》	14-15	
	全心全意愛你	制止他們	吳志寧	《吳晟詩選》	58-64	
	息燈後	息燈後	胡德夫	《泥土》	17-18	詩名易為〈熄燈後〉
				《飄搖裡》	22-24	
	我不和你談論	我不和你談論	張懸	《飄搖裡》	1-3	
				《吳晟詩集》	18-20	
				《吳晟詩選》	65-67	
				《吳晟集》	61-63	
	秋日	秋日		《泥土》	9-10	
				《飄搖裡》	6-8	
				《吳晟詩選》	10-11	
	雨季	雨季	濁水溪公社	《泥土》	135-136	
				《吾鄉印象》	35-36	
				《吳晟詩集》	52-53	
				《吳晟詩選》	80-81	
	沿海一公里	沿海一公里	黃小楨	《吳晟詩選》	278-280	
	階	階	黃玠	《泥土》	15-16	
				《飄搖裡》	3-5	
				《吳晟詩選》	8-9	

專輯	歌名	原作	改編詞	收錄詩集	頁數	備註
《甜蜜的負荷：吳晟詩‧歌》專輯	負荷	負荷	吳志寧	《泥土》	197-198	
				《向孩子說》	1-3	
				《吳晟詩集》	180-181	
				《吳晟詩選》	141-142	
《野餐：吳晟詩‧歌2》專輯	野餐	野餐	吳志寧	《泥土》	121-122	
				《吾鄉印象》	15-16	
				《吳晟詩集》	28-29	
				《吳晟詩選》	100-101	
				《吳晟集》	26-27	
	我生長的小村莊	輓歌	吳志寧	《泥土》	47-48	
				《飄搖裡》	156-158	
				《吳晟詩集》	100-101	
				《吳晟詩選》	14-15	
	泥土	泥土	吳志寧	《泥土》	113-114	
				《吳晟詩集》	22-23	
				《吳晟詩選》	94-95	
				《吳晟集》	30-31	
	水田	一起回來呀	吳志寧	《他還年輕》	190-193	
	阿媽不是詩人	阿媽不是詩人	吳志寧	《泥土》	205-206	
				《向孩子說》	13-15	
				《吳晟詩集》	14-15	
				《吳晟詩選》	154-155	
	春氣始至時，夏將至	春氣始至時，夏將至	吳志寧	《他還年輕》	198-200	
				《他還年輕》	201-203	
	菜瓜棚	菜瓜棚	吳志寧	《他還年輕》	204-206	
	大雪無雪	大雪無雪	吳志寧	《他還年輕》	214-215	

引用書目

・專書

吳晟，《一首詩一個故事》（臺北：聯合文學，2002）。

吳晟，《他還年輕》（臺北：洪範書店，2014）。

吳晟，《向孩子說》（臺北：洪範書店，1985）。

吳晟，《吳晟詩集》（臺北：開拓出版，1994）。

吳晟，《吳晟詩選》（臺北：洪範書店，2000）。

吳晟，《吾鄉印象》（臺北：洪範書店，1985）。

吳晟，《泥土》（臺北：遠景出版，1979）。

吳晟，《飄搖裡》（臺北：洪範書店，1985）。

吳晟、吳志寧口述，林葦芸整理，《只有青春唱不停：吳志寧的音樂、成長與阿爸》（臺北：有鹿文化，2014）。

吳晟著，陳建忠編，《吳晟集》（臺南：國立臺灣文學館，2009）。

沙穗，《臍帶的兩端》（屏東：屏縣文化，2004）。

林明德編，《鄉間子弟鄉間老—吳晟新詩評論》（臺中：晨星，2008）。

林廣，《尋訪詩的田野：評析吳晟的四十首詩作》（臺北：聯合文學，2005）。

曾潔明，《吳晟詩文中的人物研究》（臺北：萬卷樓，2006）。

・期刊

吳晟、吳志寧口述；李桂媚採寫，〈課本作家與流行歌手的跨世代觀點：吳晟、吳志寧父子檔談詩歌〉，《吹鼓吹詩論壇》第29

號（2017.06），頁7-12。

掌杉，〈略論吳晟「泥土」詩集中的寫作技巧〉，《書評書目》第
　　94期（1981.02），頁71-79。

楊子頡、何靜茹，〈詩歌，美好的一家！〉，《人籟論辯月刊》，
　　第96期（2012.09），頁30-35。

・學位論文

陳秀琴，《吳晟詩研究及教學實務》（高雄：國立高雄師範大學國
　　文教學碩士班碩士論文，2002）。

陳韻如，《吳晟詩及其入樂現象研究》（高雄：國立高雄師範大學
　　國文學系碩士論文，2010）。

賀萬財，《吳晟詩之詞彙風格研究－以重疊詞為例》（彰化：國立
　　彰化師範大學國語文教學碩士班碩士論文，2009）。

・音樂專輯

《甜蜜的負荷：吳晟詩・歌》（臺北：風和日麗，2008）。

大地二重唱，《給我一片寧靜／你滋潤我心》（臺北縣土城鄉：海
　　山唱片，1980.07）。

吳志寧，《野餐：吳晟詩・歌2》（臺北：風和日麗，2014）。

論文出處

李桂媚，〈瘂弦詩作的色彩美學〉，《臺灣詩學學刊》第9號
　　（2007年6月），頁157-186。

李桂媚，〈錦連詩作的白色美學〉，原發表於明道大學「錦連的
　　時代──錦連詩作學術研討會」（2008年5月），後收錄於蕭
　　蕭、李佳蓮編，《錦連的時代──錦連新詩研究》（臺中：晨
　　星，2008年），頁222-249。

李桂媚，〈康原臺語詩的青色美學〉，《海翁臺語文學》第112期
　　（2011年4月），頁4-33。

李桂媚，〈孟樊詩作的藍色美學〉，《當代詩學》第3期（2007年
　　12月），頁92-109。

李桂媚，〈從三道語言伏流透視日治新詩標點符號運用──以賴
　　和、楊守愚、翁鬧、王白淵為例〉，原發表於明道大學「翁鬧
　　的世界──翁鬧百歲冥誕學術研討會」（2009年5月），後更
　　名〈日治時期臺灣新詩標點符號運用──以賴和、楊守愚、翁
　　鬧、王白淵為例〉，收錄於蕭蕭、陳憲仁編，《翁鬧的世界》
　　（臺中：晨星，2009年），頁222-249。

李桂媚，〈林亨泰新詩標點符號運用〉，《當代詩學》第6期
　　（2010年12月），頁27-51。

李桂媚，〈蕭蕭新詩標點符號運用〉，收錄於黎活仁、羅文玲編，
　　《簡約書寫與空白美學：蕭蕭新詩評論集》（臺北：萬卷樓，
　　2011年），頁295-322。

李桂媚，〈詹冰圖象詩的文本性訊息〉，《臺灣文學評論》第8卷
　　第3期（2008年7月），頁14-27。

李桂媚，〈情絲不斷，情詩不斷——席慕蓉詩作的雨意象〉，收錄
　　於蕭蕭、羅文玲、陳靜容主編，《草原的迴聲——席慕蓉詩學
　　論集》（臺北：萬卷樓，2015年），頁221-245。

李桂媚，〈論《吳晟詩‧歌》專輯的詩歌交響〉，發表於「第二十
　　一屆臺灣文學家牛津獎暨吳晟文學學術研討會」（2017年10月
　　21日），後收錄於劉沛慈主編《第二十一屆臺灣文學家牛津獎
　　暨吳晟文學學術研討會論文集》（2017年11月），頁171-186。

李桂媚詩學年表

1982　10月，出生於彰化。

1999　參加溪湖高中詩歌朗誦隊，埋下詩的種子。

2001　錄取文化大學印刷傳播學系，加入華岡詩社。

2005　進入國北教大臺文所就讀，受到恩師孟樊教授、向陽教授啟
　　　發，投入現代詩研究。

2007　於《臺灣詩學學刊》第9號發表論文〈瘂弦詩作的色彩美學〉。

2007　於《當代詩學》第3期發表論文〈孟樊詩作的藍色美學〉。

2008　於「錦連的時代——錦連詩作學術研討會」發表論文〈錦連
　　　詩作的白色美學〉。整理〈錦連研究相關書目〉，收錄於
　　　《錦連的時代——錦連新詩研究》。

2008　於《臺灣文學評論》第8卷第3期發表論文〈詹冰圖象詩的文
　　　本性訊息〉。

2009　於「翁鬧的世界——翁鬧百歲冥誕學術研討會」發表論文
　　　〈從三道語言伏流透視日治新詩標點符號運用——以賴和、
　　　楊守愚、翁鬧、王白淵為例〉。整理〈翁鬧相關研究資
　　　料〉，收錄於《翁鬧的世界》。

2010　為詩人康原《逗陣來唱囡仔歌Ⅰ臺灣歌謠動物篇》、《逗陣
　　　來唱囡仔歌Ⅳ臺灣植物篇》兩書繪製插畫。

2010	以論文《臺灣新詩標點符號運用——以彰化詩人為例》取得碩士學位。
2010	於《當代詩學》第6期發表論文〈林亨泰新詩標點符號運用〉。
2011	詩作入選《彰化縣百載百詩得獎作品專輯》、《臺灣詩人手稿集》。
2011	學術論文〈蕭蕭新詩標點符號運用〉收錄於《簡約書寫與空白美學：蕭蕭新詩評論集》。
2011	於《海翁臺語文學》第112期發表論文〈康原臺語詩的青色美學〉。
2011	〈孟樊〈我的書齋〉之表現手法〉收錄於孟樊詩集《戲擬詩》。
2011	為王厚森詩集《搭訕主義》繪製插畫，並撰寫推薦文〈每一首詩都是搭訕的起點〉。
2012	於《中市青年》開設漫畫專欄「繪心箋」。
2013	獲彰化市公所邀約，為《親近作家‧土地與人民》繪製插畫，並於古月民俗館舉辦詩畫展。
2013	為康原詩集《番薯園的日頭光》繪製插畫。
2014	於《中市青年》開設插畫教學專欄「插畫沒有你想的那麼難」。
2014	為王厚森詩集《隔夜有雨》繪製插畫，並撰寫推薦文〈每一首詩都是因為愛〉。
2014	與王文仁合著〈旅人的當代抒情——須文蔚與嚴忠政詩作色彩美學析論〉，於「創世紀60社慶學術論文發表會」宣讀。
2014	與王文仁合著〈賴和新詩的紅色美學〉，於「2014彰化研究

學術研討會——賴和·臺灣魂的迴盪」發表。

2015　於《文訊》第352期發表〈生命三稜：蕭蕭的私創作、詩推廣與思研究〉，於《秋水詩刊》第164期發表〈夢行過山崙，咱的青春攏是風景——詩人向陽的書寫旅途〉，從此展開詩人人物誌書寫。

2015　為彰化文學館設計作家明信片、詩作書籤與紀念書包。

2015　於「春華秋實－在時光的門欄裡回望」席慕蓉詩作學術論文發表會發表論文〈情絲不斷，情詩不斷——席慕蓉詩作的雨意象〉。

2015　與王文仁合著〈黑暗有光——論王白淵新詩的黑白美學〉，於「踏破荊棘，締造桂冠：王白淵逝世五十週年紀念學術研討會」發表。

2016　報導文學集《詩人本事》入選彰化縣作家作品集。

2016　為林德俊《愛上寫作的11種方法》繪製插畫。

2016　與王文仁合著〈青之所寄與色之所調——試論楊熾昌詩作的青色美學〉，發表於《臺灣詩學學刊》27期。

2016　與王宗仁合著〈彰化現代詩的發展面向——以1949年前出生詩人為例〉，發表於《彰化文獻》第21期。

2016　推薦序〈以詩告別，向詩告白〉收錄於林烱勛詩集《向相視——告別》。

2017　為高詩佳《向課本作家學習寫作：用超強心智圖解析作文》繪製插畫。

2017　於「第二十一屆臺灣文學家牛津獎暨吳晟文學學術研討會」發表論文〈論《吳晟詩·歌》專輯的詩歌交響〉。

2017　出版詩集《自然有詩》。

2018 推薦序〈詠情以色的法式浪漫〉收錄於莫渝詩集《貓眼，或者黑眼珠》。

2018 獲頒106年教育部閩客語文學獎閩南語縣代詩社會組第二名。

2018 獲頒國立溪湖高級中學傑出青年校友。

秀威經典　　　　　　　　　　臺灣詩學論叢11　PG2106

色彩‧符號‧圖象的詩重奏

作　　　者／李桂媚
主　　　編／李瑞騰
責任編輯／林昕平
圖文排版／楊家齊
封面設計／蔡瑋筠

出版策劃／秀威經典
發 行 人／宋政坤
法律顧問／毛國樑　律師
印製發行／秀威資訊科技股份有限公司
　　　　　114台北市內湖區瑞光路76巷65號1樓
　　　　　電話：+886-2-2796-3638　傳真：+886-2-2796-1377
　　　　　http://www.showwe.com.tw
劃撥帳號／19563868　戶名：秀威資訊科技股份有限公司
　　　　　讀者服務信箱：service@showwe.com.tw
展售門市／國家書店（松江門市）
　　　　　104台北市中山區松江路209號1樓
　　　　　電話：+886-2-2518-0207　傳真：+886-2-2518-0778
網路訂購／秀威網路書店：https://store.showwe.tw
　　　　　國家網路書店：https://www.govbooks.com.tw

2018年9月　BOD一版
定價：390元
版權所有　翻印必究
本書如有缺頁、破損或裝訂錯誤，請寄回更換

國家圖書館出版品預行編目

色彩.符號.圖象的詩重奏 / 李桂媚著. -- 一版.
　-- 臺北市：秀威經典, 2018.09
　　　面；　公分. -- (臺灣詩學論叢；11)
　BOD版
　ISBN 978-986-96186-8-7(平裝)

　1.臺灣詩　2.新詩　3.詩評

863.21　　　　　　　　　　　　107013609

讀 者 回 函 卡

感謝您購買本書，為提升服務品質，請填妥以下資料，將讀者回函卡直接寄回或傳真本公司，收到您的寶貴意見後，我們會收藏記錄及檢討，謝謝！
如您需要了解本公司最新出版書目、購書優惠或企劃活動，歡迎您上網查詢或下載相關資料：http:// www.showwe.com.tw

您購買的書名：＿＿＿＿＿＿＿＿＿＿＿＿＿＿＿＿＿＿＿＿＿＿＿＿＿

出生日期：＿＿＿＿＿年＿＿＿＿＿月＿＿＿＿日

學歷：□高中 (含) 以下　　□大專　　□研究所 (含) 以上

職業：□製造業　□金融業　□資訊業　□軍警　□傳播業　□自由業
　　　□服務業　□公務員　□教職　　□學生　□家管　　□其它＿＿＿

購書地點：□網路書店　□實體書店　□書展　□郵購　□贈閱　□其他

您從何得知本書的消息？

　□網路書店　□實體書店　□網路搜尋　□電子報　□書訊　□雜誌
　□傳播媒體　□親友推薦　□網站推薦　□部落格　□其他＿＿＿＿＿＿

您對本書的評價：(請填代號　1.非常滿意　2.滿意　3.尚可　4.再改進)

　封面設計＿＿＿　版面編排＿＿＿　內容＿＿＿　文／譯筆＿＿＿　價格＿＿＿

讀完書後您覺得：

　□很有收穫　□有收穫　□收穫不多　□沒收穫

對我們的建議：＿＿＿＿＿＿＿＿＿＿＿＿＿＿＿＿＿＿＿＿＿＿＿＿＿

＿＿＿＿＿＿＿＿＿＿＿＿＿＿＿＿＿＿＿＿＿＿＿＿＿＿＿＿＿＿＿＿＿

＿＿＿＿＿＿＿＿＿＿＿＿＿＿＿＿＿＿＿＿＿＿＿＿＿＿＿＿＿＿＿＿＿

＿＿＿＿＿＿＿＿＿＿＿＿＿＿＿＿＿＿＿＿＿＿＿＿＿＿＿＿＿＿＿＿＿

11466
台北市內湖區瑞光路 76 巷 65 號 1 樓

秀威資訊科技股份有限公司　　　收

BOD 數位出版事業部

．．．

（請沿線對折寄回，謝謝！）

姓　　名：_____　年齡：_____　性別：□女　□男

郵遞區號：□□□□□

地　　址：_____

聯絡電話：(日) _____　(夜) _____

E-mail：_____